書下ろし

# 銀《ぎん》花《か》

風の市兵衛 弐《に》㉓

辻堂 魁

目次

序章　忠犬　7
第一章　大川《おおかわ》　20
第二章　羽州《うしゅう》街道　130
第三章　江戸の男　256
終章　無用の用　329

東本願寺
菊屋橋
新堀川
浅草阿部川町
北最上藩石神伊家上屋敷（下谷七軒町）
不忍池
神田川
市兵衛の店（永富町）
仲買問屋「大村」（大伝馬町）
船宿「川口」（平右衛門町）
両国橋
柳橋
士もの店
口入れ屋「宰領屋」（三河町）
龍閑橋
覚道場（横山同朋町）
新大橋
江戸橋
日本橋
小網町
南茅場町
小料理屋「薄墨」（鎌倉河岸）
江戸城
北町奉行所
一石橋
三四の番屋
亀島川
楓川
大川
新堀町
箱崎町
永代橋
稲荷橋
鉄砲洲
本湊町
佃島
柳井宗秀の診療所（柳町）
南町奉行所

# 『銀花』の舞台

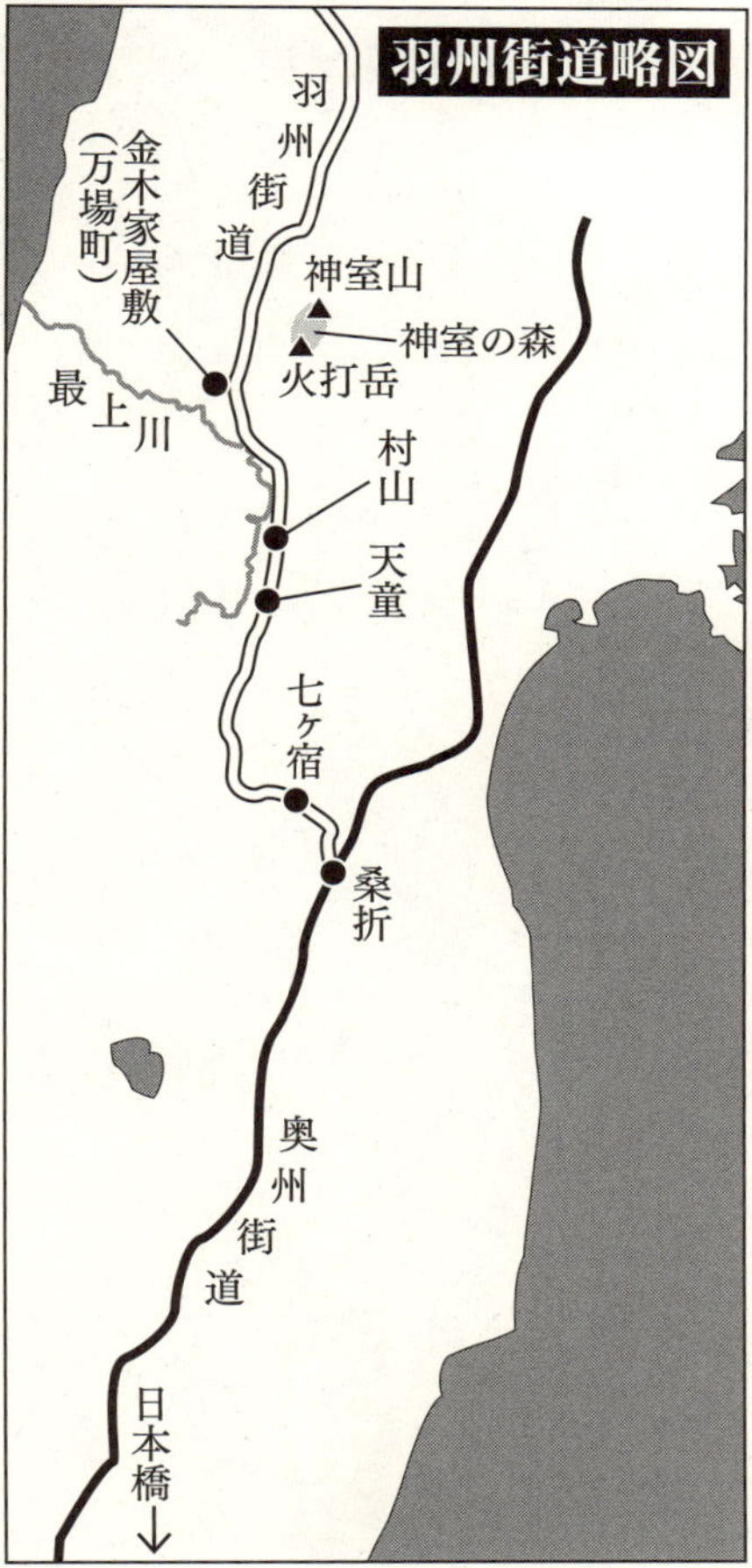
羽州街道略図
羽州街道
金木家屋敷（万場町）
神室山
神室の森
火打岳
最上川
村山
天童
七ヶ宿
桑折
奥州街道
日本橋↓

北
西
東
南
片岡家屋敷（諏訪坂）

地図作成／三潮社

# 序章　忠犬

北最上《きたもがみ》藩石神伊《しやくじい》家の五中老筆頭《ごちゆうろうひつとう》・中原恒之《なかはらつねゆき》が、北最上城内本丸御廊下を通りかかったところを斬《き》られたのは、初雪のまだ降らぬ冬の晴れた朝だった。

北最上城は羽州《うしゆう》街道の西方、城下の町地、武家屋敷地を隔《へだ》てた小高い山上に築城されている。山裾《やますそ》を広い堀が廻《まわ》り、本丸、二の丸、三の丸と北から南へ館が深い樹林に囲まれてつらなっていた。

天守閣は築城後、火災に遇《あ》って焼け落ち、以後、建てられなかった。

御廊下は東西幅二間《けん》（約三・六メートル）に南北十六間（約二八・八メートル）あって、青畳《あおだたみ》が敷《し》きつめられ、御廊下の東側を閉じた明障子《あかりしようじ》へ射《さ》す朝の光が、青畳に淡《あわ》く映《は》えていた。黒塗《くろぬ》り桟《さん》の明障子の外は、拭縁《ぬぐいえん》ごしに玉砂利《たまじやり》を敷きつめた中庭が広がり、降りそそぐ陽射《ひざ》しが、中庭にわだかまる北最上の重たい寒気をやわらげていた。

一方、御廊下西側は数十枚の襖《ふすま》に閉じられ、襖絵には北最上盆地からはるかな神室《かむろ》山地《さんち》にいたるまでの田畑や森の風景や、鶴《つる》、白鷺《しらさぎ》、雉《きじ》、大鷹《おおたか》、いぬ鷲《わし》などの飛翔する様が、南北全面に描かれていた。

その朝、登城した中原恒之は、若い供侍を玄関わきの控《ひか》えの間《ま》に残し、ひとりで御廊下へ差しかかった。御廊下を南から北へわたった先の、家老御用部屋と狭《せま》い廊下ひとつを隔てた五中老御用部屋へ向かっていた。

家老御用部屋と五中老御用部屋の北側にあたる本丸の一画は、主君・石神伊因幡守《いなばのかみ》隆道《たかみち》の御座《ござ》の間があって、警固の番方詰所《ばんかたつめしょ》、取次衆《とりつぎしゅう》詰所、御医師《ごいし》詰所、御側衆《おそばしゅう》詰所、小姓衆《こしょうしゅう》詰所など各部屋が、御座の間を囲んでいる。

この冬、主君・隆道は江戸参勤のため、御座の間にその姿はなかった。

殿中には、番方の武者溜《だまり》が数ヵ所設《もう》けられており、各々《おのおの》の役目の諸侍も絶えず通りかかるため、黒裃《くろかみしも》に小刀を佩《はい》したのみの恒之が、ひとり御廊下をゆくのは、常の出仕《しゅっし》の光景であった。

恒之は、見慣れた襖絵と明障子に射す淡い朝の光の間を静かに歩みつつ、御廊下の半《なか》ばまできた。

そのとき、前方の五中老御用部屋の前の拭縁を、御廊下のほうへ摺《す》り足を速《すみ》やかに運んでくるひとりの士を認めた。

御座の間を警固する番方詰所の、川波剛助《かわなみごうすけ》と言う番方だった。川波は目だたぬ鼠色《ねずみいろ》の裃を着け、小腰《こし》をかがめて顔を伏せ、両膝《ひざ》に手をそろえた恰好《かっこう》で、いかにも急ぎの御用のため殿中を急いでいる風情《ふぜい》に見えた。

拭縁より御廊下へ曲がると、青畳を擦《こす》る少し窮屈そうな摺り足の音が、次第に恒之のほうへ近づいてくるのだった。

恒之は、川波が御座の間詰所の番方とわかっていたから、怪《あや》しまなかった。たまたまいき合った中老に対し、当然、番方の身分をわきまえて御廊下の端《はし》へ着座し、行く手を譲《ゆず》るだろうと思っていた。

しかし、川波は一向に足を止めず、行く手を譲る気配を見せなかった。

譲らぬのか、無礼な、と恒之はいささか不快を覚えた。

折りしも、御廊下を通りかかっていたのは、恒之と川波の二人だけだった。中庭でさえずる鳥の声が、朝の寒気のなかで冴《さ》えわたっていた。

恒之は、自分のほうから歩みを止め、数間先の川波へ平然と投げた。

「何か用か」

川波は伏せた目をあげ、恒之を真っすぐに見つめた。亡霊を思わせる蒼白《そうはく》の顔面に、目だけが燃えるように血走っていた。何もこたえず、ただ速やかな摺り足を運び、恒之へ迫ってくる。

うん？　と恒之はやっと異変に気づき、たじろいだ。

川波が佩した小太刀《こだち》の鯉口《こいぐち》をきり、柄《つか》へ手をかけたからだ。

恒之は思わず、引き退いた。

「ぶ、無礼だぞ」

咎《とが》めた途端、摺り足を躍《おど》るように踏み出し、川波は抜刀した。

冷たい光を放つ白刃《はくじん》を舞わせ、上段にとって恒之の顔面に、無言のままいきなり斬りつけた。

恒之は小太刀の柄に手をかけたが、抜く間はなかった。切先《きっさき》が眉間《みけん》と頰《ほほ》を舐《な》めるように斬り裂《さ》いた。一瞬の出来事だった。

あっ、と恒之は顔をそむけ、さらに退くところを、かえす刀で胸から肩へ追い打ちに斬りあげられた。裂かれた肩衣《かたぎぬ》の片側が乱れ落ち、着衣にたちまちにじみ出る鮮血の亀裂《きれつ》が走った。

恒之は、痛苦のうめき声を走らせ、仰《あお》のけに仰《の》け反《ぞ》った。御廊下の格天井《ごうてんじょう》が、ゆれて歪《ゆが》んでいた。

次の刃《やいば》を逃れようと、よろめきながら後退《あとじさ》った。

川波はひと言も発しなかった。瞬時のためらいも見せず、後退る恒之へ大きく踏みこんで、獲物に食いつく獣のようにのしかかった。

そして、止《とど》めのひと突きを胸へ突き入れた。切先が背中へ飛び出るほどのひと突きだった。

川波の蒼白の顔面に、恒之へ向けた目だけがなおも赤く燃えていた。恒之は身をよじり、のしかかる川波の肩衣を鷲づかみにした。

「戯《たわ》け」

と、最期の言葉と力を絞《しぼ》り出した。

「うおおお」

川波は初めて甲高《かんだか》く吠《ほ》え、恒之を御廊下の明障子へ一気に押しこんだ。

二人の身体《からだ》は明障子をくだき、突き破った。拭縁へもつれ出ると、もろともに中庭へ転落し、敷きつめた玉砂利をがらがらと飛び散らした。

「狼藉《ろうぜき》でござる、狼藉でござる……」

と、殿中警固の番方が四方より駆けつけた。

番方が御廊下中庭へ飛び降りたのは、恒之と川波の身体が折り重なって中庭に転落した直後だった。

三人の番方が、罵《ののし》りながら恒之の上に折り重なった川波へ組みついた。川波の首や左右の腕をとって恒之から引き摺り離し、俯《うつぶ》せに押さえつけた。

川波はもう抗《あらが》わなかった。かえり血の散った顔を大人しく玉砂利に埋め、押さえつけられるままになった。

一方、恒之は深々と突きたてられた小太刀を胸に残した恰好で、四肢《しし》を投げ出し仰のけに倒れていた。割れた顔面から血が噴《ふ》き流れ、胸から肩へ斬りあげられた着物は、真っ赤な血が大きな文様のようになっていた。

恒之の身体は、もう微動だにしなかった。薄く開いた目を、冬の朝の空に向けていた。重い寒気を透《すか》した陽射しが、恒之に降りそそいでいた。

番方は、手の施《ほどこ》しようがなかった。胸に突きたった刀を抜くと血が噴き出るのは明らかなため、それもできなかった。恒之は、すでに虫の息に思われた。誰の目にも、もはやこれまでとわかった。

中庭を囲む御廊下にも拭縁にも、諸侍が集まってなりゆきを見守っていた。その諸侍の後ろを、慌ただしく走る士が右往左往し、本丸殿中のあちこちに、御医師を呼ぶ声と一大事を告げる声が飛び交った。そこへ、

「旦那さま」

と、若い恒之の供侍が叫び、御廊下に集まった諸侍をかき分けて中庭へ飛び降りた。恒之の傍《かたわ》らへくずれるように跪《ひざまず》いた供侍は、周りの番方を見あげ、「御医師はまだか。御医師はまだか」と二度喚《わめ》いた。

咄嗟《とっさ》に、自分の片袖《かたそで》を引きちぎり、小太刀の突きたった胸にあて、徐々に抜きとった。だが、血は殆《ほとん》ど噴かなかった。疵《きず》の周りの着物に、新たな赤いにじみを広げたのみだった。供侍は、小太刀を傍らの玉砂利に突きたて、疵を押さえて恒之を呼び続けた。

ようやく殿中の御医師が駆けつけた。恒之の手首の脈をとり、空へ向いた恒之の目をのぞき、それから、顔面、胸から肩、供侍の押さえていた疵を診《み》た。

「御医師どの。旦那さまの疵は、いかがでござるか」

供侍が訊《き》いたが、医師は恒之を見つめたまま口を一文字に結び、こたえなかった。剃髪《ていはつ》の頭をひとなでしたものの、疵の手あてをする様子はなかった。

そのとき、供侍の傍らの小太刀が引き抜かれた。

見あげると、まぶしいほどに明るい空を背に、御側役の宝蔵万右衛門《ほうぞうばんえもん》の黒い影が恒之を見おろしていた。血に汚れた小太刀を力なく提《さ》げ、眉間をしかめて、蔑《さげす》むような眼差《まなざ》しだった。

「具合は」

万右衛門は、御医師に冷たく質《ただ》した。医師は玉砂利を鳴らして万右衛門へ向きなおり、短くこたえた。

「すでに、お亡くなりでございます」

供侍は顔を覆《おお》ってうずくまり、嗚咽《おえつ》を中庭に響かせた。

万右衛門は、番方に押さえつけられた川波へ目を転じた。玉砂利を踏《ふ》み締《し》め、物憂《ものう》げに進んでいった。

「起こせ」

万右衛門が言った。番方が川波の肩をつかんで引き起こし、万右衛門の前に引き据えた。川波は観念しているのか、少しも逆らわなかった。ただ、万右衛門をまぶしそうに仰いだ。顔に散ったかえり血が乾いて薄汚れ、番方にとり押さえられたときに乱れた髷《まげ》はほどけかかっていた。

「御側役さま……」

川波は声をくぐもらせ、平然と言った。

「お家の政《まつりごと》を壟断《ろうだん》する中原恒之、わが手によって成敗《せいばい》いたしました。断じて私情にはあらず。お家のためでござる」

万右衛門は沈黙をかえし、やはり蔑むような眼差しを川波に落としていた。

川波は悪びれる様子もなく、万右衛門を見あげていた。

その瞬間、万右衛門の怒声が走った。

「慮外者《りよがいもの》っ」

提げていた小太刀をふりあげ、ふりおろした。

万右衛門を仰ぎ見る無防備の首筋を一閃《いっせん》した刹那《せつな》、川波は啞然《あぜん》とした。

次の瞬間、左肩へ首をすくめて傾け、顔面を苦痛に歪めた。鳥の鳴き声のような絶叫が走り、すくめた首筋から、血飛沫《ちしぶき》が噴煙《ふんえん》となって、川波の左腕を押さえていた番方へ降りかかった。


翌々日の夜明け前、北最上に初雪が降った。

その日、城下の善龍寺《ぜんりゆうじ》において、中原家一門のみによる当主・恒之の仮葬儀が執《と》り行われた。喪主《もしゆ》は、恒之落命のその日のうちに家督を継いだ十二歳の中原龍太郎《りゆうたろう》である。

本葬儀は、来年、参勤のため江戸在府の石神伊隆道が帰国後、執り行われる段どりが、家老の大下文左《おおしたぶんざ》衛門《えもん》と中老四人の合議で決められた。御側役の宝蔵万右衛門より江戸藩邸への至急の知らせは、すでに国元を出立《しゅったつ》していた。

　夜明け前に降った初雪は、午前の四ツ（午前十時頃）には止み、雲がきれて薄日が射した。雪の解けかかった地面がぬかるむ寒い日だった。いく羽もの鳥影が、不穏な気配を察して善龍寺の空を飛び交っていた。

　一門のみによる仮葬儀ではあっても、政事に強い影響力を持つ中原家ゆえ、ぬかるんだ道に白無垢《しろむく》の参列者が後を絶たなかった。

　参列者は、僧房の控えの間で葬儀の始まるのを待っていた。

　部屋の一隅《いちぐう》に五人の、勘定方《かんじょうがた》と納戸《なんど》方、普請《ふしん》方の家士らが居並び、恒之斬殺の子細《しさい》を驚きを以《も》って語りながら、新発意《しぼち》（僧）の供した茶を喫《きっ》していた。

　恒之さまの受けた疵はどうの、止めはこうの、御医師の順庵《じゅんあん》どのが駆《か》けつけたときはすでに事切れていたとか、川波剛助は新陰流《しんかげりゅう》の使い手で、などとひそかに言葉を交わしたあと、ひとりがいっそう声をひそめて言った。

「中原恒之さま亡きあと、懸案《けんあん》の神室山麓入会地《さんろくいりあいち》の召《め》し上げが、いよいよ議題にのぼりそうですな」

「さよう、それですよ。これまでは五中老筆頭の恒之さまが、一笑に付しておとりあげになりませんでした。その重しがとれたのですからな」

「もともとあの入会地は、中原一門が関ヶ原《せきはら》の折りに、徳川《とくがわ》さまのお味方をして功名をたてられ、中原一門の采地《さいち》として家康さまの御墨付《おすみつき》をいただいておるというではありませんか」

「と申しても、二百年以上も昔の御墨付です。徳川さまの御墨付ゆえ、むろん、ないがしろにできぬとしても、世の中の事情も往時とは大きく変わってきております。諸大名家はどこも、苦しい台所事情を抱えており、わが石神伊家とて同じです。冬は豪雪の山地の多いわが領国。米作りにも土地が限られ、限られた土地を、今以上に有益に使う手だてを講じるのは、お家の政としては至極もっともなふる舞いだと思うのですがな」

「おや。すると、勘定方の勘定では、神室山麓入会地の召し上げについては、宝蔵一門側に理がある。よって、宝蔵一門側に与《くみ》して、召し上げに賛同なさる、というわけですな」

「さすが、勘定奉行は宝蔵一門の原口《はらぐち》さま。判断が明快です」

「そうではねんだず。どちらに賛同するとか与するとかではなく、お家の台所事情を冷静に見きわめ、政を行うべきだと言うておるのです。では、おのおの方は、入会地召し上げについてどのようにお考えなので」

　すると、訊かれた四人はにやにや笑いを見交わしたり知ったふうに頷《うなず》きながら茶を一服したりと、はっきりした考えを口に出さなかった。

「それにしても、中原一門は大黒柱を失い、むずかしい事態になりました。今後の中原家と宝蔵家の確執は、どのように変わるのでしょうか」

　またひとりが、口元を掌《てのひら》で隠してささやいた。

「噂《うわさ》ですが、川波剛助と言う番方は、大手門前の宝蔵家の屋敷にしばしば出入りしていたそうです。御側役の万右衛門さまが可愛《かわい》がって、川波は朋輩《ほうばい》らから、御側役の忠犬と呼ばれていたと聞きました」

「忠犬、ですか。しかし、御側役は川波を情容赦《ようしゃ》なくあの場で斬り捨てられました。それが忠犬に対する仕打ちなら、忠犬も哀《あわ》れですな」

「目をかけてやったのに、言語道断のふる舞いに裏ぎられた気持ちだ。どうしても許せなかったと、御側役は言うておられるそうです」

「とかなんとか言いながら……」

「さよう。とかなんとか言いながら、ですな」

「えっ、何がですか？」

「そうではありませんか。宝蔵一門にしてみれば、中原一門のもっとも厄介《やっかい》な重しが消えたのですよ。この事態に一番得をするのはどなたです？　忠犬は忠犬らしく、飼い主に忠実だった、のかもしれませんね」

「ま、まさか、そんな……」

誰もが沈黙し、ただ、本堂のほうから読経《どきよう》が厳《おごそ》かに聞こえてきた。

# 第一章　大川《おおかわ》

## 一

その数日前、神田川《かんだがわ》に架《か》かる柳橋《やなぎばし》北の平右衛門《へいえもん》町の船宿《川口《かわぐち》》に、北最上藩馬廻《うままわ》り役助《やくすけ》の金木脩《かなぎおさむ》があがった。

夜の六ツ半（午後七時頃）をすぎた刻限で、船宿の女将《おかみ》に案内された部屋は、店《みせ》の間《ま》の階段を二階へあがり、人が身体《からだ》を斜《なな》めにしてやっとすれ違えるほどの狭《せま》い板廊下を軋《きし》ませた奥の、畳《たたみ》の黄ばんだ四畳半だった。

片引き一枚の襖《ふすま》を引き開け、一灯の行灯《あんどん》が侘《わび》しげな薄明かりを放つ部屋へ入った女将は、行灯のそばに脩の蓆《むしろ》をおいた。それから、

「ただ今お茶を」

と、愛想を見せて退《さが》っていった。

南側と北側の出格子《でごうし》窓の障子戸《しょうじ》が閉じてあり、夜景は見えなかったが、袷《あわせ》の着物に長羽織《ながばおり》一枚を羽織《はお》っただけで、雪国育ちの脩は寒くなかった。北最上の刺すような夜気《やき》とは異なり、江戸のそれはやわらかな気配が肌に感じられた。

蒂に着座せず、南側の障子戸を両開きにした。

神田川が大川《おおかわ》にそそぐ河口が、出格子のすぐ下に見おろせた。神田川の対岸に両国稲荷《りょうごくいなり》の社《やしろ》の黒い影がうずくまり、隣の新地《しんち》の町明かりと柳橋を通りかかる人の提灯《ちょうちん》の明かりが、黒い川面《かわも》に映っていた。

柳橋の川上の堤に沿って船宿の二階家がつらなって、船宿の入り口にたてた看板行灯が、堤の柳の木々と川縁《かわべり》に舫《もや》ういく艘《そう》もの猪牙《ちょき》や屋根船を、薄ぼんやり映《うつ》していた。どの船宿も二階の窓から灯がこぼれ、町芸者が弾《ひ》くのか、ひと棹《さお》の三味線《しゃみせん》の物悲しげな音色が、川面へ流れていた。

柳橋をくぐり、一艘の猪牙が神田川から大川へ漕《こ》ぎ出ていく。

猪牙を追って大川へ目を移すと、船客のかざす提灯《ちょうちん》の灯が、大川の黒い川面に漂う小さく儚《はかな》い人魂《ひとだま》に見えた。その彼方に、両国橋の大きくゆったりと反《そ》った影が、漆黒《しっこく》の大川をまたいでいた。

川向こうの東両国の明かりが、両国橋の袂《たもと》に小さく固まっていた。

脩は南側の障子戸を閉じ、今度は東の大川側の障子戸を両開きにした。

大川は、広大な暗闇が横たわるかのように、南の両国橋から北の彼方へ広がっていた。大川をのぼる船が、川面に小さな光の粒を落としていた。

対岸の本所《ほんじょ》は、東両国から北へ川端に武家屋敷地がつらなって、果てしない星空の下を隈《くま》どる黒い帯になっていた。

と、そのとき両開きの襖で間仕切した隣の部屋に、数名の客のなだれこむ足音と、声高に交わす談笑が聞こえた。隣の畳を踏み乱す荒っぽい動きが、脩の部屋に伝わった。酒だ、酒、酒、と案内の女将に言いつける口調が、すでにだいぶ酔っている様子だった。

「はいはい、すぐにお持ちしますから、お静かにお願いします。お隣にもお客さまがいらっしゃいますので」

女将が酔っ払いの客をなだめた。

「何い、隣に客だと。それはよくない。隣の客に迷惑をかけてはいかん。お隣の方、まことに相済まぬことでござる。われら、すでにいささか聞《きこ》し召しておるのでな。平に、平に」

あはは、あははは……

濁《にご》った笑い声をまき散らした。

「しかしながらわれら、未だ一向に心地よい酔いを覚えぬ。秋の夜長、なんぞ美《め》酒を楽しまざらんや、でござる。よって今一度、この酒楼にあがり、秋の夜を愛でつつ友と一献《いっこん》を酌《く》み交わさん、でござる」

「馬鹿が。もう冬だ。秋は儚くすぎ去ったのだ」

別の客が戯《たわむ》れかかったらしく、間仕切の襖に身体がぶつかった。

それでまた一段と、笑い声が巻きあがった。客が畳を震わせて着座し、畳においた刀が物々しく鳴った。

中働きの女が、脩に茶碗を運んできた。隣の客が騒々しいので、

「お客さん、部屋を変えますか」

と、気を遣った。

隣の客が女の気遣いを聞きつけ、すぐに応じた。

「なんだと、部屋を変えたいだと。そら見ろ。おぬしらがうるさいから、隣の客が迷惑がっているだろう。お隣の方、こいつらがうるさくて相済まぬ」

「おまえがうるさいのだ」

また戯れ合う笑い声が飛び交い、襖に凭《もた》れかかった。

「お客さん、やめてください。襖がはずれるじゃありませんか」

襖ごしに女が強い口調で言った。

「ありゃあ。叱《しか》られたぞ。言わんこっちゃない。女、相わかった。以後われら、死人のように大人しくするからな。黙ってひと言も話さぬ。それでよかろう。おぬしらもよいな。みな、死ね死ね死ね死ね」

「一番うるさいのは、おまえだ。おまえがくたばれ」

あはは、あはは……

またしても畳を震わせ、襖が今にもはずれそうに撓《たわ》んだ。

「ある方と待ち合わせていますので、その方がきてから決めます」

脩は女にこたえた。

女将が膳を運んできたらしく、徳利《とつくり》や鉢《はち》の触れる音がした。

「きたきた。酒がきた。みな、呑《の》むぞ。女将、酌《しゃく》を頼む。隣の女、おまえもこっちへきて酌をしろ。おかめでも女には違いあるまい。男よりはましだ」

「そうだそうだ。おかめでも、いないよりはましだ。隣のおかめ、おまえもこっちへこい」

女は首をすくめて脩へしかめ面《つら》を寄《よ》こし、澄まして退っていった。女将も戻っていった様子だが、そのあとも隣の騒々《そうぞう》しさは静まらなかった。

脩は行灯の傍《かたわ》らに端座《たんざ》し、待ち人のことを考えた。それを考えると、襖ひとつを隔《へだ》てただけの騒々しさは、すぐに気にならなくなった。どんな相手が現れるのか、知らされておらず、そちらのほうが気になった。

「向こうがくればわかる。きたら、ある物をわたしてくれるはずだ。それを受けとってくればよいのだ。ただし、殿さまにかかわる隠密《おんみつ》の物ゆえ、誰にも知られてはならん。これを知るのは、殿さまとそれがしと金木だけだ。いっさい、他言無用である。なぜ金木かというと、殿さまが金木を遣わすようにと言われたのだ。ほかに他意はない。金木は殿さまに目をかけられているのだな」

尾野木彦之助《おのぎひこのすけ》にそう言われた。気は進まなかったが、殿さまのご命令ならば、否《いな》やはなかった。

尾野木彦之助は、石神伊因幡守隆道の参勤とともに江戸に出府した三人の御用人の頭だった。三人の御用人の下に取次《とりつぎ》、近習《きんじゅ》、小姓衆《こしょうしゅう》、小納戸《こなんど》衆が主君に従い、出府《しゅっぷ》している。

みな、殿さまの御側集《おそばしゅう》である。それら普段より殿さまの御側近くに仕える者たちではなく、また江戸屋敷のご重役方にさえ知らせず、金木にと名指しされたのだから、よほど特別な物に違いなかった。

ふと、借財にかかわることではないかと脩は推量した。

主君・隆道は、藩の勘定方《かんじょうがた》が財政の収支に苦慮しているにもかかわらず、質素な暮らしや倹約に熱心ではなかった。事あるごとに豪勢な酒宴を催《もよお》され、歌舞《かぶ》音曲《おんぎょく》を好まれた。ご自身でも書画骨董《こっとう》、芝居や相撲《すもう》に凝《こ》られ、近ごろは、石神伊家御用達の商人から、勘定方の承知していないかなりの借金をしておられる、という噂《うわさ》が聞こえていた。

まさかそれのことか、と脩が物憂《ものう》く思ったときだった。

突然、隣の酒盛りに怒声が飛んだ。

「何を。おぬし、人を愚弄《ぐろう》するか。許さんぞ」

男らがいきなり立ちあがって膳がひっくりかえり、畳を激しく鳴らした。皿や鉢が割れ、投げつけられた容器が襖にあたった。

「抜け。成敗《せいばい》してやる」

「おう、望むところだ。おぬしこそ覚悟せよ」

刀を抜いた気配だった。

「危ない。二人とも落ち着け。刀を引け、やめろ」

止めに入ったひとりが叫んだが、かん、と鋼《はがね》を打ち合わせる音が聞こえた。

どど、と畳が震えた。膳がまたひっくりかえり、襖に身体が続けてぶつかって、どん、どん、と鈍い音をたてた。

襖が鴨居《かもい》から今にもはずれて、こちらの部屋に倒れてきそうだった。

脩は刀をつかんで座を立ち、用心のために行灯の火を消した。

その途端、両開きの襖の一枚が脩の部屋に倒れかかった。間仕切の襖にぶつかった浪人風体《ふうてい》の男が、刀を抜いた恰好《かっこう》で襖を押し倒し横転したのだ。

脩は倒れかかった襖を、東側の窓のそばへよけた。

両開きの襖のもう一枚が勢いよく引き開けられ、隣の部屋から、三人の侍が束《たば》になって無造作《むぞうさ》に踏みこんできた。

「無礼な」

脩は男らの狼藉《ろうぜき》を咎《とが》めた。

襖を押し倒した男は、刀をふり廻しながら罵声《ばせい》を投げ、ふらつく素ぶりを見せつつ立ちあがった。すると、隣の部屋の行灯の薄明かりを背にした総勢四人の人影が、脩に向かい合う体勢になった。しかも、みな刀を抜いていた。

一瞬、脩は不意を衝《つ》かれた気がした。

次の瞬間、ひとりが脩に打ちかかってきた。打ちかかりながら、

「やめろ、落ちつけ」

と、なおも芝居を演じて喚《わめ》いた。

身を躱《かわ》す間も、刀を抜く間もなかった。

脩はかろうじて鞘《さや》ごと、刀を払った。

間髪《かんはつ》を容《い》れず、左右から二人が斬りつけた。二人はやはり、「刀を引けぇ」「危ない」などと喚いた。暗がりのなかでも、目は血走っていた。なんと、男らは酔っ払っていなかった。明らかに、四人は脩を狙《ねら》っていた。

謀《はか》られたと、ようやく気づいた。右の一刀を撥《は》ねかえした途端、左肩から腕へ刃《やいば》が走った。

苦痛に身をよじらせ、脩は背後の障子戸を突き抜け、出格子の手摺《てす》りに倒れかかった。肩からおびただしい血が噴《ふ》いた。

「静まれ、静まれ」

なおも喚き、追い打ちのひと突きを脩の脾腹《ひばら》に食いこませた。

「おのれら、何者。誰の差金《さしがね》だ……」

突き入れられた刃を素手《すで》でにぎりしめ、追い打ちの男の顔面へ、鐺《こじり》を激しく突きたてた。男は悲鳴を発し、刀を脩の脾腹に残して仰のけに横転した。

脩は脾腹《ひる》の刀を引き抜き、男らへ投げつけた。くるくると舞った刀は、一瞬、男らを怯ませた。

脩は出格子の手摺りにすがり、必死に立ちあがった。

目の前に果てしない星空が広がり、星空の下に大川の暗闇が横たわっていた。両国橋の影と東両国の町明かりが見えた。本所の武家屋敷地は真っ暗だった。

考える間はなかった。暗い大川へ身を躍らせた。冷たい夜気が、飛翔する脩の乱れた髪をなびかせ、痩軀《そうく》をやわらかくくるんだ。しかし、その刹那、

「やあ」

と、雄叫《おたけ》びが聞こえ、背中へ一撃を受けた。

そのまま、脩は大川に没した。

冬の夜の大川を漂い流れ、両国橋、新大橋《しんおおはし》をくぐった。朦朧《もうろう》となって、生死を彷徨《さまよ》っていた。とき折り、消えかけた意識が戻り、顔を洗う凍《こご》えるほど冷たい波

のずっと先に町の灯を見た。

「誰か、誰か……」

声にならぬ声で助けを呼んだ。

やがて、身体に受けた疵《きず》の痛みも、水の冷たさも、手足の痺《しび》れも感じられず、何もかもが消えていき、脩は川の流れに身をゆだねた。

脩が最後に見た光景は、永代橋《えいたいばし》の橋影だった。

それからときがたち、暗黒の水面にひそひそとささやく櫓《ろ》の軋《きし》りが流れ、水面を漂う黒い骸《むくろ》へ、漁師船が静かに近づいた。船縁から筋張った腕がのび、着物の襟首《えりくび》をつかんで、沈みかけた骸の頭を持ちあげた。

二

真夜中の四ツ半（午後十一時頃）すぎ、佃島《つくだじま》の船人足の栄吉《えいきち》は、永富《ながとみ》町の土《つち》もの店《だな》から永富町三丁目の小路《こうじ》に折れ、十数間進んだ先の安左衛門店《やすざえもんだな》の木戸の前にきた。栄吉は木戸を見あげ、庇下《ひさしした》に並べた住人の名を記した板札を、提灯をかざして読んだ。

むずかしい漢字は読めなかった。だが、木、市、兵、の字は知っていた。その字があったので。ここだろうと思った。木戸をくぐり、路地のどぶ板を踏んで、東西に二階家の並ぶ店の、東側の木戸から三軒目を数え、

「ここだな」

と、庇下に立って呟《つぶや》いた。拳《こぶし》をにぎり、閉じた板戸を敲《たた》いた。

「ごめんくだせえやし。ごめんくだせえやし。夜分、畏《おそ》れ入りやす。こちら、唐《から》木《き》市《いち》兵《べ》衛《え》さまのお住まいとうかがい、お訪ねいたしやした。ごめんくだせえやし」

栄吉は、間をおきながらも夜更《よふ》けの路地に低い声を響かせ、繰りかえし板戸を敲いた。どこかの店で、真夜中に板戸を敲く不穏な音と、栄吉の声に目を覚《さ》ました飼い犬が、けたたましく吠《ほ》え出した。ほどなく、

「唐木市兵衛です。そちらは」

と、板戸ごしに静かな声がかえされた。

「へい。あっしは佃島漁師町の栄吉と申しやす。佃島沖で白魚《しらうお》などの漁を生業《なりわい》にいたしておりやす。決して怪《あや》しい者ではごぜいやせん。こちら、永富町三丁目安左衛門店の唐木市兵衛さまへ、金木脩さまの伝言を託《ことづか》ってめえりやした」

「金木脩？　北最上藩の金木脩さんの伝言ですか」

「へい。確かに、金木脩さまと、名乗っておられやすが、どちらのご家中のお侍さまか、存じあげやせん。子細《しさい》があって、あっしと金木さまは、偶然、かかり合いができやした。金木さまが、永富町三丁目の唐木市兵衛さまにと、仰《おつしや》ったんでごぜいやす」

板戸が開けられ、路地に手燭《てしよく》の明かりがもれた。

寝間着代わりと思われる帷子《かたびら》に紺《こん》羽織を羽織った唐木市兵衛が、一刀を腰に帯び片手に手燭をかざして前土間に佇《たたず》んでいた。

唐木市兵衛の背丈は、栄吉より二寸《すん》（約六センチ）以上は高かった。けれど、総髪《そうはつ》に結い、広い額《ひたい》の下の二重の大きく鋭い目が、栄吉を見つめていた。少々下がり気味の濃い眉尻《まゆじり》が、目つきの鋭さをやわらげていた。

どちらかと言えば、鼻筋のとおった色白の細面《ほそおもて》ながら、わずかに笑みを作るように口を結んでいるせいか、顎《あご》の線が少し骨張って見えた。

自分より若いのか、年上なのか、三十代半ばの栄吉はわからなかった。ただ、無骨な侍らしからぬ優しみを覚え、栄吉は安堵《あんど》した。

「栄吉さん、お入りなさい。台所でうかがいましょう。宵《よい》の竈《かまど》の火の温《ぬく》もりが少し残っています。すぐに火を熾《おこ》しますので」

「いえ。唐木さま、ゆっくりはしていられねえんでございやす。このままで何とぞ、お聞き願えやす」

栄吉は提灯の火は消さず、小腰をかがめて前土間に入って言った。

「わかりました」

市兵衛は板戸を閉め、前土間で栄吉と向き合った。

「と申しやすのも、金木さまは、肩と腹と背中に三ヵ所、疵を負われて血だらけなんでございやす。それも、刀疵でございやす。いつもはもっと早く漁に出るんでございやすが、今夜は宵に客があって、遅れて出漁したところ、大川の河口あたりに、船のいさり火に照らされて、黒っぽい物が漂うているのを見つけやした。初めは流木だろうと思い、気に留めておりやせんでした。けど、改めて見やりやすと、どうやら流木ではなさそうで、気になって船を近づけたところ、木偶《でく》のように見え、木偶にしては大きすぎるし、もっと近づけ、やっと人だとわかったんでございやす。てっきり、仏さんだと思いやした。かかり合いになるのは面倒だから、放っておくかと迷ったんでございやすが、仏さんの流された海で漁もできねえと考えなおし拾いあげやした。そしたら驚いたことに、仏さんにはかすかに息があったんでごぜいやす」

「栄吉さん、金木さんの疵は深いのですか」

「確かなことは言えねえが、たぶん、長くは持たねえんじゃねえかと」

「わかりました。金木さんは今どちらに」

「佃島の船場に戻り、気を失った金木さまを船場の番小屋に運びやした。漁師町の自身番《じしんばん》に知らせるより医者を呼ぶのが先だと思い、医者がくるまで頑張るんだぞと声をかけやすと、いきなり目を覚まされやして……」

「栄吉さん、佃島の番小屋まで案内をお願いできますか」

「へい。唐木さまをお連れするために、鎌倉河岸《かまくらがし》に船を停《と》めておりやす」

「すぐに支度《したく》をします。子細は途中でうかがいます」

市兵衛は下着の上に袷を着こみ、黒の細袴《ほそばかま》と足袋《たび》を着けた。その上に紺羽織を羽織って、両刀を帯びながら「では」と栄吉を促した。

栄吉が提灯を照らし、市兵衛を導くように夜道を急いだ。

鎌倉河岸で、帆柱《ほばしら》を寝かせ、漁火《いさりび》の消えた栄吉の漁師船に乗った。栄吉が棹《さお》を差し、河岸を離れた。市兵衛が川筋へ提灯をかざした。

鎌倉河岸から濠《ほり》に沿って漕《こ》ぎ進み、一石橋《いっこくばし》をくぐって日本橋《にほんばし》の架《か》かる堀へとった。日本橋をくぐり、江戸橋《えどばし》、南茅場町《みなみかやばちょう》と小網町《こあみ》の間、箱崎《はこざき》をすぎ、新堀《しんぼり》を抜けて、永代橋の袂を大川に出た。

大川をさらにくだり河口へ出ると、佃島と本湊町《ほんみなと》の間の海に、東廻りや西廻りで江戸へ入った大型の廻船の、いく艘もの船影が星空の下に見えた。

櫓を漕ぎながら、栄吉は言った。

「金木さんは、あっしの袖をつかんで、医者は呼んでくれるな、番屋にも知らせないでほしい、これはわがお家の事情なのだと、虫の息で仰ったんでございやす。さっき申しやしたとおり、どちらのご家中かはうかがっちゃあおりやせん。あっしはただ、このままじゃあ助かる命も助かりやせんぜと言いやした。そしたら金木さまは、永富町の唐木市兵衛さまに、会って話してえことがあると、仰ったんでございやす。唐木さまに会うまでは、自分はまだ死ねねえと、あっしの手を力のねえ手でにぎり、頼む頼む、と涙を流されたんでございやす」

市兵衛は佃島の島影を見やりながら、沈黙を守った。

「あっしは、かかり合いのねえどこぞのお武家のもめ事に巻きこまれるのは、厄介《やっかい》だな、困ったな、面倒だなと思いやした。けど、金木さまの様子は、もうこれまでと、ご自分の命は捨てていらっしゃるように思えてならず、そこまでのお覚悟なら、これも何かのご縁と思い、お引き受けいたしやした。唐木さま、船場を出たのはもう半刻《はんとき》（約一時間）以上前と思われやす。晒《さらし》でぐるぐる巻きにしておきやしたが、血は止まっておりやせん。戻って金木さまがすでにお亡くなりだったなら、何とぞお許しをねげえやす」

「栄吉さん、あとはわたしが引き受けます」

艫《とも》の栄吉にふりかえり、市兵衛は言った。

夜更けの海は静まりかえり、栄吉の漕ぐ櫓が物悲しげに軋んだ。風もなく穏やかで、彼方の沖に白魚漁の漁火が、あちこちに浮かんでいた。

佃島の船場の番小屋は、魚と潮の生臭い臭気が充満していた。

小屋の土間に筵《むしろ》を敷き、脩は寝かされていた。身体に筵はかけられていたが、小屋は厳しく冷えこんでいた。

血の気の失《う》せた蒼白の脩は、殆《ほとん》ど口も聞けないあり様だった。栄吉がぐるぐる巻きにした晒に、血がたっぷりとにじんでいた。

「金木さん。唐木市兵衛です。わかりますか。金木さん」

市兵衛は脩の耳元で呼びかけた。

脩は市兵衛の声に気がつき、薄く目を開けてかすかに微笑《ほほえ》んだ。手を差しのべるように持ちあげようとしたが、その力もなかった。

「金木さん、ご用をうかがいます」

市兵衛は脩の手をとってにぎり締《し》め、強く言った。

「唐木さん、お、お願いが……」

声がかすれ、あとは続かなかった。再び目を閉じ、かすかな呼吸を繰りかえすだけだった。

市兵衛は一瞬も迷わなかった。

懐《ふところ》の財布をとり出し、一朱銀を栄吉へ差し出した。

「栄吉さん。京橋《きょうばし》北の柳《やなぎ》町に柳井宗秀《やないそうしゅう》と言う医者がおります。わたしの古い知り合いです。金木さんの疵の手あてを頼みます。柳町まで今一度、これで船をお願いしたい」

「承知いたしやした。唐木さま、金はいりやせん。何かのご縁でこうなったからには、最後までお手伝いをさせていただきやす。お任《まか》せくだせえ」

今は栄吉の厚意に甘んじるしかなかった。ぐったりとなった脩の身体を、両腕に抱えあげた。栄吉は提灯をかざし、脩が海に漂っているときも放さなかった二刀を腕に抱えた。

「ありがとう。では、お願いします」

佃島の船場を出て、鉄砲洲《てつぽうず》の河口から亀島川《かめじまがわ》、稲荷橋をくぐって南八丁堀《みなみはつちようぼり》、そして西八丁堀の楓川《もみじがわ》へ入った。楓川に架かる弾正橋《だんじようばし》の河岸場へあがり、柳町の蘭医・柳井宗秀の診療所に着いたのは、四半刻（約三〇分）後だった。

栄吉が診療所の板戸を敲いた。

「ごめんくだせえやし。ごめんくだせえやし」

「宗秀先生、市兵衛です。重き疵を負った者がおります。命にかかわる疵です」

脩を両腕に抱きあげ、市兵衛が声をかけた。

柳井宗秀は、長崎《ながさき》で医術を学んだ蘭医《らんい》である。市兵衛が大坂《おおさか》の商人の元に寄寓《きぐう》し、商《あきな》いの修業についていた二十歳《はたち》前後のころ、同じく長崎から大坂の蘭医の元に移り医業を始めた宗秀と親交を結んだ。

宗秀は市兵衛より二つ歳上《としうえ》の、友であり師でもある。

なかから閂《かんぬき》がはずされ、板戸が引き開けられた。寝間着《ねまき》姿の宗秀が、市兵衛の両腕に抱えられた脩を手燭で照らし、むずかしい顔つきになった。しかし、

「入れ」

と、ひと言を発し、市兵衛の返事も待たずに背中を向けた。

三

診療部屋はわかっている。

激しい出血をともなう治療を施《ほどこ》すときは、診療用の寝床に桐油紙《とうゆがみ》と薄縁《うすべり》を重ねて敷き、患者を寝かせる。宗秀は四台の行灯に火を入れ部屋を明るくすると、

「怪我人《けがにん》をここへ」

と命じ、自分は寝巻の上から診療着をまとった。

宗秀は、市兵衛が横たえた脩の傍らにかがみ、脈を確かめ、目をのぞいた。それから、ぐるぐる巻きの血に染まった晒を解《ほど》き、着物をはだけた。

無残に口を開けた疵から流れ出る血が、脩の白い肌を伝った。

「背中、左の肩から腕、同じく左の脾腹、いずれも深い刀疵だな。背中が一番大きい。これでよく生きていられるものだ」

血をぬぐいながら疵を診て、宗秀は言った。

「先生、すぐに治療をお願いします。疵を縫《ぬ》って血を止めてください」

「無駄だ。手遅れだ」

宗秀は即座にかえした。

「と言っても、市兵衛は承知せんのだろうな」

「承知できません。先生なら助けられます。わたしも、お手伝いします。指図をお願いします」

「簡単に言うな」

「先生、あっしもお手伝いいたしやす。お侍さまを助けてあげてくだせえ」

栄吉が脩の二刀を抱えた恰好で言った。

「こちらは?」

「怪我人が佃島の海に漂っていたところを、救ってくれた漁師の栄吉さんです。栄吉さんの船で佃島から運んでもらいました」

栄吉は宗秀を見つめ、懸命に頷《うなず》いた。

「よかろう。駄目で元々だ。やるだけはやってみよう。栄吉さん、隣の炭《すみ》町の孝《こう》之助店《のすけだな》にうちの雇いのお登喜《とき》さんの住まいがある。怪我人の治療があるので、手助けを頼んできてくれるか。小路を往来へ出て、二筋《ふたすじ》の中ノ橋《なかのはし》側だ。わからなければ、自身番で訊《き》いてくれ」

「承知しやした。小路を出て二筋の中ノ橋側、孝之助店でやすね。ひとっ走りして、お登喜さんを呼んできやす」

　栄吉は飛び出していった。

「市兵衛は簞笥《たんす》に仕舞《しま》ってある診療着を着けろ。わたしが疵を縫っている間、ほかの疵の出血をなるべく抑えて、なおかつ、怪我人を動かさぬよう支えるのだ。血まみれを覚悟しろ」

　宗秀は縫合《ほうごう》の道具とひと巻きの新しい晒、薬壺、盥《たらい》の水などを用意した。

「着物を全部脱がせるのだ。どうせ使い物にはならぬ。下帯もとれ」

　脩を素裸にした。痩身だったが、よく鍛《きた》えられていた。その白い肌に走る赤い疵から、いく筋もの新しい血が筆で肌をなぞるように伝った。

「行灯をもっと近づけてくれ。とにかく、血を止めなければならん。縫合の途中で、命の火が消えぬよう、祈りながらやるしかない。市兵衛、寒いが始めるぞ。一番大きな背中の疵からだ。市兵衛はほかの疵を押さえつつ、足をからませてもかまわんから、動かぬようにするのだ」

　と、宗秀は脩の傍らにかがみ、背中に虫が喰《く》らいつくように身体を丸め、顔を近づけ縫合を始めた。

　針と糸を操る宗秀の指先は、疵口にたかって血を吸う虫のように見えた。虫は血まみれになって、休むことなく疵口を這《は》った。宗秀は血が旨《うま》そうに、ううむ、ううむ、とうなり続け針を運んだ。

縫合を始めてしばらくして、栄吉が雇いのお登喜を連れて戻ってきた。

宗秀はお登喜に、竈に火を入れたっぷりの湯を沸かし、火鉢に炭火を熾して部屋を暖めるように指示した。お登喜は丸髷《まるまげ》に白髪の混じる六十に近い歳だが、襷《たすき》がけになって仕事にかかる様は、年増のおかみさんのように手ぎわのよい手早さで、宗秀の手助けをよく心得たふうだった。

また、栄吉には手燭を持たせ、縫合する宗秀の手元を照らさせ、流れた血をぬぐう役目を命じた。

脩は、とき折りわずかに身体を震わすのみで、ほとんど動かなかった。うめき声すらもらさなかった。もう、動く力が残っていないのかもしれなかった。市兵衛はしばしば、脩の呼吸を確かめた。

だが、夥《おびただ》しい血が流れ、虫の息にもかかわらず、呼吸は止まらなかった。かすかな胸の鼓動も伝わってくる。

市兵衛の仕種《しぐさ》に気づいた宗秀は、縫合の手を止めぬまま言った。

「これほどの疵を受けても、若い身体が生きようともがいておるのだ。もがいている限り、死にはせん。この若いのが助かったなら、神仏のご加護《かご》に違いあるまい。わたしの力とは思えない」

縫合は、背中から肩と腕、脾腹の順に行われた。

背中の疵と肩から腕の疵を縫い終えたころ、どこかの店で飼っている一番鶏《いちばんどり》が鳴いた。遠くで犬が吠《ほ》えていた。お登喜が焚《た》き続けた勝手の竈の火と火鉢の炭火で、部屋は心地のよい暖かさに包まれていた。

残るは脾腹に受けた突き疵であった。

「腹は大きな血脈が通っておらぬので、流れ出る血の量は少ないが、突き入れられて臓物が疵ついていなければいいのだがな。ただ、この疵はあまり深くはなさそうだ。見ろ、市兵衛」

宗秀はひと息入れるように縫合の手を止め、脩の左の掌《てのひら》へ血のついた指を差した。力なく開いた脩の四本の指に、ひと筋の赤い刀疵が走っていた。

「突き入れられた刀身を素手でにぎって、深く突き入るのを防いだのですね」

市兵衛が言うと、栄吉がなるほどという顔つきを脩の掌へ向けた。

「たぶん、不意を食ったのだろう。この疵の様子からすると、相手はひとりではないな。よし、あと少しだ。片づける」

宗秀は身体を丸め、脾腹の疵の縫合にとりかかった。

冬の夜が白み始めていた。

四半刻ほどで、六ツ（午前六時頃）を報《しら》せる時の鐘が鳴り、そのあと、東の空の果てにかかった赤い帯の下から天道《てんとう》が顔をのぞかせる刻限だった。行灯の明かりは消え、白み始めた青紫の淡い明るみを、診療部屋の連子格子にたてた障子に映していた。

火鉢《ひばち》の五徳《ごとく》にかけた鉄瓶《てつびん》のそそぎ口から、白い湯気がのぼっていた。

連子格子の外の小路を、豆腐《とうふ》売りの売り声がはや通りかかった。

お登喜が土間に下駄《げた》を鳴らして小路へ駆《か》け出て、豆腐を買った。お登喜は朝飯の支度にかかっている。

栄吉は脩の縫合が終ると、「河岸場の船が気になりやすし、女房やがきが心配しやすので」と、すぐに帰り支度を始めた。

「本途《ほんと》に世話になりました。せめてこれだけは持っていってください」

栄吉が断るのを、市兵衛が二朱銀を無理やりにぎらせた。宗秀も紙包みを差し出し、遠慮をする栄吉に言った。

「臨時に治療の手伝いを頼むとき、みなにわたしておる手間代だ。よくやってくれた。遠慮せずに受けとってくれ」

栄吉は宗秀と市兵衛に辞儀《じぎ》をかえし、お登喜とも挨拶を交わして、次第に白んでいく往来を、小走りに戻っていった。

市兵衛は鉄瓶の湯を急須《きゅうす》に汲《く》み、茶を淹《い》れて宗秀と一服した。

布団《ふとん》に横たわる脩は、障子を透《すか》して射《さ》す青紫の薄明るみにくるまれ、血の気の失せた真っ白な寝顔を宙に向けていた。首筋と肩に、宗秀が丁寧に巻きつけた晒が、布団からのぞいている。

とき折り、脩の呼吸に虫の羽音のようなうめきがまじった。

「聞いていなかったが、市兵衛はこの男と知り合いなのか。見たところ、だいぶ若い侍のようだが」

宗秀は、血があちこちについた診療着を怠《だる》そうに脱ぎながら言った。

「信夫平八《しのぶへいはち》の妻の、由衣《ゆい》の弟です。北最上藩石神伊家の金木脩さんです。すなわち、小弥太《こやた》と織江《おりえ》の叔父《おじ》です」

宗秀は診療着を脱ぐ手を止め、気《け》だるげな吐息《といき》をついた。

「おそらく、大川の上流のどこかで疵を負い、大川に転落したか投げ捨てられ、流れてきたのです。河口あたりを漂《ただよ》っていたところを、栄吉が見つけました」

「そうか。由衣の弟で小弥太と織江の叔父だったたか。これほどの疵を負って、何があったのだ。北最上藩の江戸屋敷に、知らせねばな」

「栄吉に、医師は呼んでくれるな。番所にも知らせないでほしい。ただ、わたしを呼んでくれと、頼んだそうです」

「北最上藩の江戸屋敷ではなしに、唐木市兵衛をか。解《げ》せんな。なぜ、市兵衛なのだ。市兵衛に、何を伝えたいのだろう」

「信夫平八を斬った子細は、金木さんに話しています。信夫平八と由衣と子供たちを介して、金木さんにかかり合いがないわけではありません。ですが、その子細は先生のご存じのとおりです。特別なかかり合いとは思えないのですが」

「どうするのだ」

「もしかすると、藩邸内で何事かがあったのでは」

「藩邸内であったその何事かに、金木脩が斬られたわけがあると思うのか」

「推量です。何が話したいのか、何かを頼みたいのか、金木さんの回復を待って話を聞いてみないことには。藩邸に知らせるのはそのあとに……」

「若い命を散らさぬよう、神仏のご加護を祈るのみだ」

宗秀は脩の額をさすった。

勝手の土間で、お登喜の立ち働く下駄の音が聞こえていた。飯が炊《た》け、温かそうな味噌汁《みそしる》の匂いが、二人の空腹をそそった。

「腹が減ったな、市兵衛」

「減りました」

「飯が食えるのはありがたい。飯を食ったら、少し休め。どうせ朝から患者がくるから、わたしは起きている。金木脩が気がついたら、起こしてやる」

「いえ。診療の始まる刻限まで、先生が休んでください。先生の診療が始まったら、わたしが休ませてもらいます」

「そうか。ではそうしよう。まずは飯だ」

二人のひそめた笑い声が、鉄瓶にのぼる白い湯気にからみ、ゆらした。

四

「市兵衛、金木脩が目覚めたぞ」

声が聞こえた。

宗秀の寝床を借りて休んでいた市兵衛は、跳《は》ね起きた。

寝床のそばで、宗秀はむずかしい顔を市兵衛に向けていた。

「今のところ、出血は止まっている。だが、予断を許さない。ひどく苦しんでいる。市兵衛に話があるそうだ。安静にしているしかない。長話は禁物だ」

「金木さんは、持ちこたえたのですね」

それにはこたえず、物憂げなため息をもらしただけだった。

九ツ（正午頃）の時の鐘も聞こえなかった。宗秀と代って休んでいる間に、診療所の午前の診療はすでに終っていた。

診療部屋の一角の枕屏風《まくらびょうぶ》をたてた寝床に、脩は横向きに横たわっていた。眉間に皺《しわ》を寄せ、痛みに堪《た》えているのがわかった。それでも、枕元に坐った市兵衛へ眼差《まなざ》しを懸命にやわらげた。

「生きているのが、不思議です」

脩は呟いた。

「よく頑張りました」

「唐木さんのお陰です」

「宗秀先生が、夜明けまでかかって疵を縫ってくださったのです」

「ああ、宗秀先生……」

宗秀は、脩を挟《はさ》んで市兵衛と向き合っていた。

「蘭医の柳井宗秀先生です。わが古きよき友なのです。わが師でもあります。小弥太と織江のことも、子供たちが北最上の金木家に引きとられた事情も、先生はすべてご存じです」

「そうでしたか。宗秀先生、ありがとうございました」

脩は後ろの宗秀へ向きなおる力はなく、市兵衛へ向いたまま言った。

「医者のなすべきことをなしたのです。礼にはおよびません。それより、市兵衛に話すことがあれば、手短に済ませるように。長話は疵に障りますのでな」

宗秀は穏やかに命じた。

「はい。市兵衛さん、何があってこうなったのか、お話しします」

「わたしは台所におります。市兵衛、用があれば声をかけてくれ」

「宗秀先生も、どうか、一緒に聞いてください。唐木さんを勝手にお呼びたてして、唐木さんのみならず、宗秀先生にもご迷惑をおかけいたしました。こんなことになった経緯を、ご迷惑をおかけしたお二方にお話しいたします。しかしながら、この一件は、今はまだ、わが藩邸にも、また町奉行所にも伏《ふ》せていただきたいのです」

「伏せて？　藩邸にも知らせないのですか」

市兵衛は訊きかえした。

「そうです。今はまだ、表沙汰にしたくないのです。と申しますのも、わたし自身、なぜこんな目に遭《あ》ったのか、本途《ほんと》の事情がわかっていません。この一件が表沙汰になれば、もしかすると、わが石神伊家の障りになる事情があるかも、しれないのです。ですから、本途の事情がわかるまで、知らせずに……」

「心配は要《い》りません。それがお望みなら、そのようにいたします」

「あ、ありがとう、ございます。唐木さん、先生、聞いてください」

「ただし、長話はいけません。手短に。よろしいな」

宗秀が繰りかえした。

脩は痛みを堪《こら》えるように瞼《まぶた》を一度閉じ、やおら、潤《うる》みをおびた目を開いた。

「北最上藩石神伊家では、わが中原一門と宝蔵一門が、三十年以上にわたって対立をいたし、今もなお、その対立は続いております。それは、唐木さんもご存じのとおりです」

そして、苦しそうな吐息をもらした。

「宝蔵一門は、代々、殿さまの御側衆を職掌《しょくしょう》する家柄で、御側衆には筆頭の御側役とその配下に三人の御用人がおり、みな宝蔵一門の者が占めております。殿さまの江戸御出府のさいは、御側役は国元に残って国の政《まつりごと》の上申《じょうしん》を受け、三人の御用人が殿さまのお供をして出府いたします。江戸屋敷では、尾野木彦之助という者が、三人の御用人の頭を務めております。昨日、尾野木彦之助に、お家の隠密のある御用を命じられました。柳橋の平右衛門町の船宿《川口》へ、夜の五ツ（午後八時頃）ごろにあがり、そこである者と会いその者がわたす物を受けとってくるように。ある者もわたされる物も隠密ゆえ教えられぬし、このことは誰にも知られてはならない。ただ、船宿へいき、女将に北最上の者と言えば承知している、と指示されたばかりの奇妙な御用でした。お家の隠密の御用を、ほかにも御用人がいるにもかかわらず、なぜ馬廻り役助の軽輩のわたしなのか訝《いぶか》りましたが、じつはこれはお家というより、わが殿さまの隠密の御用であって、金木脩にやらせよと殿さま御自《みずか》ら仰《おお》せになられた、金木は殿さまのお気に入りだから、というものでした。不審をぬぐえなかったものの、日が暮れてからひとりで船宿・川口へ出かけました。川口の女将に、前もって用意されていた部屋へ通されました。相手方はまだきておらず、待っていたところ、間仕切の襖を隔てた隣の部屋に数人の侍らしき客があがったのです。客はすでにだいぶ酩酊《めいてい》している様子で、賑《にぎ》やかな酒盛りが始まりました……」

脩は、唾《つば》を呑みこんで喉を震わせた。

「白湯《さゆ》を、呑みますか」

市兵衛が気遣うと、

「いいのです。大丈夫です」

と脩はかえし、途ぎれ途ぎれに続けた。

「しかし、隣の部屋の酔っ払いたちは、本途は酔っておりませんでした。酔っ払った客のふりをしていたのです。わたしが隣の部屋にひとりでいることを承知して、酒盛りの最中に喧嘩《けんか》が始まり間仕切の襖を押し倒したと見せかけ、部屋になだれこんできたのです。明らかに、わたしを狙って襲いかかってきたのが、わかりました。殿さまの隠密の御用は、尾野木彦之助が仕組んだ謀《はかりごと》だったのです。殿さまの御用と偽り、誰にも知らせぬようにとわたしをひとりで船宿にいかせ、あの侍たちに襲わせたのです。人数は四人、無頼《ぶらい》な浪人風体でした。みな腕がたちましたが、北最上の訛《なまり》は聞けなかった。おそらく、江戸の無頼な浪人者たちを、刺客《しかく》に雇ったのに違いありません」

　脩は深い疵を負って、船宿の窓から夜の大川へ身を投げた。

　市兵衛は、脩が石神伊家にかかり合いのない市兵衛を真夜中に呼びたて、その話を聞かせようと思った意図が、まだわからなかった。脩は、市兵衛が佃島の船場の番小屋で呼びかけたとき、

「唐木さん、お、お願いが……」

と、それだけを言って気を失った。

　脩は、市兵衛の戸惑いに気づいて言った。

「唐木さんは、わたしがなぜあなたを呼んでくれるように頼んだのか、なぜ唐木さんにきてほしかったのか、訝《いぶか》しく思っていらっしゃるのでしょうね」

「昨夜、金木さんはわたしに、何か願いがあるふうなことを言いかけました。何かを言う前に、気を失われたのです」

「そ、そうなのです。唐木さんに、お願いがあります。わたしの願いを、頼みを、聞いてほしいのです。真っ暗な大川を流され、溺《おぼ》れて死にかけていました。これまでだと、覚悟していました。ところが、漁師に助けられたとき、ふと、唐木さんを思い出したのです。唐木さんにすがればと、思いたったのです。唐木さんしか、頼れる人はいないと、気づいたのです」

市兵衛と宗秀は、顔を見合わせた。

「ただ、唐木さんにご迷惑なお願いをしても、このようなあり様で、今は礼ができません。後日、必ず、礼をさせていただきます。どうか、唐木さん、お願いします。手を、貸してください。助けてください」

脩の潤んだ眼差しが、市兵衛にすがっていた。

「わたしに、何ができるのですか」

市兵衛は訊いた。

「先ほども、申しました。中原一門と宝蔵一門の対立は、長きにわたって続いてきました。今も、続いています。無頼な侍たちに、わたしを襲わせた御用人の尾野木彦之助は、宝蔵一門の者です。ですが、何ゆえわたしごときにあのような刺客を差し向けたのか、不審でならないのです。金木家は、中原一門と申しても、分家です。しかも、金木家は兄の清太郎《せいたろう》が継ぎ、わたしは馬廻り役助の出仕を命じられ、金木家の部屋住みの身からやっと抜け出たばかりの軽輩《けいはい》にすぎない。これまで、人に命を狙われるほどの恨みを買った覚えはむろんありません。また、尾野木は、気安く言葉もかけられないほど身分の違う相手です。国元であっても江戸屋敷であっても、普段は、尾野木から会釈《えしやく》さえかえされたことがないのです。尾野木にとって、わたしごときはとるに足らぬ者です。中原一門と宝蔵一門の反目、対立によって、互いに両家の個々の者との親しい交わりはなくとも、中原一門であれ宝蔵一門であれ、謀を廻《めぐ》らしてまで一方の誰かの命を狙う、そんな無謀で愚《おろ》かなふる舞いをするでしょうか。そんな無頼漢《ぶらいかん》や破落戸《ごろつき》まがいの真似《まね》をすれば、家門に泥《どろ》を塗《ぬ》り、武士の面目《めんもく》を失墜させるだけです。況《いわん》や、その謀が発覚すれば、おのれの家が改易《かいえき》になるほどの咎めさえ受けかねない。にもかかわらず、それを殿さまの御側に仕える尾野木が、わたしごときにしかけたのです」

倫はひと息の間を入れた。そして、ゆるやかに布団を上下させた。

「しかし、もしも、わたしに刺客を差し向けた謀が、尾野木の一存ではなかったなら、もしかして今、もっと大きな謀が家中の誰かによって廻らされており、昨夜の一件がその大きな謀の先駆けにすぎなかったと考えたなら、殿さまの御側に仕えるほどの身分のある尾野木が、中原一門とは言え、わたしごとき軽輩の命を狙った無謀で愚かな謀にも、じつは、表からは見えない別の狙いが隠れているかもしれないのです。いや、むしろ、そう考えなければ、尾野木のふる舞いは、筋が通りません。別の狙いとは、もしかして今、宝蔵一門に何かの思惑が働き、家中の邪魔な中原一門の一掃《いっそう》を図《はか》って、謀を廻らしているのではないかと、思えてならないのです」

脩は、晒の巻かれた掌を布団からゆっくりと出し、枕元の市兵衛の膝のほうへ手を伸ばした。その掌には、金木家の家紋を金で蒔《ま》いた黒塗の印籠《いんろう》がにぎられていた。印籠は掌のなかで、小刻みに震えていた。

「唐木さんに、お願いしたいのです。石神伊家で、何が起こっているのか。なぜわたしごとき軽輩の命を、尾野木彦之助が狙ったのか。もしかして、宝蔵一門が中原一門に対して、何かを企《たくら》んでいるのなら、何を企んでいるのか。もしもそうなら、宝蔵一門のほかにも、その企みに加担している者がいるのか。それを、確かめてほしいのです」

市兵衛は、しばし考えてから言った。

「金木さん、わたしには公儀に知り合いの役人がおります。その役人に頼めば、石神伊家の表沙汰になっていない事情を、調べることはできると思います。その者の力を借りて、よいのですか」

市兵衛の知り合いの公儀の役人とは、兄の片岡信正《かたおかのぶまさ》のことである。信正は市兵衛の十五歳上で、公儀十人目付役筆頭格《こうぎじゅうにんめつけやくひっとうかく》の職にある。

「ち、違います。そうではありません。御公儀に石神伊家の内情を、知られてはなりません。そんなことになれば、中原一門と宝蔵一門の対立では済まず、石神伊家の政にも障りがおよびかねません。それは、やめてください。北最上藩の上屋敷に勤番する小暮二三助《こぐれふみすけ》、と言う者に会ってほしいのです。小暮家は宝蔵一門につながる家系です。ですが、小暮二三助さんとは、殿さまの江戸参勤のお供を申しつかり、この春、ともに出府いたし、偶然、わが姉の由衣と信夫平八の欠け落ちにかかり合いのある事情で、江戸へきてから言葉を交わすようになったのです。中原一門と宝蔵一門の家同士の対立はあっても、個々の者が憎み合い、いがみ合っているわけではありません。小暮さんなら、わたしの命を尾野木彦之助が狙った本途のわけを知っていると思います。尾野木の真の狙いは何か、石神伊家で何が起こっているのか、小暮さんはきっと……」

　脩は、言いかけた言葉を呑みこんだ。

　連子格子にたてた障子戸に、真昼の小路をいき交う人影が映っていた。附木売《つけぎう》りの枯れた売り声が、小路を通っていった。

「唐木さん、これを、持っていってください。金木家の印籠です。印籠の家紋を見せれば、わたしの頼みだと、小暮さんは気づくと、思います」

　脩は、掌を開いて見せた。瞼を閉じ、疲れた呼吸を繰りかえした。

「市兵衛、それぐらいで……」

宗秀が言った。

市兵衛は頷き、脩の掌を両手でくるみ、印籠をとった。

「承知しました。今から出かけ、小暮三三助さんに会ってきます」

五

北最上藩石神伊家の上屋敷は、向柳原《むこうやなぎわら》から三味線堀《しゃみせんぼり》をすぎて、下谷七軒町《したやしちけん》の往来へ折れた、大名屋敷や大家の旗本屋敷が高い土塀をつらねる一画に長屋門をかまえていた。

濠《ほり》を備えた海鼠壁《なまこかべ》の土塀に、黒鋲《くろびょう》打ちの頑丈《がんじょう》そうな門扉《もんぴ》が冷然と閉じられ、門の両わきに、物見の格子窓のある片庇屋根の番所が設けてあった。

長屋門の瓦屋根のずっと上まで、大きな楠《くすのき》が冬の空へ延び、鳥影が広がった枝葉を飛び交っていた。

市兵衛は、昨夜、安左衛門店を出たときの紺羽織と黒の細袴である。狭い濠の石橋を渡り、番所の物見の格子窓へ声をかけた。

「申し」

繰りかえし、しばらくして、

「どうれ」

と、番人が格子窓の障子戸を引き開けた。

市兵衛は辞儀をして名乗り、作事方の小暮二三助へ取次ぎを頼んだ。

石神伊家の看板を着けた中年の番人は、市兵衛の浪人風体を訝り、問いかける口調が冷淡だった。

「唐木市兵衛さんは、どちらかのご家中ですか、それとも、添状などはお持ちなのですか。当家では、素性《すじよう》の定かでない方は取次がぬようにと、きつく言われております」

市兵衛は、主家に奉公する身ではなく、添状は持ち合わせていないと、あり体にこたえた。しかし、

「小暮二三助どのに、これを持っている者と伝えていただければ、必ず面会のお許しをいただけるはずです」

と、脩の印籠を番人に見せた。

「ああ？」

番人は首をひねり、市兵衛のふる舞いにいっそう不審を露《あら》わにした。だが、印籠の家紋に見覚えがあったため、門前払いをためらった。

「それは、当家ご家中の金木家の家紋ですな。金木さまの印籠で……」

「はい。少々事情があって、石神伊家上屋敷の門前払いにならず小暮どのへ取次いでもらえるようにと、ある方よりお預かりしたものです」

「ある方とは、金木さまではないのか。金木さまから預かったのか」

番人の言葉つきが冷淡さに加え、心なしかぞんざいになった。

「わたしはある方より依頼を受けた代人にすぎず、今ここでお名前を申すことはお許し願います。しかしながら、胡乱《うろん》な、いかがわしい子細があってまいったのでは決してありません。当家にも小暮どのにも、ご迷惑はおかけするようなことではありません。小暮どのと面会したうえで、事情をご説明いたします。何とぞお取次ぎを」

「だめですな。そんなわけのわからない取次ぎはできません。そちらの名前と面会を希望された子細などを伝えておきますので、日を改められよ」

番人が障子を閉じようとする格子窓の敷居に、市兵衛は手をかけ、白い紙包みをそれとなくおいた。

「できれば、小暮どのに隠密に取次いでいただきたいのです」

番人は白い紙包みを見つめ、顔をしかめた。

「と言いたいところですが、ご家中の方々も国元を離れての江戸暮らし。他人には知られず気散《きさん》じをなさりたいときも、ありますからな。まあ、取次ぐだけならかまわぬでしょう。小暮さまがどうなさるか、知りませんよ」

「何とぞ、よろしいように」

市兵衛は膝に手をそろえ、物見の格子窓へ再び深々と辞儀をした。

番人は障子戸を素っ気なく閉じた。

それからだいぶ待たされた。屋敷は静かで、鳥のさえずる声がのどかに聞こえた。人の出入りもなかった。門前の往来を、数名の供を従えた網代《あじろ》のお忍び駕籠《かご》が一台通りすぎただけだった。

門扉の両側に小門があった。

ほどなく、小門のひとつがわずかに開かれた。その隙間から、人影が番所の傍らに佇む市兵衛を怪しむように見つめた。

市兵衛は隙間の人影に、黙礼を投げた。

小門の片開きの戸がさらに開かれ、小袖に平袴の侍が門前に出てきた。

歳のころは三十代半ばから四十すぎと思われた。日に焼けた痩身だった。庇下の石畳を進み、気むずかしそうに眉間をしかめた顔を、市兵衛に凝《じ》っと向けた。

「小暮二三助さんと、お見受けいたします。唐木市兵衛と申します。お初にお目にかかります」

市兵衛は改まって辞儀をした。

二三助は物憂げな沈黙をおいた。それから、ぞんざいにかえした。

「唐木市兵衛さんか？」

「突然うかがいました無礼を、お許しください」

「お目にかかるのは初めてですが、唐木市兵衛さんの名前は知っています。金木さんから聞いたし、その前にも、唐木さんのお噂は聞こえていましたよ」

二三助は意味ありげに言った。

「信夫平八と由衣どのの子供らを、引きとったのでしょう。他人の子を、物好きな……」

「小弥太と織江を、ご存じでしたか」

「金木さんが唐木さんを説いて、結局は、信夫平八と由衣どのの子供らが北最上の金木家に引きとられた経緯《いきさつ》も、うかがいました。出府してから、由衣どのも平八も、江戸ですでに亡くなっていたことがわかった。二人とも、胸の病で亡くなったとか。可哀想《かわいそう》に、あの美しい金木家の息女の由衣どのが、儚いものです」

二三助は、束《つか》の間《ま》、ひと重《え》の眼差《まなざ》しを宙に泳がせた。

「ただ、平八の亡くなった事情に何かかかり合いがあるらしいと、唐木さんの名前が聞こえたのです。平八は病で亡くなったのではなく、真実は唐木市兵衛という凄腕《すごうで》の侍に斬られた、などとね。江戸の町奉行所の、ある筋からの話の又聞きです。それが真実なら、唐木さんが平八と由衣どのの子供らを引きとろうとなさったのは、平八を斬った負い目からですか」

「負い目ではありません。子供らのためにそうすべきだと思ったのです」

「ふん。子供らのために、ですか。物も言いようだ。すぎたことですから、もうどうでもいいのですがね」

二三助は言葉に嫌《いや》みをにじませ、わずらわしそうに続けた。

「金木さんの印籠を持っているのですね」

市兵衛は、脩の印籠を出して見せた。

「これを」

二三助は眉をひそめ、門前の石畳に草履《ぞうり》を擦《こす》った。

「金木脩さんから預かったのです。小暮さんにこれを見せれば、わたしが金木さんに頼まれてうかがったことをわかっていただけると、金木さんは言っておりました。小暮さん、昨夜、金木脩さんに何があったか、ご存じですか」

二三助は首をほぐすように廻し、印籠から目をそむけた。

番所の番人が、物見の障子戸を少し開けて、市兵衛と二三助の様子をうかがっていた。

「ここは人目があります。少し歩きましょう」

二三助は市兵衛の返事を待たず、門前を離れた。

屋敷の土塀に沿って、往来の突きあたりを北へ折れた。

下谷七軒町の、武家屋敷地の一画の北側は、新寺町《しんてら》の堂宇《どうう》の瓦屋根が、黒い海波のように続いていた。新寺町の途中の道を東へ曲がって一町(約一〇九メートル)ほど行くと、浅草阿部川《あさくさあべかわ》町の町家にいたる。

阿部川町を抜け、新堀《しんぼり》川端の一角の、葦簀《よしず》を軒《のき》にたてかけた水茶屋に入った。

水茶屋は座敷にあがることもできたが、茶釜をかけた竈を囲んで長腰掛が何台かが並ぶ前土間があって、長腰掛には緋毛氈《ひもうせん》が敷いてある。

「かけましょう」

　二三助は葭簀の陰の長腰掛に腰をおろした。市兵衛が並んでかけると、

「ここなら、家中の者がくることはありませんので」

　と、葦簀ごしに川端の景色へ目を投げた。

　赤い襷《たすき》に楓色の前垂《まえだ》れをつけた茶汲《ちゃく》み女に、煎茶《せんちゃ》を頼んだ。茶汲み女が茶碗《ちゃわん》を運んできて、かすかに脂粉の香をふりまいた。

　二三助は煎茶を一服して、やおら言った。

「今朝《けさ》から誰も口にはしませんし、わたしも知らなかった。だが、誰も口にしなくても、噂はたちまち勝手に広まります。どうやら、金木さんは昨夜から藩邸に戻っていないようです。間違いなく、ひと晩でも許しを得ずに屋敷を空《あ》けたお咎《とが》めがくだされるでしょう。国元の金木家にも、累《るい》がおよぶかもしれない」

　茶碗を手にしたまま、並んでかけた市兵衛に流し目を寄こした。

「金木さんは、今どちらに？」

「申しわけないのですが、それは教えられません。何とぞ悪《あ》しからず。小暮さんを信用しないのではありません。小暮さんに会ってほしいと、金木さんに頼まれたのです。ただ、金木さんは重い疵を負い、生死の境を彷徨《さまよ》っています。刺客に襲われたのです。念のための用心をしておきたい。わたしの判断です」

市兵衛は、二三助の流し目を押しかえすように言った。

二三助は葦簀ごしの景色へ目を投げ、また茶を喫した。

「昨日、金木さんは御用人の尾野木彦之助という方から、柳橋平右衛門町にある川口という船宿へいき、ある人物に会い、その者からある物を受けとってくるようにと、御用を申しつけられました。隠密の御用で、誰にも知られてはならないし、しかも殿さまが直々《じきじき》に、その御用を金木さんに務めさせよと、尾野木さんに指図なされたそうです」

「殿さまが、直々に？　尾野木さんが言ったのですか」

「そうです。それゆえ、金木さんは誰にもどこへいくとも告げず、昨夜、ひとりで船宿へいったのです。そこで、刺客に襲われました」

葦簀ごしに、新堀川端の柳並木や、川向こうに土塀をつらねる寺院や門前の町家が眺められた。新堀川を通る荷船が、川端より低く、積みあげた荷の上のほうと棹をつかんだ船頭の胸から上だけを見せて、すべるように横ぎっていった。

老若男女《ろうにゃくなんにょ》が、川端をいき交っている。

新堀川をさかのぼった菊屋橋《きくやばし》に東本願寺《ひがしほんがんじ》があり、そこから浅草広小路へ出て浅草寺《せんそうじ》の参詣《さんけい》へと、人通りのつきない道筋である。

木綿《もめん》の荷を山盛りに積みあげた地車《じぐるま》を、冬にもかかわらず、半着を諸肌脱《もろはだぬ》ぎになって赤銅色《しやくどういろ》の上半身をさらし、下帯ひとつの人足の前の二人が牽《ひ》き、後ろの二人が押して息苦しそうに轍《わだち》を鳴らしつつ通りすぎた。

そのあとに、饅頭笠《まんじゆうがさ》に墨染《すみぞめ》の衣を着けた托鉢僧《たくはつそう》の列が通りかかって、続いて、子供らの一団が賑やかに走り抜けていく。

水茶屋の前土間に客の姿は少なかったが、客の出入りは絶えずあった。客が出入りするたびに、茶汲み女の艶《あで》やかな声が店の間に流れた。

市兵衛が昨夜からの経緯を語り終えると、二三助は呟いた。

「それほどの疵を受け、よく生きていたものだ」

「疵を縫った医者は、予断を許さないと言っております。町家で起こった人斬りですから、本来なら、番所に届け出なければなりません。しかし、金木さんは、番所に届け出ず、藩邸にも知らせないでほしいと、言われました。金木さんは、昨夜の一件が表沙汰《おもてざた》になって町方や公儀の調べが入り、万が一にも石神伊家の障りになる事態を懸念しています。そのうえで、尾野木彦之助さんが金木さんを謀にかけ命を狙った真の理由を、小暮さんなら知っているのではないかと、金木さんは推量したのです。それを小暮さんに会って確かめてくれるようにと、頼まれました」

二三助はため息をついた。それから、仕方なくというような口調で、

「子細は知りません」

と、言いかえした。

「今朝になって、金木さんが昨夜、藩邸を出てまだ戻っていないことを噂で初めて知ったくらいです。金木さんは、許しもなくそんな不埒《ふらち》なふる舞いをする人ではありません。みな知っています。ですから、みな口を噤《つぐ》んでも、何があったのだと、内心は不審に思っています。誰も金木さんに何があったのかを確かめないので、よけい不穏な気配を感じずにはいられません」

「小暮さんは、確かめないのですか」

「わたしなど、軽輩の作事方ですよ。わたしごときが確かめたところで、何ができますか。ご重役方のお決めになることに、われらが与《あずか》り知ることなど、できませんから」

「では、ご重役方が金木さんに刺客を差し向けたと?」

「言葉のあやです。わたしは知らないと、言っておるのです」

「御用人の尾野木彦之助さんの尾野木家も小暮家も、ご家中では宝蔵一門です

ね。金木脩さんの金木家は、中原一門です。宝蔵一門と中原一門の反目と対立が、両本家の先々代より続いている、と聞いています」

「金木さんから、聞かれましたか」

「信夫平八さんとたまたまかかり合いができ、信夫さんと病で亡くなったお内儀《ないぎ》の由衣さんが北最上領を欠け落ちしたと、信夫さんから聞かされました。小弥太と織江を育てると決めたとき、子供たちの両親が欠け落ちした事情をもっと詳しく知っておくべきだと思いました。それで知人を頼って調べたのです。すると、石神伊家の有力家臣である宝蔵一門と中原一門の、先々代からの長い対立が、二人の欠け落ちと深いかかり合いのある子細がわかりました」

「それがなんですか。もしも、尾野木さんが金木さんを始末するために刺客を差し向けたのだとすれば、宝蔵一門と中原一門の長い対立の遺恨が根にあったからだとでも、言われるのですか」

　二三助は、冷やかな口調になった。

「小暮さん。尾野木彦之助さんが金木さんを船宿の川口にいかせ、刺客に金木さんを襲わせたのは、確かなのです」

「そうとは限りません。金木さんは船宿で、本途《ほんと》に酔っ払いの喧嘩に巻きこまれただけかもしれませんよ。深手を負われたために、金木さんは気が動転して、刺客に襲われたと勘違いなさっているだけかも……」

「勘違いと、思われるのですか。では、わたしが金木さんの代人になって、町奉行所にお調べを訴え出て、北最上藩の石神伊家のからんだ騒乱が江戸町家で起こったため、公儀目付の調べが江戸屋敷に入っても、かまわないのですか」

市兵衛が言うと、二三助はこたえなかった。

「誰が考えても、殿さまの御側衆に就《つ》くほどの重い身分の尾野木さんが、馬廻り役助の金木さんを謀にかけ、刺客を差し向け命を狙う、そんな愚かで粗暴なふる舞いを、おのれの一存で、中原一門へのただの確執だけで、するはずがないことぐらい、わかりますよ。しかも、殿さまの直々のお指図とまで口に出されたのです。表からは愚かで粗暴に見えるふる舞いにも、裏の企み、真の狙い、それを推《お》し進める誰かの強い意図が働いているからこそ、尾野木さんは謀を廻らしたのではありませんか。そして、それはまだほんの手始めにすぎないのではありませんか」

沈黙する二三助に、市兵衛はなおも続けた。

「誰でもが気づくことです。尾野木さんは、御側衆の御用人の身でありながら、殿さまにも知られず、金木さんを亡き者にしようと謀ったのですか。金木さんは殿さまの家臣です。殿さまの家臣を名分もなく誅にかけ、刺客を差し向け誅《ちゅう》するなど、明らかに殿さまに謀叛《むほん》を働くふる舞いではありませんか。金木さんは口には出されません。ですが、わたしは不審でなりません。本途に殿さまはご存じではなかったと……」

「やめてください。無礼ですぞ」

二三助が声を高くした。茶屋の客や茶汲み女が、二三助の声に驚いたように目を向けてきた。

「お許しください」

市兵衛は、それ以上の言葉を控えた。

二三助はぬるくなった煎茶《せんちゃ》をひと口含んで、葦簀ごしの景色へ目を投げた。茶を呑みこみ、喉を鳴らし、ため息をついた。そして、市兵衛に日に焼けた頬骨の目だつ横顔を見せて言った。

「小暮家は、宝蔵一門と言ってもとるに足らぬ家柄です。子供のときからできが悪く、凡庸《ぼんよう》なわたしが作事方の端くれに就けたのは、宝蔵一門の引きがあったからです。殿さまの御側衆や御側近くに仕える取次や近習や小姓衆などは、一門の中でも優秀な者が選ばれるのです。わたしのような者は、せめて作事方の下役でも務めておれというわけです。それに比べ、中原一門のなかの金木家は違う。本家の中原家がもっとも頼りにする一門の要のような家柄で、これまでも有能な者を多く輩出している。ご存じの長女の由衣は美しい息女だったし、部屋住みの金木脩さんは、遠からず馬廻り役に就いて、いずれ主家の石神伊家を支える逸材と嘱望《しよくぼう》されています。だから、わたしと金木さんとでは、同じ分家でも比べものになりません。不謹慎なことをあえて言いますと、金木さんは命を狙われるほど有能ですが、わたしなどはわが一門の事情にすら殆ど蚊帳《かや》の外におかれている。というか、忘れられているのです」

二三助は、自嘲するような薄笑いを浮かべた。

「今、思い出しました。金木さんは船宿の川口で、大伝馬町《おおてんま》の仲買問屋《大村《おおむら》》の主人・小左衛門《こざえもん》か、主人の使いの頭取か番頭と会う約束になっていたと、聞きました。尾野木さんではありません。別のところからです。どんな用で会うのか、それは本途に知りません」

「大伝馬町の仲買問屋・大村の主人・小左衛門ですね」

「上屋敷に出入りを許されている商人です。尾野木さんと縁が深い大店《おおだな》です」

　二三助は、束の間、黙考して言った。

「金木さんに伝えてください。お訊《たず》ねの子細は知りません。尾野木さんが金木さんに対し、何ゆえそんな暴挙におよんだのか、真の狙いは、裏でその狙いを画策し推し進めている者がいるとすれば誰なのか、本途に知らないのです。しかしながら、ある筋からここだけの話という前おきで、嘘か真《まこと》か定かではない噂を聞きました。その噂では、家中にはある改革を志す人々がおり、その人々は、藩のこれまでの古い政事や仕組、しきたりを改め、石神伊家を大きく発展させることを目指しているのです」

「それは、宝蔵一門の方々が志す改革なのですね」

「宝蔵一門だけでは、ありません。大村の小左衛門も、陰ながら支援を惜しまぬでしょう。もしかすると、殿さまもその改革にご賛同なさっておられるのかもしれません。と言うのも、近々、ある重大な御上意が家中に発せられ、改革が一気に苛烈《かれつ》に推し進められるらしいのです」

「御上意が発せられ、改革を一気に苛烈に推し進めるとは、何をするのですか」

「改革を阻《はば》む家中の古い勢力を、一掃するのですよ。噂が本途なら、たぶん、家中に沢山《たくさん》の怪我人や死人が出るのでしょうね。あるいは、もうそれは始まっているのかも。金木さんの一件も……」

二三助は市兵衛へふりかえった。

「金木さんは、今しばらく藩邸に戻ってこないほうがいい。始末されたと思われていたほうが、安全だ。ですから、わたしへのお訊ねはこれきりにしていただきたい。金木さんが生きていることは、誰にも言いませんので、それも伝えてください。家中でこれから何が起こっているのか、わたし自身どうなるのか、わかりません。これでもわたしは宝蔵一門ですから、一門の指図に従うことになるでしょう。事情によっては、金木家と敵対する場合もあるかもしれない」

六

同じ日の朝、南町奉行所臨時廻《みなみまちぶぎょうしょりんじまわ》り方の宍戸梅吉《ししどうめきち》は、神田紺屋町《かんだこんや》の岡っ引の文《ぶん》六《ろく》と、文六の下っ引の捨松《すてまつ》を従え、柳橋北の神田川が大川にそそぐ河口端に店をかまえる船宿・川口の、二階座敷にあがっていた。

宍戸は、昨夜の喧嘩沙汰に巻きこまれた客が、大川に転落した現場の調べを行っていた。

部屋は南の神田川と東の大川へ向いた角地にあって、神田川側の出格子窓の障子戸は閉じられているが、大川側の出格子窓の両引きの障子戸は、障子紙には血が飛び散り、外枠ごと敷居からはずれ、組子が無残にくだけて、出格子の手摺りにぶらさがったままだった。

宍戸は、白衣の裾《すそ》にのぞく紺足袋を光のなかへ踏み出し、出格子窓から大川を眺めた。

大川側の窓から、東の空にだいぶ高くなった日が、部屋の少々古びた畳に黄ばんだ午前の光を落としていた。朝の光の下で深い紺色に染まった大川を、玩具のような小さな川船が漕ぎのぼっていく。

両国広小路から東両国へ渡す両国橋に、人や荷車が盛んにいき交い、町の賑わいが始まっていた。出格子のすぐ下には、船着場の歩みの板が大川へ差し渡してあり、船宿の猪牙舟と屋根船が杭《くい》につないであった。

「ふうん。するってえと、喧嘩に巻きこまれたその客は、この窓から大川へ飛びこんで難を避けたか、あるいは、疵を負って誤って転落したかだな」

宍戸は、組子のくだけた障子に散っている血を十手《じって》で突き、宍戸の周りで膝をかがめて畳を調べている文六に言った。

六十を二つ三つすぎた文六は、銀髪と言っていい白髪を綺麗《きれい》に結《ゆ》った頭を持ちあげ、宍戸に言った。

「旦那、ちょいと足下に気をつけてくだせえ。ほら、この畳にも、血が点々と散っております」

文六が自前の鍛鉄の十手で、畳の血の跡を差すと、

「おっと、そうかい」

と、宍戸は紺足袋を爪先立ちにして窓ぎわから離れ、文六と一緒に畳に散った血の跡をたどった。

「血の跡はここら辺の畳に点々としたたり、出格子の手摺りや破れ障子には、飛沫《しぶき》のように散っております。どうやら、大川に落ちた客は二ヵ所以上斬られた模様ですね。しかも、血飛沫が飛ぶぐらいだから、相当の深手に違いねえ。喧嘩が高じて、斬り合いになったってことですかね……」

言いながら、文六は低くうめいた。首を隣の部屋へひねり、丹念に見廻っている捨松に声を投げた。

「捨松、そっちはどんな様子だい」

隣の部屋との間仕切の襖は、両開きの片側の襖がこちらの部屋に倒れ、一方の

襖は引き開けられた状態で、これも昨夜のままにおかれていた。喧嘩が始まり、膳がひっくりかえされ、飛散した食い物や酒は片づけられていた。

「へい。こっちに血の跡はありやせん。食い物の跡やこぼれた酒の染みは、あちこちにだいぶ残っておりやす」

捨松は、腰を折って隣の部屋をゆっくり見廻しつつかえした。

「けど、刀を抜いて斬り合ったにしては、こっちの襖にも窓の障子にも、刀の跡は見つかりやせん。刀を派手にふり廻したのは、そっちの部屋へなだれこんだかしてからじゃありませんか。たまたま隣の部屋にいた見ず知らずの客を、てめえらの喧嘩に巻きこんじまったってえわけですかね」

「いずれにしても、客はとんだとばっちりだぜ。この血の跡を見りゃあ、今ごろはもう土左衛門《どざえもん》かな」

宍戸が大川を眺めて言った。

船宿の女将と中働きの女が、現場の調べに立ち会っていた。

文六は身体を起こし、二人の女に訊いた。

「女将さんは、喧嘩が始まってすぐ二階にきたんだろう」

「はい。二階で急にどたばたが始まったもんですから、おきねと慌《あわ》てて二階へあがったんです。そしたら、隣の部屋から凄い怒鳴《どな》り声が聞こえ、お膳がひっくりかえり、刀をかんかん打ち合っていて、店はどんどんとゆれるし、恐くてとても入れませんでした。おきねが部屋に入ろうとするから、およしよって止めたんです。何しろ、うちにあがったときからもう相当酔っ払ってましたし、性質《たち》が悪そうな浪人さんたちでしたから、部屋を荒されたうえに、変にからまれてひどい目に遭わされちゃあ、堪《たま》りませんもの」

女将が憤《いきどお》りを隠さずこたえた。

「こっちの部屋になだれこんで、客を喧嘩に巻きこんじまったんだな」

「ばたんと襖が倒れて、二階の床が抜けるかと思いました」

「どんな声が聞こえた」

「危ないとか、やめろとか、喚きながら。悲鳴やら叫び声も聞こえました。部屋がめちゃめちゃにされそうなんで、もう恐がってなんかいられず戸を開けた途端に、喧嘩に巻きこまれたお客さんが大川に飛びこんだみたいで、四人の酔っ払いが窓の外をのぞきこんでいました」

「喧嘩の続きを、やっていたんじゃなかったんだな」

「みんな刀を手にしていましたけれど、下におろして、どこだって、外をのぞいて探しているみたいでした。あたしらに気づいたら、慌てて逃げるように消えちゃいました。部屋を荒した弁償も、お酒やお料理の代金も踏み倒して。お店を荒されたうえに、弱り目に祟《たた》り目、泣きっ面に蜂ですよ」

「女将さんには気の毒だったね。浪人者らに知ってる顔はなかったかい」

「本途《ほんと》に性質の悪い人たちでした。あの顔は忘れません。うちには初めてあがった人たちだと思います。ねえ、おきね」

「あの、女将さん、あたし、あの四人のうちのひとりを、前に見たのを思い出しました。逃げ出していくときに、ちらっと見かけただけですけど、たぶん、その人だったと思います」

「あら、おきね、あいつらに見覚えがあるの？」

おきねは頷き、文六へ向いた。

「浜町《はま》のお店に、年季奉公している幼馴染《おさなな》《じ》みがいます。先々月、お休みをもらって、その子に会いに浜町のお店を訪ねたときです。その子と両国へいくことに決めて出かける途中、人相の悪い浪人さんといき合いました。そしたら、幼馴染みが急に顔を伏せて、前からくるその浪人さんは近所の筧《かけい》道場と言う剣術道場の門弟で、性質が悪いから気をつけてって言ったんです。界隈《かいわい》のお店にわざと言いがかりをつけて、詫《わ》び代をせしめるまで帰らないとか。目を合わせたら因縁をつけられるとか。ですから、あたしも目を伏せました。でも、いき違いながら、見ないふりして見たんです。こっそり。昨夜の酔っ払いのなかのひとりは、その浪人さんだったと思います」

「おきね、本途にそいつなのかい」

「間違いないと思います。もしかしたら、ほかの三人も筧道場の浪人さんかもしれません。幼馴染みが、筧道場の門弟は柄《がら》の悪い浪人さんばかりだからって、言ってました」

「筧道場の門弟か。どこにある道場だ」

文六が質《ただ》した。

「場所は知りません。だけど、幼馴染みの奉公先は橘《たちばな》町の一丁目です。自身番で訊けば、すぐにわかるんじゃありませんか」

「それならすぐわかるだろう。早速いってみる」

「親分さん、それから、喧嘩に巻きこまれたお客さんなんですけど……」

おきねが文六にまた言った。

「温和《おとな》しそうな若いお侍さんでした。喧嘩に巻きこまれたとき、お侍さんは、無礼な、とか、おのれら何者、誰の差金だ、とか言ってたのを聞きました。お茶を運んだとき、お侍さんと言葉を交わしましたから、声はわかりました」

「そうだね。そんなことも言ってたね。どういうことなのかね」

女将が言い添えた。

「ほう。誰の差金だって、巻きこまれたお侍が言ったのかい」

文六は首をかしげた。

そこで、浅黒いあばた面で頰のたるんだ宍戸が、口を挟《はさ》んだ。

「女将、その侍は北最上の者と言ったんだな？」

「そう言われたので、この部屋へ案内したんです。一昨日、大伝馬町の大村の次《じ》郎吉《ろきち》という番頭さんが、前もって部屋を頼みに見えて、昨日の夜の五ツ（午後八時頃）ごろに北最上藩のお侍さんが見えるから、次郎吉さんより先に見えたら、部屋にお通ししておいてくれと、言われていたんです。北最上藩のどなたか、お名前はうかがいませんでした。だいぶ早目の六ツ半（午後七時頃）すぎに見えられ、お客さんも北最上の者としか名乗りませんでしたし」

「どんな風貌だった」

「二十代の半ばぐらいの、背の高いほっそりとして涼しい顔だちで、黒っぽい羽織袴でした」

「ふん。それじゃあよくわからねえな。大伝馬町の大村たあ、仲買問屋の大店の大村だな」

「はい。さようです」

「旦那、北最上藩なら、下谷七軒町に上屋敷のある石神伊家ですね。石神伊家の勤番侍の誰かが、大村の番頭の次郎吉に会うことになっていた」

「そのはずだったのが、酔っ払いの喧嘩に巻きこまれて、疵ついて大川に転落したってことか」

「本途に、酔っ払いの喧嘩にまきこまれたんでしょうか」

「文六は違うと思うのかい」

「おのれら何者、誰の差金だって質すことは、浪人たちは喧嘩と見せかけて、じつは北最上の若い侍を狙ったからでは、ありませんかね」

宍戸は、にやりとして文六を見たが、どうかな、というふうに首をひねった。

「女将、北最上藩の上屋敷にこのことは知らせたのかい」

「大村の次郎吉さんがそのあとに見えられ、吃驚《びっくり》なさって、北最上のお屋敷には自分が急いで知らせてくると仰ったんで、お願いしました」

「北最上のどなたに知らせに言ったんだい」

「相済みません。こちらも動転していましたもので、聞きそびれました。おきねは聞いていないかい」

おきねは首を横にふった。だが、ためらいつつ文六に言った。

「あのう、ちょっと気になるんですけど……」

「おっと。おきねさんには、まだ何かあるんだね」

文六は、思わず笑みを見せた。

「大村の次郎吉さんが、北最上藩のお屋敷へ知らせにいかれたとき、ひとりじゃなかったんです」

「ふむ。お供の小僧か手代がいたんだな」

「小僧さんや手代の方じゃありません。次郎吉さんは喧嘩騒ぎのあと、川口にひとりで見えましたから。でも、川口を出ていかれたときは、一階の店の間にいたお侍さんと一緒でした」

「店の間にいた侍と？　一緒にかい」

船宿の店の造りは、大抵どこも前土間続きに一階の広い店の間があり、店の間から二階へあがる階段がのぼっている。店の間には大きな桐《きり》の長火鉢《ながひばち》がおかれ、二階の部屋にあがる客ばかりではなく、火鉢のそばで酒を呑みながら、船の支度を待つ客もいる。

「ということは、大村の次郎吉さんは、その侍とも川口で落ち合う約束で、喧嘩騒ぎに巻きこまれた侍と、引き合わせるつもりだったとか」

「それはどうか、わかりません。でも、そのお侍さんは、喧嘩騒ぎを起こした四人の浪人さんたちと一緒に見えたお侍さんです」

文六の顔つきが変わった。

「四人の浪人さんたちは、女将さんの案内で二階へあがったのに、そのお侍さんだけ、店の間に残ったんです。お侍さんは二階へあがっていく四人にさり気なく会釈を送っていたので、どうして別々なのかな、一緒じゃなかったのかなって、思いました。けれど、そのときはそれだけでした」

「店の間の侍は、どんな様子だったんだい」

「はい。お酒を一本だけ頼んで、二階で喧嘩騒ぎが起こって、女将さんとあたしが二階へあがるときも、喧嘩騒ぎなんて知らないみたいに、長火鉢のそばでゆっくりとお酒を呑んで、人を待っているふうでした」

「他人の喧嘩騒ぎなんぞどうでもいいやと、思うやつもいるからな」

宍戸が知ったふうに言った。

しかし、文六は腕組みをして、それから、とおきねを促した。

「四人の浪人さんたちが逃げ出したあとも、店の間のお侍さんはいました。ですから、四人の浪人さんたちとはただ顔見知りだっただけなんだって思いました。だけど、ほどなく大村の次郎吉さんが川口に見えた折り、次郎吉さんはそれとなくお侍さんに目配《めくば》せして、お侍さんが頷いたんです。あらって、あたし、思いました。変だなって感じたんです」

「おきね、おまえ、それは間違いないのかい」

女将が心配そうに言った。

「本途です。間違いありません。次郎吉さんがきてから、お侍さんはお酒の勘定を言いつけて、次郎吉さんが表へ出たあとを追っかけるみたいに帰っていきましたし。大村の次郎吉さんと待ち合わせをしていた北最上のお侍さんが、偶然、隣の部屋に居合わせた四人の浪人さんの喧嘩騒ぎに巻きこまれ、四人の浪人さんは店の間のお侍さんと一緒に川口へきたし、店の間のお侍さんは喧嘩騒ぎのあとにきた次郎吉さんとやっぱり顔見知りで、二人が続いて川口を出たんです。こんな偶然って、ちょっと変じゃありませんか」

おきねが言うと、宍戸が噴き出した。

「おめえ、御用聞《ごようきき》みてえな女だな。おめえの言うとおり、変だ。だが、かと言って、そういう変なことがねえわけじゃねえ」

しかし、文六は真顔をさらに曇らせた。

「店の間のお侍は、四人連れと同じ浪人風体だったのかい」

「浪人さんのように見えました。袴は穿《は》かず、着流しで。月代《さかやき》ものばして。それから……」

おきねはしばし考え、

「たぶん、右手の具合が悪くて、使えないと思います。右手をずっとわきに垂《た》らして、左手で徳利を持ってお酒を杯《さかずき》につぎ、杯に持ち替えて呑んでいました。刀を左手で腰に差して、右手を柄《つか》に乗せるのも、左手で右腕をこうやって抱え」

と、右腕を抱える仕種をして見せた。

「そうかい。右手の不自由な浪人風体の五人目がいたとしたら」

文六は呟き、くだけて破れた障子戸が出格子にぶらさがった窓ごしの、午前の大川を見やった。大川は朝の光の下に輝いていた。

宍戸は文六と捨松を促《うなが》し、部屋を出た。建てつけの悪い狭い板廊下と階段が軋んだ。この安普請《やすぶしん》では、喧嘩が始まってさぞかし店がゆれたことだろう。

店の間におり、前土間の雪駄《せった》を履くと、宍戸が言いかけた。

「文六、どういう手順でやる」

「へい。お糸《いと》らがくるのを待って、まずは覚道場から訊きこみを始めやす。それから、大村の次郎吉の話を訊くことに」

「いいだろう。そっちはおめえに任《まか》せるぜ。報告は、お佐和《さわ》のところで聞く。文六の報告次第で、お奉行さまから北最上藩へ問い合わせをするか、するまでもねえか決めよう。じゃあな、文六。報告を待ってるぜ」

「承知しやした」

「お疲れさまでございやした」

と、文六と捨松は、黒羽織をひるがえし、船宿・川口を出て佐久間《さくま》町のほうへ手先も従えず雪駄を鳴らしていく宍戸を見送った。

宍戸はだいぶ以前から、新《あたら》シ橋《ばし》の佐久間町四丁目裏地の裏店《うらだな》に、お佐和という年増に妾《めかけ》奉公をさせていた。近ごろは、岡っ引の文六に調べや見廻りを任せ、自分はお佐和の店に入り浸《びた》って、お佐和の店に文六を呼びつけ、調べや見廻りの報告を聞くことが多かった。

むろん、八丁堀の組屋敷にはお内儀と倅《せがれ》がいるので、夜は八丁堀の組屋敷に帰らなければならないが。

昨夜の船宿・川口で起こった喧嘩騒ぎと、客が大川に転落した一件は、平右衛門町の自身番にすぐに届けられ、大川の探索は明日の朝、明るくなってからと決まり、自身番の店番から月番の南町奉行所へ届けられた。

一件が起こってから一刻後、当番同心が船宿の検視に出役した。当番同心は、簡単な調べと訊きとりを行い、明日、改めて出役する掛《かかり》の指示があるまで、部屋はそのままにしておくようにと言いつけ、引きあげていった。

そして、翌朝の今日、臨時廻り方の宍戸梅吉に率いられ、岡っ引の文六と下っ引の捨松が船宿・川口へ向かったのだった。

ただ、文六には昨夜からすでに、船宿・川口の喧嘩騒ぎの知らせが入っており、喧嘩騒ぎに巻きこまれた別の客が大川に転落した経緯も聞こえていた。

文六は下っ引のお糸に、若い衆の富平《とみへい》と良一郎《りよういちろう》を従え、夜明けとともに始まる大川に転落した客の探索に加わるよう、指示していた。

お糸は、文六の二十以上歳の離れた女房で、男物の小袖を尻端折《しりはしょ》りにし、黒股《くろもも》引黒足袋《ひきくろたび》雪駄の男装に拵《こしら》え、長年、文六の下っ引を務めてきた。

長い黒髪を束ね髪にして朱《しゅ》の三本の笄《こうがい》で止め、化粧っ気のない容顔《かんばせ》に紅《べに》を唇《くちびる》に鮮《あざ》やかに刷《は》いた色年増ながら、並の男に劣らぬ背丈があって、腕っ節も強く、文六の右腕と言われていた。

また、文六は住まいが地蔵橋《じぞうばし》跡に近い紺屋町にあるためと、岡っ引ではあっても情の厚いその人柄から、《地蔵文六》と綽名《あだな》がついていて、女房のお糸は、亭主の地蔵文六を守る《お糸地蔵》とも、南北御番所の町方は呼んでいた。

そのお糸と、お糸に率いられた富平と良一郎の若い衆が、文六と捨松の待っていた船宿・川口の表戸をくぐったのは、昼前だった。

「親分、駄目だったよ。船宿がみな船を出してくれて、橋脚に引っかかってないか、水草の間に浮いてないか、川底に沈んじゃいないかと、河口の佃島までくだって隈なく探したけど、怪我人も仏さんも見つからなかった。大川沿いの町家の番所にも、知らせは入っていないようだね」

お糸は文六に言った。

「そうかい。むずかしいとは思っていた。仏になったとも、まだ限ったわけじゃねえしな。仕方がねえ。ご苦労だった。次は、浜町と大伝馬町で訊きこみだ。だが、その前にまずは腹ごしらえをしよう。ここで早めの昼飯を食っていく。富平も良一郎も、腹が減っただろう」

「へい。腹が減りやした」

十九歳の富平と十七歳の良一郎が、そろって声を張りあげた。

七

寛道場の場所は、自身番で確かめ、簡単に知れた。

浜町と呼ばれる入堀端の、千鳥橋《ちどりばし》と栄橋《さかえばし》の間の往来を村松町《むらまつ》へとって、村松町の東隣の横山同朋町《よこやまどうぼう》にある町道場だった。

長年、表店の物置に使われていた納屋が、表店の亭主が老いて跡継ぎもいないことから、裏店に引っこんで店仕舞いしたあと、表店は買い手がついたが、納屋は何年も買い手がつかず放っておかれたままだった。

その納屋を、寛源之助《げんのすけ》と言う常州笠間《じょうしゅうかさま》の浪人者が借り受け、古びた普請《ふしん》に少々手を入れ、住居をかねた心貫流の道場を開いたのは、三月《みつき》ほど前である。

界隈の裏店を差配する家主は、納屋を空家にしておくのは用心が悪いため、道場になったことに不満はなかった。ただ、道場主の寛源之助の門弟と称し、住みこみで仕える三名の門弟が、素行が粗暴で、町内のみならず周辺の町家でもめ事やごたごたをしばしば起こし、苦情が絶えないのが悩みの種だった。

ところが、昨夜遅く、筧源之助が家主を訪ね、明日、すなわち今日、さる方の警護で旅の供をする役目を急遽《きゅうきょ》申しつかったゆえ、早朝に出立する旨を伝えられた。今朝の夜明け前、筧源之助と三人の門弟は、そろいの黒編笠に黒の長合羽、黒袴の黒装束に拵え、眠りから覚めぬ暗い町を旅立っていった。

家主は、文六とお糸らの訊きこみにこたえた。

「どちらの殿さまのお供でどちらの国へとうかがいましたところ、それは隠密の御用ゆえはばかりがあります、と筧さんが仰られ、詳しくは存じません。雪が深くなる前には戻ってまいる、とも仰られましたので、おそらく雪深い北の国なのでございましょうね」

筧道場は心貫流で、三人の門弟は、沖山周明《おきやましゅうめい》、橘川流五郎《きつかわりゅうごろう》、尾原重一《おばらしげかず》、と家主は言った。

「三人の門弟の方々は少々柄が悪く、ふる舞いも粗暴なところがあり、界隈のお店とよくもめ事を起こされまして、苦情が絶えなかったんでございます。筧さまにも申しあげ、筧さまは、面目ない、以後改めますゆえ、と恐縮しておられましたが、あまり改まったふうではなかったようで。と申しますのも、筧さまと門弟の方々は、道場主と門弟というより、歳はそれぞれ三十代の初めか半ばあたりの似たころ合いで、親しい剣術仲間、と言いますか、ここだけの話、不良仲間の悪ふざけがすぎるような、そんな様子がないわけではございませんでした。はい」

昨日の筧と三人の門弟の行動については、昼前、筧源之助は三人の門弟を従えて出かけ、道場に戻ってきたのは、たいぶ夜が更けてからだった。家主は、筧らがどこへ出かけたかは知らず、布団に入る支度をしていたとき、

「このような夜分、済まぬが」

と、筧が訪ねてきて、旅に出る用ができ今朝の出立を伝えられたのだった。

剣術道場でありながら、道場の門弟は、沖山周明、橘川流五郎、尾原重一、の三人しかおらず、新しく弟子を募《つの》っている様子もなかった。

どうやら、筧源之助には、ほかに暮らしの方便《ほうべん》があったらしかった。

それがどういう方便、生業かわからなかったものの、店賃は越してきた当日に半年分が収められていたし、少なくとも、この三月の暮らし向きが窮しているふうではなかった。

「筧源之助に、門弟らにでもいいんだが、どういう客が道場を訪ねてきたか、覚

えちゃいないかい」

　文六が問うと、家主は、「お客さんね」と首をひねった。

「道場を訪ねてきたお客さんは、覚えがありませんね。ただ、筧さんは、午後、身形《みなり》を整え、おひとりで出かけることが多かったようです。さっき申しましたように、筧さんが出かけますと門弟の方々が町家に出られて、お店でもめ事を起こされるのでございます。性根が粗暴、育ちがよろしくないんでございましょう。あれには困りました。もしかすると、筧さんは別にして、門弟のお三方は、元はお武家ではないのかもしれません。筧さんには、不良仲間のお頭につき従う子分のように従順でございました」

　家主はさらに言った。

「門弟は三人のほかにおりませんでしたが、剣術の稽古は、よくやっておられました。このとおり、路地奥にある小さな町道場でございますから、竹刀を激しく打ち合う音や雄叫びのような喚声が、町内に毎日響きわたるんでございます。また、道場の窓から、筧さんを中心に四人が真剣の素ぶりで汗を流しているところも、よく見かけられました。柄は悪くとも、四人とも鍛えられて締まった身体つきで、本当に強そうでございました。それに、ああいう柄の悪い者に見られがちな、道場でこっそり賭場を開いて寺銭稼ぎをするなど、お上のお咎めを受ける真似もございませんでしたので、それはまあ安心しておりました」

「筧源之助の保証人は、どなただい」

主家を持たない侍が江戸の町家で暮らす場合、保証人を立てなければならなかった。浪人が寺社や武家屋敷に住むことは許されなかった。

「はい。筧源之助さんの保証人は、大伝馬町の仲買問屋の大村小左衛門さんでございます。大店の大村のご主人が保証人に立たれておられるので、こちらも安心でございました。大村小左衛門さんが、どういう子細があって筧さんの保証人に立たれたのか、それはわかりませんがね」

文六は虚《きょ》を衝《つ》かれた。

大村小左衛門が、筧源之助の保証人だと？　どういうことだい。そいつは妙な具合じゃねえか。大村小左衛門の使用人の番頭・次郎吉が、船宿・川口の部屋を頼んだのだ。そこに北最上の侍がいて、隣の部屋に四人の酔っ払いがいた。川口のおきねが言ったとおり、偶然にしちゃあできすぎだぜ。

「いいだろう。今日のところはこれぐらいだ。邪魔したな。それからな、筧源之助と門弟らが旅から戻ってきたら、本人らには言わず、おれに知らせてくれるかい。おれの店は紺屋町の……」

横山同朋町の筧道場から、昼さがりの通塩町《とおりしお》の大通りに出た。人通りで賑わう大通りを大伝馬町へとった。

「親分、大村小左衛門さんが筧源之助の保証人に立っているなら、番頭の次郎吉は、筧源之助と門弟らを、あたり前に知っているんだろうね」

道々、お糸が文六の背中に問いかけた。

「知らなきゃ、おかしいだろう」

文六の背中がこたえた。

「なら、船宿の川口で喧嘩騒ぎを起こした四人の酔っ払いが、筧と門弟らだったとしたらだよ。大川に落ちた客も、喧嘩騒ぎに巻きこんだ酔っ払いも、次郎吉のかかり合いがあったことになるね」

「親分、四人の酔っ払いと一緒に川口にきたと、おきねの言ってた店の間の浪人とも、次郎吉は知り合いだったんですよね。片方の、腕が具合の悪い……」

と、それはお糸の後ろの捨松が言った。

「北最上のお侍さんを巻きこんだ酔っ払いの喧嘩は、本途《ほんと》の喧嘩だったのかね。次郎吉は北最上のお侍さんに、どんな用があったんだろう。今ごろ、上屋敷では騒ぎになっているんだろうね。気になるね」

「ああ、気になるな。けどまずは、次郎吉の話を訊くしかねえ。おれたち御用聞が大名屋敷へ乗りこんで、訊きこみができるわけじゃねえしな」

文六はお糸と捨松にかえした。

だが、そのとき文六は、ふと、北最上藩の石神伊家というのが、妙に気になった。北最上藩と言えば、小弥太と織江が引きとられていったのは北最上藩石神伊家の金木家だった。

そうだ、金木脩だ。文六は、市兵衛から聞いた名を思い出していた。

金木脩は小弥太と織江の母親である由衣の弟で、両親を亡くした小弥太と織江を北最上の金木家に引きとるため、市兵衛を訪ねてきた。

これもまた偶然だな、と文六は思ったのだった。

八

大伝馬町の仲買問屋・大村の、間口《まぐち》が二十間（約三六メートル）以上はある店の前には、地車や大八車《だいはちぐるま》が何台も並んでいた。十数頭の荷馬も、軒下の日陰につながれている。

紺の長暖簾《ながのれん》が《大村》と標して軒庇《のきびさし》につらなり、午後の陽射しをさえぎっていた。うだつのあがった屋根と大村のたて看板が、人通りの頭上に見えた。

大伝馬町は、木綿や木綿の布地を手広く扱う問屋と仲買業者が、大店中店小店を並べる《木綿店》とも呼ばれていた。廻船によって諸国より江戸へ廻漕《かいそう》された物資が、浜町川の河岸場より大伝馬町の店へ搬入された。

木綿の反物《たんもの》と思われる荷物を人の背丈の三倍近くまで積みあげた大八車が、曳《ひ》き手《て》がひとり、後ろで押す二人の人足がつき、大村の店先から賑やかに轍を鳴らし出発していく。

文六らは、取引業者に手代、荷を運ぶ人足らがひっきりなしに出入りし、低いざわめきや飛び交う声の絶えない大村の長暖簾をくぐった。

「おいでなさいませ」

すかさず前土間を駆けてきた小僧に、番頭の次郎吉へ取次ぎを頼んだ。

「小僧さん、あっしは南御番所の臨時廻り方・宍戸梅吉さまの御用聞を務めております神田は紺屋町の文六と申します。御用の件でうかがいました。そうお伝え願います」

「へえい。南御番所臨時廻り方・宍戸梅吉さまの御用聞をお務めの、紺屋町の文六さまですね。少々お待ちくださいませ」

小僧が大声で繰りかえし、小走りに奥へ引っこんだ。

ややあって、また走り出てきた小僧が、こちらへ、と文六らを案内した。

富平と良一郎は、前土間に待たせ、前土間から通り庭を抜けた奥へ通った。落ち縁を踏んで客座敷にあがると、すぐに茶菓が出た。

客座敷には店の賑わいが、かすかに聞こえていた。

ほどなく、五十すぎと思われる地味な鼠色《ねずみいろ》の長着を着けた男が現れた。

「お待たせいたしました。てまえは大村の頭取を務めます宇兵衛《うへえ》でございます。紺屋町の文六親分さんのお名前は、うかがっております。お勤め、ご苦労さまでございます」

そう言って、愛想《あいそ》よさを装《よそお》い、文六らに辞儀をした。

文六は「改めまして、あっしは……」と名乗った。

「こちらの番頭の次郎吉さんに、御用の筋でお訊ねしなきゃならねえことがあって、ご商売の最中を承知で、お邪魔いたしました。何とぞ悪しからず。次郎吉さんは、お出かけですか」

「はい。じつは、次郎吉は今朝ほどより、主人の大村小左衛門の供を申しつかりまして、旅に出ております」

「ほう、次郎吉さんは今朝ほど旅に出られましたか。なんと、そうでしたか」

文六は、少々、困惑を覚えた。かかり合いがあるとは思えないが、筧源之助と三人の門弟が、やはり今朝旅だったことが思い出された。

「旅は、どちらへ」

「はい。来年以降の紅花《べにばな》の買いつけの商談に、羽州《うしゅう》の山形《やまがた》でございます」

「紅花とは、染料に使うあの紅花のことで？」

「さようでございます。ひと昔前まで、紅花は京紅や京染の原料として、京を中心に上方《かみがた》の需要が殆どでございました。しかしながら、近ごろは江戸でもずいぶんと紅花を求める業者が増え、高級呉服のみならず、太物《ふともの》のお召し物でも江戸の人気は高まる一方でございます。わたしども仲買問屋・大村も、江戸のお客さまのお求めに応じられますよう、とり扱い高をより多くする所存でございます。元《げん》禄享保《ろくきょうほう》のころ、紅花を干し花にした紅餅《べにもち》の生産は、諸国すべてを合わせて一駄《だ》三十二貫を千駄余でございましたが、当今の諸国の総生産は、二千駄を超えております。しかし、これでも上方の商人に負けずに江戸のお客さまのお求めに応じて仕入れることがなかなか難しく、とり扱いの量を増やすのに苦労するのでございます。なかでも、羽州最上および山形の産地の紅花が殊に良いと言われていて、人気が高く……」

「ほう、羽州最上および山形の紅花の人気は高いのですか」

「はい。最上は諸国のなかでも紅花の主産地として知られており、最上と山形の紅花の生産量は、諸国の総生産の半分を上廻っております。最上は昔から上方の商人とのつながりが深く、わたしども江戸の商人も少しでも食いこもうといたしておりますものの、上方商人の壁は容易にくずせません。そのため、主人の小左衛門も、山形、最上へ自ら出かけ、少しでも仕入れの量を増やせるようにと、苦労しておるのでございます」

「来年の商談に、羽州へか」

文六は腕組みをしてうなった。

「来年というより、二年、三年、その先の商いを考えてのことでございます」

「最上と言いますと、北最上藩の領国も紅花の産地なんですか」

「あ、いや、羽州最上と申しましても、広うございます。北最上領は高い山々が領国の多くを占め、豪雪の冬は長く、平地の耕作地が少ないのでございます。領国の土地はなるべく米作りに廻さねばなりませんので、紅花栽培は盛んではございません。紅花栽培が盛んな土地は、羽州の中部から南にかけてでございます。紅花栽培で知られた最上は、今の村山《むらやま》地方の古《いにしえ》の呼び名でございます」

北最上ではなかったが、文六は気になった。

「紅花栽培は、農民にとっても実入りがいいんですね」

「間違いなく、実入りはよろしゅうございます。紅花の値打ちはあがる一方でございまして、近ごろでは、紅花栽培一反《たん》歩《ぶ》で得られます実入りは、稲作の三反歩に匹敵すると言われております」

「おっと、そんなにですか。そいつは凄い」

「今の村山郡《こおり》あたりでは、紅花の収益によって、年貢諸役のもろもろを収めておると聞いております」

「それなら、親分」

と、捨松が文六の後ろから口を挟んだ。

「米作りよりも、紅花をいっぱい作って、江戸のお客さんに売れば、これまでよりずっと豊かになれるんじゃねんですか」

お糸が噴き、文六と宇兵衛もおかしそうに笑った。

「それじゃあ、紅花で実入りがよくなっても、食う米がなくなっちまうだろう」

「米は、紅花で儲《もう》けた分で他国から買えばいいじゃありませんか」

「むずかしいことはおれにもわからねえが、米が金の値打ちを決めるんだから、米作りをおろそかにできるわけがねえじゃねえか」

「そのとおりでございます」

と、宇兵衛は微笑んでいる。

「わたしども商人も、米作りがしっかり保たれているからこそ、商いが保てるのでございます。紅花の収益は高くとも、紅花の相場は米相場より不安定でございまして、米相場が下落すれば紅花の相場も大きく下落いたします。米作りはお上の政の基《もとい》でございますのでね」

「なんで、紅花相場が米相場のまきぞえを食うんでやすか」

「そうでございますね。わかりやすい例を申しますと、米の値段がさがれば禄米《ろくまい》をお金に替えてお暮らしのお武家さま方の台所事情が厳しくなり、節約しなければなりません。そうしますと、高級な呉服などの売れ行きは落ちこみ、呉服の染料の原料になる紅花の売れ行きも悪くなります。当然、紅花の相場はさがるという理屈でございます」

「あ、そうか」

「また、飢饉《ききん》などで米相場が暴騰いたしても……」

宇兵衛を止めて、文六は言った。

「捨松、その話はまたの機会にしよう。ところで、宇兵衛さん、昨夜、柳橋の船宿・川口で、酔っ払いの喧嘩騒ぎがありましてね。その喧嘩騒ぎに、たまたま船宿に居合わせた北最上の石神伊家のお侍がまき添えを食った。お侍は、怪我を負わされ大川へ転落したか、もしかしたら大川に飛びこんで逃れたのかもしれませんが、どちらにしてもひどい災難に遭ったのは間違いねえ。じつは、その石神伊のお侍が船宿・川口にいたのは、こちらの番頭の次郎吉さんと待ち合わせをしていたらしいんです。お侍の素性は石神伊家ということ以外わからねえし、大川へ転落してからどうなったのか、今のところ消息も知れません。また、酔っ払いは浪人者らしく、喧嘩騒ぎを起こし、船宿を荒して損害を与えたうえに、かかり合いのねえ侍をまきぞえにしたものだから慌てて逃げ去った。これもまだ捕まっちゃあおりません。人の命にかかわり、しかも町家が荒された。こうなったからには、町奉行所もただの喧嘩騒ぎで済まされねえ。うかがいましたのは、次郎吉さんが石神伊家のどなたとなんの用があって、昨日、川口で会う約束をしたのか、そいつをお訊ねするためです。約束というのを、川口の部屋を女将に前もって申しつけていたのは、次郎吉さんなんですよ」

「ごもっともで、ございます」

宇兵衛は、首を折るように頷いた。

「昨夜の喧嘩騒ぎは、次郎吉より聞いております。次郎吉が船宿の川口へ約束の刻限にいくと、石神伊家のお使いのお侍さまが酔っ払いの喧嘩に巻きこまれ、大川へ転落したと聞き、吃驚《びっくり》するやらうろたえるやらで、頭が混乱したそうでございます。すぐに、まずは上屋敷にお知らせせねばと気がつき、下谷七軒町の上屋敷へ走って、子細を伝えました。その足で店に戻り、主人の小左衛門とわたしが事情を聞かされたのでございます。主人は驚き、えらいことになったと承知しておりました。ではございますが、主人と次郎吉の今朝の出立はずっと以前から決まっており、商談の相手方もいらっしゃいますので変更はむずかしく、あとはわたしに、御番所のお調べがあれば、おこたえできることはあり体におこたえするようにと任され、夜明け前に出立いたした次第でございます」

「そうですかい。そういう事情なら仕方ありません。では、宇兵衛さんにお訊ねします。昨夜、次郎吉さんは石神伊家のどなたと、どういう用件で会う約束をなさったんで」

「まことに相済まぬことでございますが、それは、わたしどものほうからは、おこたえいたしかねます。何とぞ、石神伊家へ直《じか》にお確かめ願います」

宇兵衛は、肩をすぼめて恐縮して見せた。

「ほう。石神伊家の隠密の御用でしたか」

「大村は石神伊家上屋敷へお出入りを許され、仲買問屋としての商いをさせていただいております。ゆえに、お屋敷の相応のご身分の方より内密の御用を頼まれれば、お請けするのが務めと心得ております。わたしども大村にとりまして、昨夜の御用はお店の用と、申せば申せます。ではございましても、必ずしも、石神伊家の御用とは限りません。数日前、石神伊家のさる方より、くれぐれも内密にと念を押されたうえで、斯《か》く斯《か》く云々《しかじか》と急なお頼みがございました。主人・小左衛門と相談いたし、やむを得ぬのではないかということになって、昨日、船宿の川口で次郎吉が石神伊家の方と会う手はずでございました」

「さる方のお頼みとは、大村の小左衛門さんに借金の申し入れとかで、表沙汰になると、石神伊家に障りがあるとか」

宇兵衛は黙然として、なんの素ぶりも見せなかった。

文六は話を変えた。

「喧嘩騒ぎを起こしたのは、浪人ふうの酔っ払いが四人でした。その四人についてて、大村さんにお心あたりは、ありませんか」

「わたしどもは、商家の者でございます。商い以外の事情でお侍さまとおつき合いいたす折りは、殆どございませんので、心あたりなど。ましてや、ご浪人さんとなればなおさらでございます」

「そりゃあ、そうでしょうね。大村さんほどの大店が、酔っ払って喧嘩騒ぎを起こし、他人に迷惑をおよぼすような胡乱《うろん》な浪人風情に心あたりが、あるとはあっしらも思っちゃおりません。ところで……」

文六は言いかけて、唇を一文字に結び短い沈黙をおいた。

「四人の酔っ払いの浪人に、手がかりがあったんです。船宿の中働きの女が、四人のうちのひとりに見覚えがあったんです」

「さようで。そのご浪人さんは、どなたで」

宇兵衛は平然とかえした。

「横山同朋町に、筧道場という心貫流の町道場がありましてね。道場主は筧源之助。門弟が三人で、沖山周明、橘川流五郎、尾原重一。ちょうど四人です。船宿の女が見かけたのは、三人の門弟のうちのひとりだと言うんですよ」

宇兵衛はさり気なく目を伏せた。店に荷が搬入されてきたらしく、荷車の音が続いて、賑わいが大きくなった。宇兵衛は表を気にする素ぶりを見せた。

「すぐに終ります。申しわけありません」

「おかまいなく……」

「で、こちらにうかがう前、筧ら四人が、昨夜はどこにいて何をしていたかを訊くため、筧道場を訪ねました。すると、筧ら四人は、どなたかの警護役で旅の供をすることになったとかで、今朝の夜明け前に江戸を出立しておりました。どなたの警護役かはわかりませんが、どうやら、筧らの行先も冬は雪深い北国のようです。宇兵衛さん、もしかして、筧らは小左衛門さんの警護役の旅で？」

「いえいえ、違います。主人と次郎吉は、二人だけでございます。このたびの旅は、小僧も連れておりません」

「ということは、偶然ですか」

「そのようでございますね」

宇兵衛は、それが何か？　という顔つきを向けてきた。

「家主に筧らの素性を訊ねますと、道場主の筧源之助が常州笠間の浪人者で、江戸に出てきた子細は知らないようでした。ところが、三月ほど前、筧が横山同朋町に町道場を開くにあたって、大村のご主人の小左衛門さんが、筧源之助の保証人に立たれていると聞き、少々意外でした。頭取の宇兵衛さんも番頭の次郎吉さんも、それは訊くまでもなくご存じですよね」

「承知しております」

「もしも、船宿の川口で喧嘩騒ぎを起こした四人の酔っ払いが、筧と門弟三人だったとしたら、次郎吉さんか、あるいは小左衛門さんの指図で、川口にいたということなんですか」

「親分さん、そんなとんでもない推量を廻らされては困ります。昨夜、筧さんたちが本途《ほんと》に川口にあがっていたとしたら、まったくの偶然でございます。小左衛門もわたしも次郎吉も、親分さんに今聞くまで、存じませんでした。小左衛門は筧さんの保証人に立っておりますが、それはあくまで、筧さんの剣術にかけるひた向きな一念に共感いたし、少しでも筧さんの役にたつならと、少々の支援もし、保証人にも立っておるだけでございます。それは、わたしも次郎吉も、小左衛門が以前そう申しましたのを聞いております。でございますので、筧さんと門弟の方々が、日ごろ、どのような暮らしをなさっておられるのか、見張っているわけではございません。たまには船宿で酒を呑み、船遊びを楽しまれたとしても、小左衛門とかかり合いはございませんよ」

宇兵衛は白髪のまじり始めた鬢を、上品な仕種でなでつけた。

「親分さん、絶対にないとは申しません。しかしながら、昨夜の川口の酔っ払いの喧嘩騒ぎが、筧さんたちの仕業なら、お上の厳しい処罰を受けるのは当然のことでございます。そのような浪人者の保証人に立った小左衛門にも、お咎めがくだされたとしても、いたし方ございません。ましてや、石神伊家はわたしども商人がお出入りを許されておる大事なお得意さまでございます。その石神伊家のお侍さまを疵つけ、その方を大川へなどと、なんという暴挙を仕出かしたのでしょう。これが事実なら、大村は石神伊家の信頼を失うことになります。失った信頼は、どうやってとり戻せばよいのか。筧さんには日ごろ目をかけていたのに、これでは恩を仇《あだ》でかえされたも同然でございます」

と、宇兵衛は眉をひそめて見せた。

「ですが、親分さん。喧嘩騒ぎを起こした酔っ払いの浪人が、筧さんたちだったとは、今はまだ、限っていないのではございませんか」

「限っちゃ、おりません」

「川口の中働きの女の見覚えのあった浪人者のひとりが、筧道場の門弟のひとりだったとしても、筧さんやほかの二人が、仲間だったとはかぎりません。わたしの存じておりますす普段の筧さんは、剣術ひと筋の、ご自分を厳しく律しておられるお侍らしいお侍なのでございます」

「小左衛門さんと筧源之助とは、どういうお知り合いなので?」

「詳しくは存じません。ずっと以前よりの知り合いだったようです。小左衛門は商いひと筋。筧さんは剣術ひと筋。目指す道は違っていても、互いに相通ずるものがあったのではございませんでしょうか」

「そうですか。いずれ、筧と門弟三人が江戸に戻ってきて、川口の女将や中働きの女が面割《めんわり》をすれば、明らかになります。小左衛門さんも次郎吉さんも、筧ら四人も江戸にいないのでは、仕方がありません」

「でございましたら、わたしはそろそろ、仕事のほうに戻らせていただきます。親分さん、よろしゅうございますか」

店のほうの賑わいは、盛んに続いていた。

「けっこうです。お手間をとらせました」

だが、宇兵衛が立ちあがろうとするのを、あっ、と文六は止めた。

「それから、あとひとつ」

宇兵衛は起こしかけた腰をおろし、少し不快な顔つきを隠さなかった。

「もうひとり、やはり浪人風体の、確か右腕が不自由なお侍も、こちらの店に出入りしておられますね。名前はわかりませんが、そのお侍も小左衛門さんが保証人に立たれているので？」

「右腕が不自由な浪人さんですか。はて、どなたでしょう」

「ご存じありませんか。昨夜も、川口で次郎吉さんと待ち合わせをしておられたようです。次郎吉さんは、石神伊家のお侍に引き合わせるつもりだったんじゃあねえんですか。喧嘩騒ぎで、石神伊家の方との待ち合わせが台なしになったためか、次郎吉さんとその浪人が、一緒に出ていかれたそうで」

宇兵衛は、平然とした素ぶりをくずさなかった。

「おっと、そうだ。その浪人者は、筧と三人の門弟らしい四人と、一緒に川口へきたそうですぜ。ところが、四人と別れ、船宿の店の間でひとりで酒を吞んでいた。誰かと待ち合わせをしているみたいにね。次郎吉さんと川口を出ていったから、てっきり、二人は待ち合わせをしていたんじゃねえかと思ったんです。それも、川口の中働きの女は見ていたんですよ」

「どなたのことか、わたしはわかりかねます。次郎吉一個の知り合いというだけではありませんかね。大村の商いにかかり合いのある方のなかに、そのようなご浪人さんの覚えはございませんので」

「そうですかい。それも、たまたま次郎吉さんの知り合いが川口にいただけの、偶然ですかね。これほど偶然が重なるのも、珍しいが」

「珍しゅう、ございますね」

ふん、と宇兵衛は軽く笑った。

九

次の日、下谷七軒町にかまえる北最上藩石神伊家上屋敷の御座の間へ、御用人・尾野木彦之助が摺り足を進めた。

御座の間は、北を背に主君・石神伊因幡守隆道の御座のある上座が一段高くなっていて、尾野木が裃《かみしも》の袴を払って着座した下座の、南側と東側を廻る勾欄《こうらん》つきの縁廊下と、内庭に植えた松や、葉の枯れた梅の樹木が、開け放った明障子《あかりしょうじ》の外に見えていた。ほどなく、

「殿さまのお成りです」

と、小姓の声がかかった。くつろいだ錦繡《きんしゅう》の羽織に銀鼠《ぎんねず》がまぶしい袴に拵えた隆道が、やや速足で上座に現れ、尾野木は畳に手をつき頭を垂れた。

隆道は落ち着きなく、御座に着座する前にはや声をかけた。

「彦之助、手をあげよ」

尾野木が手をあげ頭を持ちあげかけたところへ、

「して、どうなった」

と、気性の細かそうな口ぶりで質した。

尾野木は、上段の一角に端座する小姓へ目を向け、すぐ隆道へ戻した。それから、冷やかに言った。

「お人払いを……」

隆道は上段の一角の小姓へ、「退っておれ」と命じた。

小姓が退ると、尾野木は「ご無礼仕《つかまつ》ります」と、上段へにじり寄った。

「町奉行所への返答は、手はずどおりにいたしました」

そう、ささやきかけた。

邸内は静かだった。内庭の木々の間を、鳥影がかすめている。

「それで、大丈夫なのだろうな」

「お任せください。金木の亡骸《なきがら》はあがっておりません。かえって、都合がよろしゅうございます。金木は屋敷に戻っており、疵の手あてをしておることにしておきます。時機を見て、国元へ戻らせると。金木脩は国元で生き続けるのです」

「あとになって亡骸があがったら、どうする」

「その場合は、酔っ払いの喧嘩に巻きこまれて落命するなど、武士の面目にかかわるゆえ、国元の親類縁者にそのように伝えるための方便であり、殿さまが国元に戻られてから、金木家に疵がつかぬよう、殿さま自ら金木家にお伝えになるはずであったと、弁明いたします」

「言いつくろうのか……」

「はい。国元の金木家へも、事が落着するまで、何も伝えません。金木家には、脩がこれまでどおり上屋敷にて勤番していると思わせておくのです。国元へは、時機を見て知らせればよいのです」

　昨夜、隆道の許しを得てそのように決め、今朝、南町奉行へ伝えられた。

　気性の細かい隆道は、余ほど心配なのか、繰りかえし確かめるように同じことを問い質した。事はもう進められていた。腹を据えるしかないのだが。

「金木脩か。気持ちのいい男だった。わたしは気に入っていた。惜しいな。可哀想なことをした」

隆道は、急に女々《めめ》しく愚痴《ぐち》をこぼした。

「家臣を慮《おもんぱか》るお優しいお心は、お察しいたします。しかしながら、何とぞ、大事の前の小事と、お考えくださいませ。大望を成しとげるためには、泣いて馬謖《ばしょく》を斬らねばならぬときはございます。国の政の改革を推し進め、より発展させるためです。旧弊を改め、新しき国を作るのです。それが、ゆくゆくは民のためでもあるのです。おのれらの利権にしがみつく古い勢力を、一掃するときがきたのです。殿さま自ら、おつらい決断をすでにくだされました。のちの世に、隆道さまの御名は石神伊家中興《ちゅうこう》の祖《そ》と残ることは必定《ひつじょう》にて……」

「中原家は、どう出てくる」

「ご心配にはおよびません。企ては着実に進んでおります。国元の商人らも、ようやく機が熟したと、喜んでおります。昨日、大村小左衛門が、人数を率いて北最上へ出立いたしました。北最上が深き雪に埋まるころには、間違いなく落着しております。殿さまの御上意により、中原家の者は断固、排除いたします」

「百姓どもは、大丈夫であろうな」

「これまでも申しあげましたとおり、百姓どもを従順にさせるのは、さほど難しくはございません。あの者らは、指図する者によってどのようにでも靡《なび》くのです。中原一門の力が失せれば、あとは殿さまの思うがままでございます」

「中原一門が恭順《きょうじゅん》の意を示せば、あまり厳しき処置は控えよ。御公儀にそれが知られると拙《まず》い」

「心得ております。しかしながら、手加減は禁物です。あの者ら、御公儀に訴え出て息を吹きかえしかねません。やるべきときは、やり抜くのです。国元においては、手はずが整っております。すべて、わが宝蔵一門にお任せください」

隆道は、不安を隠さずため息をついた。

「また、宴《うたげ》を開こう。宴の名目はなんでもよい。彦之助、考えよ」

「それはよろしゅうございますな。盛大な宴を催し、気晴らしをなされませ。名目は、新しき国を興す前祝いで、よろしいのではございませんか」

「それでよい。みなに伝えよ」

隆道は宴が好きであった。石神伊家の江戸屋敷では、毎夜のように酒宴が開かれていた。宴の費《つい》えが重なり、江戸屋敷の台所事情が悪化していた。

その日、文六は、お糸、捨松、富平と良一郎を引き連れ、佐久間町四丁目裏地のお佐和の店へ顔を出すと、宍戸梅吉より早速、南町奉行を通じて北最上藩石神伊家へ問い質した一件の返事を聞かされた。

問い質した一件は、一昨日夜、平右衛門町船宿・川口において、客同士の諍《いさか》いに巻きこまれ、疵を負って大川へ転落した石神伊家の家士についての、消息と事の経緯であった。

「文六、意外だったぜ。大川へ落ちた北最上の若侍は、疵は負っていたものの、その夜更けに、上屋敷に戻っていたんだと。まったく、人騒がせな野郎だ。石神伊家の返事はそういうことだ」

宍戸は、苦笑を見せて文六に言った。

「ほう。あの血の量からすると、かなり深手だったと思われますし、しかも冬の大川へ落ちて、無事、上屋敷へよく戻れましたね」

実際、文六は意外だった。亡骸は見つかっていなくとも、余ほどの幸運がないかぎり、生きのびるのはむずかしいと思っていた。

「名は、なんと仰るお侍さんで」

「金木脩と言う、若い馬廻り役助だ」

「ええっ」

一瞬、文六は耳を疑った。眉をひそめ、首をひねった。

「おや。文六、金木脩を知ってるのかい」

「知ってるわけじゃ、ありません。ただ、聞き覚えが、あるような……」

文六は、つい、わざと曖昧《あいまい》にこたえた。

「ふうん、そうかい。まあいい。で、その金木脩が、お屋敷に出入りしている大村の次郎吉に、内々に借金を申し入れ、それで船宿の川口で会う約束を交わしたのさ。金木は暗くなって川口へいき、次郎吉を待っていたのが、隣の部屋の酔っ払いの喧嘩に巻きこまれて疵を負い、不覚にも大川へ転落した。気は確かで、かろうじて陸にあがったものの、怪我を負ったうえに大川に落ちた面目なさに、夜陰にまぎれてどうにか上屋敷に戻った。で、今は上屋敷のてめえの長屋で、怪我の療養中だそうだ。子細をお聞きになられた殿さまは、金木の不始末に殊のほか機嫌をそこなわれ、怪我が癒《い》え次第、金木は国元に戻され、謹慎《きんしん》を申しつかることになっているらしい。それから、船宿の川口には、この一件が表沙汰になれば石神伊家の恥になるゆえ、償い金や詫びは改めて求めねえ。そっちが大っぴらにしなければ済んだことは忘れよう、というわけだ。つまり、これにて一件は落着したってことになるな」

「いや、筧源之助と三人の門弟らが江戸に戻ってきたら、とり調べがまだ残っております。これで一件落着じゃあ、船宿の川口は、荒され損ですよ」

「どうだかな。筧らは本途《ほんと》に江戸へ戻ってくると、文六は思うのかい」

宍戸は珍しく文六が向きになったことを面白がって、顔をにやつかせた。

「戻ってきませんかね」

文六はすぐに自分をとり戻し、落ち着いてこたえた。

「筧らは、酔っ払って羽目をはずし、とんでもねえことを仕出かしちまった。だから、江戸から姿をくらましたんじゃねえか。ほとぼりが冷めるまでは、戻ってこねえぜ」

そうかもな、という気はした。

文六はお糸らを引き連れ、佐久間町四丁目裏地から神田川沿いに、船宿の川口へいった。

川口の女将と亭主に先夜の喧嘩騒ぎの顚末《てんまつ》を伝えると、女将は不満を露わにした。しかし、すぐに諦め顔になって、大川に落ちた侍を気遣った。

「大川に落ちたお侍さんが、命が助かったのなら安心しました。一番お気の毒なのは、酔っ払いの喧嘩のまきぞえを食った、その金木脩と仰るお侍さんですから。うちは、部屋を荒されて商売になりませんでしたけれど、仕方がありません。長く客商売をやっていると、こういうことだってあります」

筧道場の四人が江戸に戻ってきたら……

と、文六はそんな話を女将と亭主にして川口を出た。

文六たちは、神田川に架かる柳橋を渡った。

柳橋から、神田川河口の先をゆったりと流れる大川と、川面を飛翔する鳥影が見えた。柳橋の人通りは絶えず、柳橋界隈の町家は相変わらず賑わっていた。

柳橋を南へ渡った両国新地の、水茶屋二階の出格子に干した湯文字が、川風になびいて薄桃色の花を咲かせていた。

文六は柳橋の半ばで歩みを止め、手摺りに手を乗せ、大川を見やった。

「親分、どうしたんだい」

お糸が文六に声をかけた。

「なんだか、腑《ふ》に落ちなくてな。あれもこれもそれも、みんな偶然だってか。何もかも、たまたまってことかい」

文六はお糸にこたえるのではなく、自分自身に問いかけていた。

「親分、北最上藩の金木脩って、もしかしたら、小弥太と織江が引きとられた金木家のお侍さんじゃあ、なかったかい」

お糸も気になっていたらしく、ためらいがちに質した。

「たぶん、間違いねえと思う。おめえも気になっていたかい」

お糸は大きく頷いた。

「しかし、まあ、大川に落ちたお侍がその金木さんだったとしても、生きて上屋敷に戻ったんだから、まずはよかった。これで、川口の喧嘩騒ぎをこれ以上探ることに、あんまり意味はなくなった。旦那の仰ったとおり、一件落着と言っていいのかもしれねえ。けどな、大村の宇兵衛は、番頭の次郎吉も金木さんも、石神伊家のさるお方の借り入れの使いで川口にいったと言っていただろう」

「言っていたね」

「つまりは、馬廻り役助の若い金木脩さんの名を出して、さるお方の名を隠しているのさ。さるお方の名が表沙汰になる事態を、石神伊家ははばかったんだ。身分が違うってわけだ。こすいことをするじゃねえか。それがお武家のやることかい。そう思わねえか」

「思うよ」

お糸が言うと、捨松と富平と良一郎がお糸の後ろで首をすくめて頷いた。

「お糸。おめえは富平と良一郎を連れて、永富町の唐木さんに、北最上藩の金木脩さんが喧嘩騒ぎに巻きこまれて怪我をした子細を、知らせにいってきな」

文六は、険しい顔をゆるめて言った。

金木脩は、北最上藩石神伊家郡《こおり》奉行配下の地方頭《じかたかしら》だった金木了之助《りようのすけ》と妻・千《ち》歳《とせ》の長女・由衣の弟で、六歳の小弥太と四歳の織江の叔父にあたる。

小弥太と織江は、由衣と石神伊家徒組・信夫平八の儲けた子である。

金木脩が、今は隠居の身の金木了之助と妻の千歳、すなわち、小弥太と織江の祖父母が、小弥太と織江を引きとり育てる意向を市兵衛に伝えにきたのは、市兵衛が小弥太と織江を引きとってひと月もたたぬ先々月の八月だった。

先月、小弥太と織江は北の国へと旅だち、それから文政七年（一八二四）の冬がきた。

「唐木さんに知らせたところで、どうにもならねえことはわかってる。だがな、知らせねえってのも、なんだか、気が済まねえのさ」

と、文六は続けた。

「そうだね。そうしよう。じゃあ、これからいってくるよ」

お糸がこたえた。

お糸が富平と良一郎を従え、永富町三丁目の安左衛門店の木戸をくぐったのは、それから四半刻後だった。

しかし、安左衛門店の市兵衛の住まいは板戸が閉じられていた。

「市兵衛さん、良一郎です。お糸姐《ねえ》さんも一緒です。市兵衛さん……」

良一郎は表の板戸を敲いてから、呼びかけた。

応答はなかった。昼さがりの路地に、人の姿はなかった。四半町（約二七メートル）ばかり離れた永富町の土もの店の賑わいも、ここまでは聞こえてこない。

「姐さん、どうやら留守のようですね。仕事で出かけているんですかね」

良一郎がお糸へふりかえった。

「そうだね。新しい仕事が、見つかったんだろうね」

お糸が良一郎に頷きかえした。

「市兵衛さんなら、すぐに仕事は決まるでしょうね」

富平も言った。

市兵衛は、先月末まで神田青物《あおもの》役所の書役《かきやく》を務めていた。書役のひとりが病気療養のため、病が癒えて復帰するまでの代役だった。今月になって病気療養の書役が青物役所に復帰し、代役務めは終了していた。

「また、仕事探しです」

と、市兵衛は屈託を見せない笑顔で言っていた。しかし、お糸は市兵衛の様子が心なしか寂しげに感じられ、それが気になっていた。

「日を改めて、またこよう」

お糸が、富平と良一郎をうながして路地を戻りかけたとき、住人のおかみさんが店から出てきた。

「あら、お糸さん。お勤めご苦労さま」

おかみさんは会釈を寄こし、お糸に声をかけた。

お糸が御用聞の文六の女房で、男勝りに亭主の下っ引を務めていることは、神田界隈ではよく知られている。

「市兵衛さんに御用かい」

「御用じゃないんですけど、男やもめの様子を見にきてやったんです。出かけてるようなんで、また出なおしてきます」

すると、おかみさんがあっさりとかえした。

「市兵衛さんは、今朝、旅に出たみたいだよ。あたしらがまだ寝ていた暗いうちに出立したって、安左衛門さんが言ってたね」

　安左衛門は、この裏店の家主である。

「旅に？　仕事で」

「そうじゃないかい。一昨日の夜だったか、急に呼び出されたみたいで、市兵衛さんが出かけて、戻ってきたのは昨夜のだいぶ遅くなってかららしいよ。けど、今朝はもう旅に出ていて、あたしらも一昨日の夕刻から市兵衛さんを見ていないのさ。きっと、旅に出なきゃならない急な仕事が入ったんだよ」

「どこへ？」

「羽州の、確か、北最上とかなんとか、安左衛門さんは言ってた。安左衛門さんに訊いてごらんよ」

「市兵衛さんが北最上へ？　ふうん、こいつも偶然だね」

　お糸は、富平と良一郎へ向いて繰りかえしながら、あれもこれもそれも、みんな偶然だってか。何もかも、たまたまってことかい、と文六がさっき言ったことを思い出した。

　金木脩の意識が戻ったのは、同じ午後だった。

目を開けると、人の顔が天井を背に脩をのぞきこんで、穏やかな笑みを浮かべていた。見覚えはあったが、誰だったか思い出せなかった。柳町の医師の柳井宗秀と思い出すまでに、間があった。

「せんせ……」

呼びかけた言葉が、かすれて声にならなかった。

「気がついたか。よく頑張った。大したものだ。よかったよかった」

宗秀が繰りかえし頷いて見せた。穏やかな笑みが、はじけるような笑顔になっていた。

「み、水を……」

脩はかすれ声で言い、身体を起こしかけた。痛みに襲われたものの、耐えられる痛みだった。

「無理はいかん。動くときは、そうっとな」

宗秀は言いつつ、脩の唇を水を含んだ布でぬぐった。わずかな水気が、渇《かわ》いた喉を湿《しめ》らせた。

「喉は渇き腹も減って、つらいだろうが、疵に障らぬよう、数日の我慢だ。少しずつ、ゆっくりと生きかえるのだ」

宗秀は数回、脩の唇を濡《ぬ》らした。

「一時は、もう目が覚めぬのではないかと、気が気ではなかった。金木さんが目覚めなかったら、市兵衛に合わす顔がなかった。やはり若いのだな。見る見る回復しているのが感じられる」

脩は唐木市兵衛を思い出した。

「唐木さんは、今、ここに」

宗秀に訊ねた。

「ここは、金木さんの疵が癒えるまで養生をするところだ」

「思い出しました。唐木さんに、あることを、お願いしました。そ、それを、うかがわねばなりません。先生、唐木さんは、いつ、戻られますか」

脩は懸命に言った。

「その心配は、しなくともよい。市兵衛に任せて、自分の疵の養生のことだけを考えていなさい」

「いえ。先生、違うのです。石神伊家の家中で、今、何が起こっているのか、それを知らねば、ならないのです」

「わかっておる。昨日、市兵衛に頼んだ石神伊家の事情が訊きたいのだな」

「昨日？　あれは昨日、だったのですか」

「そうだ。金木さんは、昨日の昼からほぼ丸一日眠っていたのだ。市兵衛は夕方戻ってきたが、金木さんは深い眠りに落ちていた。すなわち、金木さんは一昨日の真夜中にここへ運ばれてきてから、ずっと生死の境を彷徨っていたのだ。油断はできないが、たぶん、もう大丈夫だと思う。市兵衛からは、小暮二三助という人物に会ってわかったことを、全部わたしが聞いている。晒を換えてから、話して聞かせる」

「先生、わたしは急いでいます。それを先に……」

「その身体で、急いでどうする」

「は、藩邸へ、帰ります」

「小暮二三助という人物が、金木さんはしばらく藩邸に帰ってこないほうがいいと、市兵衛に明かしたそうだ。帰れば、金木さんの身が危ないのだ。もっとも、その身体では、藩邸に戻る途中で仏さんになるだろうがな」

「しかし……」

「言っただろう。その心配はせずに、市兵衛に任せておけ。今朝、市兵衛は北最上へ旅だった。北最上城下の金木家へ、金木さんの代りにわかったことを伝えにいったのだ」

「えっ、唐木さんが北最上へ？」

宗秀は頷いた。

「市兵衛は並の男ではない。市兵衛に任せておけば大丈夫だ。必ず、あの男は上手《うま》くやってのける。そういう男だ」

脩は呆然《ぼうぜん》と、宗秀を見あげていた。

火鉢にかけた鉄瓶が、湯気をのぼらせていた。勝手のほうで、雇いのお登喜の立ち働く下駄の音がしていた。診療部屋の連子格子の窓外を、通りかかりが影絵のようにいき交った。

# 第二章　羽州《うしゅう》街道

一

羽州《うしゅう》街道は奥州《おうしゅう》街道の脇街道である。

江戸から奥州街道をとって、桑折《こおり》宿の追分《おいわけ》を羽州街道へと分かれる。

奥羽山地の七ケ宿《しちがしゅく》町をへて、山形城下にいたり、最上川東岸を天童《てんどう》、村山、北最上へ北行し、雄勝《おがち》峠を越え、秋田から北の果ての津軽《つがる》へいたる。

はや四日がすぎ、北最上の盆地に雪の季節が近づきつつある五日目の午後、市兵衛は石神伊家六万八千石の城下に入った。

北最上に先だって初雪が降ってからは、穏やかに晴れた日が続いていた。

それでも、だんだんと湿り気を含んだ冬の冷気が、城の東側を南北に通る本町の往来におりていた。往来の西方の小高い山に城の城壁や、樹林に囲まれた櫓《やぐら》の瓦《かわら》屋根は望めるものの、天守閣はなかった。

天守閣は火事で焼け、それ以後、建立されなかった。

本町は商家が往来の東西に低い二階家をつらねて、盆地の南を流れる最上川から吹きこむ北西の風が多くの雪をこの地にもたらすため、檜皮葺《ひわだぶき》や茅《かや》葺の屋根の小店が多かった。しかし、小店のつらなりのなかにも白い漆喰《しっくい》の壁に瓦《かわら》屋根の頑《がん》丈《じょう》そうな土蔵造りが軒《のき》を並べ、それらは相応の大店《おおだな》に違いなかった。

人通りや荷を積んだ荷車がいき交い、数十頭の馬が馬子《まご》に牽《ひ》かれていく馬蹄《ばてい》の響きが絶えず、城下の商いの盛んな様子が察せられた。

盆地の北と東西を山々に囲まれた領内には、林業に就《つ》く者も多く、雪深い山林から伐《き》り出された材木を商《あきな》う店が多く見られた。

伐り出された材木は、険《けわ》しい奥羽の山々の水を集めて、一旦、北へ流れ、北最上領の南方を西へ流れを変えつつ雄大に横ぎる最上川舟運によって、酒田《さか》湊《たみなと》へ運び出されていく。

最上川舟運は、羽州諸藩と幕領の蔵米や商人米、村山郡内と山形領を主産地とする紅花、青苧《あおそ》、生糸、材木、などを下り荷とし、塩醬油、油、茶、古着などの日常の品々を上り荷として、数百艘《そう》の酒田船や大石田船《おおいしだ》が就航していた。最上川が西の海に出る酒田湊から、西廻《まわ》り航路や東廻り航路によって、上方《かみがた》の京や大坂、そして江戸へと結ばれていることを市兵衛は知っている。

往来の家並みが途ぎれた北東に低い山々が重なり合い、その彼方《かなた》に神室山地の山影が冬の空の下に青く輝いていた。

金木家の屋敷は、城北の万場町《ばんば》に土塀《どべい》を廻《めぐ》らし、瓦葺屋根の屋敷をかまえていた。檜の喬木《きょうぼく》が枝を広げる下に、瓦葺の屋根庇《びさし》の門が閉じられていた。物見の門番所のない質素な造りだったが、門わきに潜戸《くぐりど》のような小門があった。

市兵衛は、茶格子の小袖に、濃紺《のうこん》の袷《あわせ》の背さき羽織《ばおり》を着けていた。袴《はかま》は、暗褐《あんかつ》色《しょく》の細袴で、股《もも》だちをやや高めにとって、黒の甲懸《こうがけ》、黒足袋草鞋《たびわらじ》に拵《こしら》え、菅笠《すげがさ》をかぶっていた。

その菅笠を持ちあげ、門庇《もんぴ》を覆《おお》う檜を見あげた。本町の小店の店先にいた女に、金木家の屋敷を訪ね、

「金木さまのお屋敷は、門のところの、おっけえ檜が目標だなっす」

と、教えられていた。

市兵衛は、長い急ぎ旅で埃《ほこり》っぽい羽織や袴を払い、菅笠をとった。背さきの長

羽織から黒鞘《くろさや》がのぞく佩刀《はいとう》の柄袋《つかぶくろ》をなで、乱れた総髪の髷《まげ》を掌《て》で整《ととの》えた。

小門に閂《かんぬき》はおりていなかった。片開きの戸を開けてくぐると、広い前庭には綺麗《きれい》に剪定《せんてい》された灌木《かんぼく》が植えられ、掃除《そうじ》がいき届いた先に、玄関と式台《しきだい》、式台をあがった薄暗い玄関の間に衝立《ついたて》が見えた。

邸内はひっそりと静まりかえって、きょっきょっ、きょっきょっ、と檜の枝葉の陰で鳥の鳴き声が聞こえてきた。

鳥の鳴き声の下を通って、表門に面した玄関の庇下《ひさしした》に立った。

声をかけようとしたとき、中庭のほうから人のくる気配がした。

灌木の間を縫《ぬ》って、牡丹《ぼたん》の花を染めた振袖《ふりそで》を着けた童女が、元気よく走り出てきた。童女のさげ髪が、活発な動きに合わせて、肩に咲いた牡丹の花に戯《たわむ》れかかっているかのようだった。

童女を見つけ、思わず頰《ほほ》をゆるめた。

「あっ」

と、童女は不思議な物を見るかのように市兵衛を見あげ、立ち止まった。白い頰が紅潮していた。急いで駆《か》けてきたから、小さな吐息を繰りかえしていた。

「織江、会えて嬉しいよ」

市兵衛が微笑《ほほえ》みかけると、

「市兵衛さんっ」

と、織江ははじけた。両手を広げ、市兵衛の懐《ふところ》に飛びこんできた。

市兵衛は織江のやわらかく暖かい身体《からだ》を、片腕で易々《やすやす》と肩まで持ちあげた。

織江は本物かどうかを確かめるかのように、市兵衛の顔をひたひたと触って、
うふふ、と笑って小さな歯を見せた。

「本途《ほんと》に市兵衛さんだ」

「少し見ぬ間に、織江はまた綺麗になったな」

だが、織江は不思議でならぬというふうにはしゃいで、市兵衛の顔をなで廻す
のを止めなかった。

「市兵衛さん、どうしてここにいるのぉ、どうしてぇ」

「織江に会えることが、楽しみだった。やっと会えた」

「織江っ」

そこへ、やはり中庭との境の灌木の間から、小弥太が勢いよく走り出てきた。

「小弥太、元気か」

小弥太は立ち止まって、唖然《あぜん》とした。

「市兵衛さん」

と、ようやく気づいたかのように言った。

若衆髷《わかしゅ》に髪を結《ゆ》い、紺地に井桁《いげた》模様を抜いた着物に薄い茶袴姿が、江戸の町家の路地で遊んでいたときよりずっと年上の少年に見えた。

市兵衛のそばへ駆け寄るのを思い止《とど》まり、膝《ひざ》に手をあてて辞儀《じぎ》をした。

「おいでなさいませ」

市兵衛は織江を抱きあげたまま前へ進み、菅笠を手にした腕を小弥太の肩へ廻して、瘦《や》せた童子の身体を抱き寄せた。

「小弥太、侍の家の子らしくなったな。会いたかった」

途端に、小弥太は市兵衛の身体に抱きついた。そして、抱きついた恰好《かっこう》で市兵衛を見あげた。

「どうしてなの、市兵衛さん」

「小弥太と織江の叔父さんの、金木脩さんの代役でこちらにくる用が、急にできた。叔父《おじ》さんはわけがあって、江戸を離れることができないのだ」

「どんなわけが？」

「ふむ。それはまず、金木家のご当主の清太郎《せいたろう》さんにお知らせする。それから、小弥太と織江のお祖父《じい》さまとお祖母《ばあ》さまにもだ。お祖父さまとお祖母さまがいいと思われたら……」

言いかけたとき、中庭の灌木の間をくるひとりの女性が見えた。

女性は、市兵衛と小弥太と織江の様子を見て、戸惑いを浮かべていた。市兵衛に、顔を伏《ふ》せるような会釈《えしやく》を寄《よ》こした。長い束《たば》ね髪《がみ》を肩から背中へ流し、赤紫の小袖に蝶《ちよう》を白く墨絵風に散らし、亀甲《きつこう》文様の中幅紺帯がみえた。だが、その下は灌木に隠れて見えなかった。

「史乃《ふみの》さん」

市兵衛の腕のなかの織江が、女性へ無邪気《むじやき》に手をふった。

史乃と呼ばれた女性は織江に笑いかけ、なおもゆっくりと灌木の間を歩んでくる。白い額《ひたい》が広く、目だった。ややふっくらとした相貌に、口紅《くちべに》の朱《しゆ》が鮮《あざ》やかだった。きれ長の目と少し鼻先の尖《とが》った目鼻だちに、若衆のような高慢さが感じられた。その高慢さを、相貌に浮かぶ淡《あわ》い愁《うれ》いが、薄絹でくるんでいた。

灌木の間から出てきた史乃は、草色の草履をつけた足下をそろえ、市兵衛に辞儀をすると、静かに頭をあげ、市兵衛の存在の背後を見つめるかのように、市兵衛を見た。そして、市兵衛の腕のなかの織江と傍《かたわ》らに寄り添った小弥太へ、お行儀が悪いですよ、というふうな美しい笑顔を投げた。

束《つか》の間、市兵衛は史乃の愁いのある眼差《まなざ》しに見惚《みと》れた。痩身《そうしん》だが、背の高い健《すこ》やかな身体つきだった。

「おいでなされませ。お名前とご用件を、おうかがいいたします」

史乃は言った。

市兵衛は織江をおろし、辞儀をかえした。

「唐木市兵衛と申します。いきなりお訪ねいたしました無礼をお許しください。ご当主の金木清太郎さまに、急ぎお伝えいたす子細《しさい》があって、江戸よりまかりこしました。お取次ぎを願います」

「ああ、あなたさまが唐木市兵衛さまでしたか。お名前は存じあげております。小弥太と織江から、唐木さまのご様子をよく聞かされましたので、初めてお会いした気がいたしません」

市兵衛が笑うと、史乃も謎を解いたかのように微笑んだ。

「遠い江戸から、お疲れさまでございます。清太郎はただ今、登城いたしておりますゆえ、隠居《いんきょ》の了之助に取次ぎいたしますが、よろしゅうございますか」

「畏《おそ》れ入ります。できますならば、大奥さまの千歳さまにもお取次ぎいただければありがたいのです」

「千歳にもですか？」

「お伝えいたす子細は、金木脩さまの伝言です。それがしは、金木脩さまの代人にて……」

玄関の間に、若い侍が出てきた。玄関前で旅姿の訪問者と、両わきに寄り添った小弥太と織江、そして、訪問者に応対している史乃を訝《いぶか》しんだ。

「史乃さま、お客さまでございますか」

侍が声をかけた。

「礼吉《れいきち》、ご隠居さまに、江戸から唐木市兵衛さまがお見えですと、お伝えしなさい。それから、唐木さまは千歳さまにもご用がおありですから、よろしければご一緒にと。座敷にはわたしがご案内します」

礼吉が退《さが》っていくと、市兵衛は史乃に言った。

「旅姿のままで汚れております。すすぎなりと、お借りできませんか」

「どうぞ、勝手のほうへ。すすぎを用意させます」

史乃は言い、身軽に踵《きびす》をかえした。

小弥太と織江が、こっちだよ、と市兵衛の手を引いた。

十畳ほどの質素な客座敷で、床《とこ》の間や床わきはなかった。

中庭に面した渡り廊下があった。腰障子《こししょうじ》が開かれ、中庭の榎《えのき》が土塀ぎわで茶色く色あせた葉をだいぶ散らしていた。西日が庭に射《さ》し、きょっきょっ、きょっきょっ、と鳥の声がそこでも聞こえた。

市兵衛は一間《けん》半（約二・七メートル）ほどの間をおいて、金木家隠居の了之助と対座していた。

二人の間には黒い鉄の火鉢がおかれ、炭火が赤い光を放っていた。

金木了之助は、五十代の半ばをすぎた年ごろと思われた。だが、背筋の伸びた隆《りゅう》とした体軀《たいく》に、隠居らしく目だたぬ色合いの小袖《こそで》を着流し、くつろいだ袖なしの羽織を着けていた。ほりの深い目鼻だちに若き日の精悍《せいかん》な俤《おもかげ》を残しつつも、穏やかで温厚な人柄を感じさせた。

小弥太と織江は、この祖父にすぐなついたのに違いない。

鳥が鳴き、市兵衛はその声に誘われて土塀ぎわの榎を見やった。

「あれは、あかげらです。どういうわけか、屋敷の庭に迷いこんできて住みつきましてな。ああやって、鳴き声を聞かせてくれるのです」

「啄木鳥《きつつき》ですね。門わきの檜でも鳴いていました。山の鳥ですが」

「山が近いのです。寒くはありませんか。囲炉裏《いろり》のある台所は暖かいのですが、初めてのお客さまに、そのようなくつろいだ場所では失礼と思いました。と申して、わたしはこんな恰好です。すでに隠居の身ゆえ、ご容赦《ようしゃ》願います」

「お気遣いなく。寒くはありません。わたしも旅の埃にまみれた扮装《ふんそう》のまま、お訪ねいたしました」

「唐木さんとわが孫の小弥太と織江とのかかり合いについて、脩が江戸よりの書状で詳しく知らせてまいりました。孫たちが言葉につくせぬご恩を被《こうむ》り、まことにありがたいことと思っております」

「すべては、自ら決めてやったことです。礼にはおよびません。今日を入れて五日前の早朝、江戸を発《た》ちました。一刻でも早く、お知らせすることを、金木脩さんが望まれるであろうと判断いたしました」

「脩が望み、唐木さんに頼んだのですか。ほう、さようでしたか。五日前の朝に江戸を発たれたのなら、それはお早い」

　了之助は市兵衛の言い方に、かすかな違和を感じたふうだった。だが、くつろいだ様子をくずさなかった。

縁廊下《えんろうか》の障子に人影が差し、礼吉と呼ばれた若侍が茶を運んできた。

礼吉は、茶托《ちやたく》に載せた蓋《ふた》つきの茶碗《ちやわん》を市兵衛と了之助の前におき、もうひと組を了之助の隣《となり》に並べた。そして、開いていた腰障子を静かに閉じ、縁廊下を退った。中庭の景色が見えなくなると、やや重たい暗みが座敷をつつんだ。

ほどなく、市兵衛の後ろの間仕切の襖《ふすま》ごしに、「失礼します」と、穏《おだ》やかな女性の声がかかった。襖が引かれ、千歳が次の間から入ってきた。市兵衛の横を静かに通って了之助に並んで着座し、市兵衛へ向いて手をついた。

「了之助の妻の千歳でございます。江戸よりわざわざお越しいただき、お礼を申しあげます」

「唐木市兵衛です。突然お訪ねいたしましたご無礼を、お許し願います」

畳《たたみ》に手をついた市兵衛に、了之助が言った。

「唐木さん、手をあげてください。お楽に。まずは一服なされて……」

それから、千歳へ向いて続けた。

「唐木さんは、五日前の早朝に江戸を発たれて、先ほど城下へ入られた。今日で五日目なのだ」

「まあ、江戸から遠い道のりを、たった五日で？」

と、千歳は童女のように驚いて、市兵衛に優しい目を向けてきた。

小柄ながら、目鼻だちのきりりとした、刀自《とじ》と言うにはまだ早い艶《つや》やかさを感じさせた。金木脩は、この母親の顔だちを多く受け継いでいた。

信夫平八と欠け落ちをし、小弥太と織江を生み、江戸の裏店《うらだな》で儚《はかな》く短い一生を閉じた由衣を、脩は自慢の姉でした、と言っていた。市兵衛は由衣を知らなかったが、この父親とこの母親から生まれた由衣の顔が推量できた。

それは、小弥多にも、また織江にも継がれている気がした。

市兵衛は味のよい煎茶《せんちゃ》を一服し、茶碗を茶托に戻した。それから、やおら、傍らの旅の荷を解いて、印籠《いんろう》をとり出した。脩から手わたされた、金木家の家紋を金で蒔《ま》いた黒塗の印籠だった。

「これを」

と、市兵衛は了之助の前へ進んで印籠をおき、元の座に戻った。

了之助が訝しげに、印籠を手にとった。千歳は不安そうな様子をみせ、脩の印籠から目をそらさなかった。

「もしかして、脩の印籠ですか」

「そうです。石神伊家の江戸屋敷へ、脩さんの頼みを受けて、ある方を訪ねました。その折り、脩さんの使いであることを信じてもらえるようにと、お預かりしたのです」

「脩の使いで江戸屋敷へ？　よくわかりませんな。脩は唐木さんに、この北最上への旅を望んだ、と言われましたな。脩は唐木さんに、何ゆえそのようなことを望んだのですか。お聞かせいただきたい」

「何とぞ、落ち着いてお聞き願います」

そう言うと、千歳は不安そうな様子を市兵衛へ向けた。

「わたしが江戸を発つ二日前の、夜のことです。脩さんは、江戸屋敷の尾野木彦之助という御側《おそばしゆう》衆御用人《ごようにん》より殿さまの隠密《おんみつ》の御用を申しつかり、大川端の船宿《川口》へいって客を待っておられた。その客というのは、江戸屋敷に出入りのある大伝馬町の仲買問屋《大村》の主人・小左衛門か、もしくは、主人の使いの頭取か番頭だったと思われます」

「大伝馬町の仲買問屋の大村なら、存じております。わが領国と江戸との交易の仲買問屋として、江戸屋敷に出入りを許されておる商人です。殿さまの隠密の御用が大村の小左衛門との間にあり、倅《せがれ》の脩がその役目を御用人の尾野木彦之助から申しつけられたのですな」

「はい。ところが、たまたま船宿の隣の部屋で酒盛りをやっていた四人の浪人の客が、酒盛りの最中に喧嘩《けんか》を始め、刀を抜いて斬《き》り合いになりました。浪人たちは脩さんが客を待っていた隣の部屋になだれこみ、脩さんを斬り合いに巻きこみました。脩さんは疵《きず》を負い、船宿の窓から大川へ転落したのです」

了之助は苦しげに顔を歪《ゆが》めた。千歳はまばたきもさせず市兵衛を見つめ、唇《くちびる》を激しく震わせた。今にも身体が壊れてしまいそうなほど肩がゆれた。

「まず、脩さんは命をとり留めておられます。疵を縫《ぬ》った医者が申しますには、深手ゆえ予断は許さぬが、脩さんの若く壮健な身体が生き抜こうと懸命《けんめい》に戦っている、たぶん大丈夫だろう、ということでした」

了之助がうめき、千歳の頰をひと筋二筋と涙が伝った。

市兵衛は、疵を負った脩が大川を流され、海へ出る河口あたりで佃島の漁師に拾われて九死に一生を得た子細と、市兵衛がかかわった経緯《いきさつ》を話した。

「それから、脩さんを柳井宗秀と言う蘭医《らんい》の診療所へ運び、疵の縫合《ほうごう》をお願いしました。縫合は夜明け近くまでかかりました。脩さんの意識は戻らず、そのとき医者は、そのまま意識が戻らず亡くなるかもしれぬと言っておりました」

「不覚な。他人の喧嘩に巻きこまれて疵を負い、窓から川へ転落するなど……」

　了之助が無念をにじませた。

「そんなことを仰《おつしや》っても。不意だったのですよ。そういうこともあります」

　千歳がつらそうにかばった。

「脩さんが意識をとり戻したのは、その日の昼すぎです。脩さんの話で、前夜、船宿で何があったのかが知れました。脩さんは、酔っ払いの喧嘩に巻きこまれて疵を負ったのではありませんでした。酔っ払いの喧嘩を装《よそお》った浪人風体《ふうてい》の男たちに、襲われたのです。浪人たちは、仲間同士の喧嘩と見せかけ、刀も抜かず身をよけるだけだった脩さんに、突然、襲いかかったのです。すなわち、四人の浪人風体は、脩さんが船宿の川口で客待ちをしていることを知ったうえで、客を装って隣の部屋へあがり、脩さんを襲う機をうかがっていた刺客《しかく》だったのです」

「そんな、なぜなのですか」

　思わず千歳が言った。了之助は固く沈黙を守っていた。

　市兵衛はひと呼吸をおき、続けた。

「尾野木彦之助と言う御側衆の御用人が、脩さんを亡き者にする謀《はかりごと》を廻《めぐ》らしたのは明らかです。しかしながら、脩さんは言われた。尾野木彦之助ひとりの私怨でそのようなことをやれるはずはない。何かが石神伊家で起こっていると」

「あなた、もしや……」

千歳が了之助へ向いて、すがるように質した。

しかし、了之助はこたえなかった。そのため、千歳の言うもしやの意味が、市兵衛にはわからなかった。

二

夕方、下城した金木家の現当主の清太郎は、母親似の倚と違い、父親の了之助似だった。骨太のたくましい体軀に、ほりの深い目鼻だちが、倚の端整《たんせい》さとは違う重厚さを感じさせ、まだ三十前の若さながら、一家の主《あるじ》の威厳を備えていた。

江戸の倚が刺客に襲われた一件は、千歳とともに市兵衛もその場に呼ばれたなかで、了之助が下城したばかりの裃《かみしも》姿の清太郎に伝えた。

清太郎は顔を赤く染め、怒りをにじませて言った。

「どういうことだ。江戸屋敷からなんの知らせも届いていない」

「江戸屋敷でも、何か、むずかしい事態が起こっているのかもしれぬ」

了之助が低く呟《つぶや》くように言いかえした。

了之助にも清太郎にも、脩のことだけではない気にかかる何事かがあるように思われた。千歳が、もしや、と言いかけたこともそうかもしれなかった。

清太郎は了之助の話を訊《き》き終えると、市兵衛に改まって向いた。

「唐木さん、脩の命を救っていただいたうえに、江戸より遠く離れたこの地まで旅をしてわざわざお知らせくださったこと、感謝の念に堪《た》えません。一体どのようにお礼をいたせばよいのか……」

しかし、市兵衛は清太郎をさえぎった。

「礼にはおよびません。昼間、了之助さまに申しました。脩さんは、自分の命が狙《ねら》われた謀の裏にある真の事情を小暮二三助さんに確かめ、それが事実なら、自ら国元に知らせるつもりだったはずです。しかし、脩さんは重い疵を負われ動くことはできず、国元に知らせるどころか、江戸屋敷に戻り助けを求めることすらできなかったのです。脩さんは眠っておられた。いつ目覚《めざ》めるかもわからぬ容体《ようだい》で、生きようと戦っているのだからそっとしておくようにと、宗秀先生が命じました。ですから、わたしはわたしの判断で北最上への旅を決めたのです。わたしの勝手です」

「そう申されても、このまま唐木さんのご厚意に甘えているわけにはいきません。父上、そうではありませんか」

「さようです。礼をしなければ、いや、礼をさせてください。でなければ、われらも気が済みません」

了之助が清太郎に応じ、千歳もしきりに市兵衛に頷《うなず》いて見せた。

「金木家のみなさんの、そのお気遣いだけで充分です」

市兵衛は了之助と千歳へ、真顔を向けた。

三人は戸惑いながら、互いに顔を見合わせた。清太郎は、合点がいかぬふうに言った。

「なぜ、そこまでしてくださるのですか?」

「上手《うま》くこたえられる言葉が、みつかりません。たぶん、北最上の金木家が、小弥太と織江の戻る家だったからでしょう。信夫平八と知り合ったのは、お内儀《ないぎ》の由衣さんを病《やまい》で亡くされ、幼い小弥太と織江を抱えて、江戸の裏店でもがくように暮らしていたときです。凄《すさ》まじい剣の使い手であることは、すぐにわかりました。わたしも平八も、ともに身分のない浪人者というだけであれば、平八はわがよき友になれた男です」

それから、市兵衛は逆に清太郎へ問いかけた。

「わたしが、信夫平八を斬った子細はご存じですか」

「脩の書状で、子細を知りました」

清太郎は即座にこたえた。

七年前、石神伊家の徒衆《かちしゅう》・信夫平八と金木家の息女・由衣が、北最上藩を逐電《ちくでん》した。秘めた想いの末の欠け落ちだった。

江戸へ逃れた平八と由衣は、赤城明神《あかぎみょうじん》下の裏店にひっそりと所帯を持ち、小弥太と織江が生まれ、ささやかな暮らしを営んでいた。だが、由衣が重い胸の病を患《わずら》い、ささやかな暮らしはたちまち窮迫《きゅうはく》の淵《ふち》へと追いこまれた。

平八は由衣の病の高額な薬礼《やくれい》を稼《かせ》ぐため、また、幼い子供たちを飢《う》えさせぬため、龍門寺《りゅうもんじ》門前の多見蔵《たみぞう》と言う元締めの仲介する裏稼業に手を染めた。そして、由衣がまだ若い命を散らしたのちも、幼い小弥太と織江との父と子三人の日々を送りながら、平八は多見蔵と修羅《しゅら》の契《ちぎ》りを結んだ地獄の生業《なりわい》を続けていた。

市兵衛が小弥太と織江を知ったのは、そんなころである。市兵衛は、小弥太と織江の兄妹の、父親とともにけなげな気に懸命に生きる姿が、不憫《ふびん》に感じられてならなかった。それが、平八とのかかり合いの始まりだった。

「わがよき友になれる男だからこそ、その男の子供の小弥太と織江のために、その男を斬らねばならないと思いました。平八を斬ると決めたとき、わたしは平八に代って、小弥太と織江の父になると、決めたのです。そしてわたしは、平八を斬りました。しかし、小弥太と織江は、わたしの手元におくより金木家に戻ったほうが、二人のためになるのは明らかです。北最上こそが、二人に相応《ふさわ》しい故郷に違いないのです。平八を斬ったことは、小弥太と織江のためになすべきことでした。わたしが北最上にきたのは、それと同じです。脩さんの代りに、小弥太と織江の戻った金木家の役にたつことを、なすべきだと思いました。ほかに申しあげる理由はありません」

清太郎はそれ以上は訊かず、小さくうなった。

千歳は潤《うる》んだ目からこぼれる涙を、指先でぬぐった。

「ありがたいことだ。なあ」

了之助が千歳に言い、千歳は「本途《ほんと》に」と、潤んだ目に笑みを浮かべた。

「わたしは明日にでも、出立するつもりです。少しでも早く江戸へ戻り、脩さんに事情を伝えれば、きっと安堵《あんど》なされ、疵が癒《い》えるのも早まるでしょう」

「いや。唐木さん、それはお待ちいただきたい。昼間、唐木さんが見えられてから清太郎が戻るまで、妻と話しました。わたしも唐木さんとともに、江戸へ同道させていただきたい。わたしも江戸へいきます」

「えっ、父上が？」

清太郎が驚いて目を瞠《みは》った。

「そうだ。脩の身が案じられる。脩を看病する身内が、そばについていたほうがいい。急ぎ旅は千歳には無理だし、清太郎にはお城の役目がある。わたしがいくしかない。それに、江戸屋敷でむずかしい事態が起こっているなら、若い者では無理だ。江戸屋敷にはわたしの知り合いも少なからずおるゆえ、若い者よりも助けを得られると思う。隠居の身であることも、かえって何かと動きやすい。老いぼれたとはいえ、まだまだ若い者に負けはせぬ。今宵《こよい》、本家にうかがい、事情を話して藩庁より江戸出府の許可をとってもらう。市兵衛さん、そう決めたのです。何とぞ、お願いいたしたい」

「承知いたしました。では、お支度《したく》が整い次第ということで」

「両三日ほどで支度を調えます。清太郎、それでよいな」

「わかりました」

「了之助さま、よろしければ、わたしにできることがあれば、お申しつけください。少しでも金木家のお役にたてれば、北最上にきた甲斐《かい》があります」

市兵衛が言うと、了之助は手を制するようにかざした。

「とんでもないことです。それまで、旅の疲れをゆっくり休めてくだされ」

障子ごしの縁廊下に、若侍の礼吉の声が聞こえた。

「旦那さま、お客さまの湯の支度が整うております」

清太郎が戻ったとき、障子に映っていた夕焼けがすでに消え、外は薄暗くなっていた。礼吉が縁廊下の板戸を閉じていく音が中庭に響き、北国の冬のしばれる寒さがひとしお感じられた。


夕刻、了之助と清太郎が大手門前の中原本家に出かけていった。長屋住まいの二人の侍は、了之助と清太郎の供についていた。

市兵衛は、湯を浴びて旅の垢《あか》を落とし夕餉《ゆうげ》も済んだその宵《よい》の刻限、女と子供だけになった金木家の一家と、台所の間の炭が赤く熾《おこ》った囲炉裏を囲んでいた。

隠居の了之助の妻・千歳、清太郎の妻・沢乃《さわの》、沢乃の姉の史乃。子供は六歳の小弥太、四歳の織江、沢乃の抱いたまだ赤ん坊の勝《まさる》だった。

台所の間から内庭の土間があり、大きな竈《かまど》の残り火が土間を暖めていた。

土間の隣は厩《うまや》になっていて、とき折り、馬の鼻息が聞こえた。

市兵衛は千歳に、徳利《とっくり》の濁酒《にごりざけ》を勧められた。酒の肴《さかな》は囲炉裏の火で焙《あぶ》った乾燥茸《きのこ》や栗《くり》、椎《しい》などの木の実だった。

千歳が隣に坐った織江のために、栗の皮を剝《む》いた。小弥太は椎の殻《から》をまだ生え変わらぬ歯で割り、唇を小さく波打たせている。

「お客さまおひとりでは、召《め》しあがりにくいでしょうから、わたしたちも少しいただきましょう。わたしたちまでしずんでいては、家のなかが暗くなって、よくはありませんのでね」

千歳が言って、三人の女たちの杯にも濁酒がそそがれた。

史乃が市兵衛の杯に酌《しゃく》をした。

史乃は奥方の沢乃の姉で、半年余前、嫁《とつ》ぎ先と折り合いが悪く実家へ戻っていた。実家に戻ってから父母が口うるさくて居づらかったところ、金木家に嫁いで臨月《りんげつ》が近くなった沢乃に、夫の清太郎が、おまえが助かるなら史乃さんにうちへきてもらってもかまわぬぞと言った。史乃は沢乃に頼まれたのを機に、初出産を迎える妹の身の廻りの世話や手伝いを名目に、金木家へきた。

以来、史乃は金木家の一家の者のように暮らしていた。

と言うのも、七年前、信夫平八と欠け落ちした金木家の長女の由衣と、史乃は歳《とし》は少し下ながら幼馴染《おさななじ》みであった。千歳は由衣を思い出すのか、史乃に実の娘のごとくに接し、史乃も千歳には実家の母親よりも素直になれた。

そこへ、由衣の遺児の小弥太と織江を金木家が引きとったため、史乃は小弥太と織江を幼馴染みに託されたように感じているのかもしれなかった。

そんな金木家の人々に見守られ、小弥太と織江はもう寂《さび》しく悲しい思いをしなくて済んでいる、と市兵衛には思われた。

金木家の人々に馴染んでいる小弥太と織江の様子が、平八を斬った市兵衛の負い目を軽くさせた。

「唐木さんは、お内儀がいらっしゃらないと聞きました。どうしてお内儀をお迎えにならないのですか」

と、千歳が訊いた。

「わたしは浪人の身ですので、暮らし向きが定まらず、妻を迎えるのがむずかしいのです。なりゆきで、こうなりました」

市兵衛は笑ってこたえた。

「唐木さんは、渡り用人という生業をなさっていると、脩の文《ふみ》にありました。お武家の日々の暮らし向きの台所勘定《かんじょう》を、臨時の用人役として請け負《う》っていらっしゃるのですね。夫に訊《たず》ねますと、江戸では算盤《そろばん》勘定のできる商人の方が、お武家に代ってそういう役を請け負っているようだと、言っておりました。商人の方が用人役を請け負うている間は、苗字《みょうじ》帯刀《たいとう》が許されるとか」

「武家は体裁《ていさい》を重んじますので、侍の奉公人のごとくに見せかけるのです」

「まあ、体裁で？　面白いですね。お侍の唐木さんが、どうしてそういうお仕事を始められたのですか」

「若いころ上方《かみがた》に上り、奈良《なら》の興福寺《こうふくじ》の大乗院《だいじょういん》の門を叩《たた》き、唯識《ゆいしき》を学び、なおかつ剣の修行を積みました。いずれ、仏門に入って興福寺法相宗《ほっそうしゅう》の学侶になるか、あるいは江戸に戻って剣術に生きるか、そこにしか自分の居場所は考えられなかったのです。しかし、十八のとき、武家や僧侶の暮らし向きは、農民や商人、様々な職人、そのほか日々働く民の力に頼らなければならないのに、何ゆえ武家でいられるのか、何ゆえ僧侶でいられるのか、不思議でならなくなりました」

　千歳と沢乃と史乃は、不思議そうに市兵衛を見守っていた。

　小弥太は椎の実の殻を、小気味よい音をたてて歯で割り、織江は栗の実をかじりながら、市兵衛に笑いかけている。

「それで、興福寺にて修行を積んでいた折りに知己《ちき》を得た大坂堂島《おおさかどうじま》の米問屋を頼って三年、また仲買問屋に一年、お店に身を寄せて商いを学びました。算盤は、わたしよりずっと年下の小僧さんたちとともに、手代の兄さんたちから、厳しく手ほどきを受けました。灘《なだ》で酒造り、河内《かわち》で米作りも学びました」

「あら、お酒やお米まで？」

千歳は呆《あき》れ顔で繰りかえした。

すると、史乃が口を挟《はさ》んだ。

「唐木さんは、侍を捨てるつもりだったのですか」

「自分が何者かを、知りたかったのです」

「自分が何者かがわかって、渡り用人？」

史乃の童女のような問い方がおかしく、市兵衛は噴《ふ》いた。みなが一斉《いっせい》に笑い声を台所から土間へまいた。厩で馬が鼻息を鳴らした。

「それも、独り身と同じ、なりゆきでこうなりました。わたしは、年が明ければ四十一になります。未だ自分が何者か、知り得ません。侍を捨てきれず、商人にもなれず、ただもがきあがくのみです」

「ふうん。自分が何者かを知るためにね」

史乃は首をかしげた。そして、

「わたしは年が明ければ三十です。まだまだですね」

と、酒が入ってかすかに赤らんだ頬をゆるめ、杯を持ちあげた。

「史乃さん、織江は五歳になるよ」

「わたしは七歳になります」

織江と小弥太が言った。

「あなたたち、五歳と七歳？　若くていいわね」

「お祖母さまはおいくつなの？」

織江が栗の皮をむいている千歳を見あげて聞いた。

「あら、わたしはいくつになりますかね。忘れてしまいました」

「いやだ、お祖母さま。自分のお歳を知らないなんて、変ですぅ」

織江は小さな手で口を押さえ、おかしくてならないふうに言ったので、みなが
また笑い声をまいた。

そのとき、玄関わきの中の口の、了之助と清太郎が中原家本家から戻るまでは
まだ閉じていない障子戸ごしに、男の声がかかった。

「おばんでがんす。まんず、おばんでがんす。こげな夜更《よふ》けに、われがったなず。赤坂村《あかさかむら》の作平《さくへい》でがんす。庄屋の霧右衛門《きりえもん》さまより、金木の旦那さまにお伝えするご用が、あんだず。金木の旦那さまに、お伝えするご用が……」

囲炉裏を囲んだみなが、声のするほうへ向いた。

使用人部屋に退っていた下男が、中の口へ廻る気配が続いた。

三

北最上から金山村《かなやま》まで羽州街道を北へ四里《り》（約一六キロ）ほど、半日足らずの道程だった。

朝日連峰の、神室山地から火打岳へいたる山々の麓《ふもと》に散在する在家集落の村役人たちが、穏やかな日が続いていた冬の初めの、天道が薄墨色を流した雲に覆われた翌日、石神伊家より遣わされた勘定方頭・尾沢雄助《おざわゆうすけ》の触書《ふれがき》により、金山村の庄屋・有田林兵衛《ありたりんべえ》の屋敷に集められた。

北最上藩の領地は、城下西を南流して最上川へそそぐ鮭川《さけがわ》や、神室山の南西麓より領内を潤《うるお》しつつ鮭川に合流する指首野《さすの》川などの、水利に恵まれた土地条件のよい平地は、古《いにしえ》より《郷《ごう》》と呼ばれる大きな集落が村を形成し、山々の沢水を利用するしかない谷間の零細な農民は、山麓に小さな集落《在家《ざいけ》》を営み、段々畑などの狭い農地を耕していた。

金山村の庄屋・有田林兵衛と、同じく羽州街道に近い赤坂村の庄屋・森本《もりもと》霧右衛門は、それぞれ古の土豪の世から神室山麓の在家農民を率《ひき》いてきた、領内北東地域の旧家を継ぐ長《おさ》だった。

尾沢雄助の触書は、その日、急に開かれることになった寄合において、北最上藩領主・石神伊因幡守隆道さま御上意により決まった、石神伊家台所たて直しの新たな施策について、お達しを申しつけるという趣旨だった。

そこには、隆道さま御上意の施策として、両村農民の入会地《いりあいち》である《神室《かむろ》の森《もり》》を伐《き》り開いて紅花栽培地に転換し、石神伊家の台所のたて直しのみならず、領内北東地域の中小農民の増収益を図《はか》る狙いが記されていた。

尾沢雄助の触書が在家集落を廻った前日、両村の村役人たちは、神室の森を伐り開くという、突然の藩の施策に動揺した。

神室の森が消えると、こののちの田畑耕作の見通しがたたなかった。

入会地は、森と言うよりも雑木林で、雑木林の落とす枯れ葉は、田畑の耕作には欠かせぬ肥料の供給場であった。なおかつ、雑木林から得られる木々は、農民たちが日々の暮らしを送るための、なくてはならない重要な燃料源であった。

その入会地・神室の森を、勘定方の触書によれば、なくすというのだ。

赤坂村の村役人たちは、霧右衛門の屋敷に急遽集《きゅうきょ》まって、藩のお達しに従ってよいものかどうか談義した。

「稲作さやめで、これからは、紅花さ植えろってんね」

「紅花のほうが、儲《もう》けがおっけえから」

村人たちは、不安を覚えながら言い合った。

「まんず、待て。ここは金木さまに……」

と、霧右衛門の判断で城下の金木家に知らせることが決まった。

金木家を継いだ若い当主の清太郎は、郡奉行配下の地方《じかた》組頭に就いており、領内の農地経営と年貢納入を管理監察する役目にあった。

藩では石神伊家が領主になって以来、家臣の俸禄《ほうろく》は、地方知行《ちぎょう》を廃してすべて蔵米どりに統制していた。だが、戦国からの土豪の家系を継ぐ金木家は、赤坂村を中心にした神室山山麓のその地域が知行地であったため、家臣の知行を廃した当代においても、金木家と村民とのつながりは深かった。

また、金木家の本家である中原家は、深い山地と狭い盆地からなる北最上領内の土豪らを率いる頭領《とうりよう》として、徳川《とくがわ》の世が始まる以前の羽州を支配していた最上《もがみ》氏に仕え、徳川氏の世になり最上氏のあとに入封《にゆうほう》した領主にも仕えてきた。

中原本家を中心にした中原一門は、雪深く寒冷な冬の長いこの領地特有の、むずかしい山林経営と農地経営の要の役目に就いて、主家の財政の実質を担ってきた、家中では有力な家柄だった。のみならず、神室の森の入会地は、徳川氏が天下をとったとき、中原一門が徳川方に味方して手柄をたて、その折りの恩賞に、徳川家康《いえやす》自らが中原家の采地《さいち》とお墨付を与えた経緯があった。

その経緯により、神室の森だけは、石神伊家領内にあって、主家の石神伊家ではなく中原家の領地であった。仮令《たとえ》、領主の御上意であっても、中原家の同意がなければ伐り開くことはできないはずだった。

赤坂村庄屋の霧右衛門は、作平と村の者数名を金木家に向かわせ、旦那さまの清太郎か、あるいは大旦那さまの了之助に、翌日、すなわち今日の金山村庄屋・有田林兵衛の屋敷で開かれる寄合に出てもらいたいと、申し入れたのだった。

金木家の若い主の清太郎には、その夜更け、赤坂村庄屋の霧右衛門よりもたらされた神室の森の伐り開きは、寝耳に水の知らせだった。

否《いな》やはないどころか、金木家にとって放っておけない事態だった。

じつは、数日前に江戸表よりなんらかの知らせが、御側役の宝蔵万右衛門の元にもたらされた話が家中に伝わり、城内に不穏な気配が流れていた。

江戸屋敷よりもたらされた知らせの内容は、つまびらかではなかった。ただ、城内の人の動きが慌《あわ》ただしくなっていた。

誰それさま、御側役さまのお呼び出しです、と小姓衆の声が離れた用部屋から聞こえ、近々、御側役さまから重大なお達しが五中老さま方に申しつけられるそうだ、などとひそひそと交わされる話も清太郎の耳に入っていた。

清太郎は、重大なお達しとはなんだ？　と訝しく思っていた。

夕方、万場町の屋敷に戻ると、江戸より訪ねてきた唐木市兵衛によって、弟の脩が刺客に狙われ重い怪我《けが》を負った事態を知らされた。しかも、その一件についての知らせが、江戸屋敷より国元へ未だもたらされておらず、いっそうの不審が募《つの》った。

夕刻、了之助とともに大手門前に屋敷をかまえる中原本家へ出かけ、江戸において弟の脩が斬られた一件を伝えた。

即刻、中原本家より事情を明らかにするよう藩庁へ厳重に申し入れることをとり決め、また、了之助が江戸へ出立する許しを中原家のほうから藩庁よりとりつける手はずを整え、万場町の屋敷に戻ったのは、四ツ（午後十時頃）前だった。

すると、赤坂村の作平らが清太郎と了之助の戻りを待っていたのだった。

神室の森の伐り開きの知らせに、清太郎は驚き呆れ、かつ怪しんだ。

それは、清太郎にも了之助にも金木家の人々にとって、もはや、家中で起こっている不慮の出来事が、偶然の重なった災難ではないことを気づかせた。明らかに、この冬になって、家中に異変が続いていた。

神室の森の伐り開きは、その一連の異変のひとつに違いなかった。

炭火の熾る囲炉裏を、主人の清太郎、赤ん坊を寝かしつけてきた清太郎の妻・沢乃、隠居の了之助、千歳、そして史乃の、寝間にいった幼い小弥太と織江をのぞく金木家の人々が囲み、そこに市兵衛もいた。

大きな竈のある内庭には、作平ら百姓と金木家への奉公が長い寛助《かんすけ》と礼吉が控え、主の清太郎と隠居の了之助の指図を待っていた。

「父上、わたしはこれから作平らとともに金山村へ向かい、明日の寄合に出て尾沢雄助に事情を質します。おそらく、神室の森の伐り開きは、郡奉行の梶山《かじやま》さまもご存じないと思われます。まず、尾沢雄助が誰の指図でそのような触書を廻したのか明らかにしたうえで、ご報告いたします」

清太郎は言ったが、了之助が即座に異を唱えた。

「金山村にはわたしがいく。おまえは明日、普段どおり登城し、殿さまの御上意により決まったという子細を奉行の梶山と確かめよ。尾沢が殿さまの御上意と、自分の判断で口に出すはずがない。江戸より御側役の万右衛門に届いた知らせが気になる。御上意がまことならば、由々しき事態だ。おまえは城にいて、万右衛門ら宝蔵家の動きに目を離さず、本家との連絡を絶やすな。寄合のほうはわたしに任せろ。すぐにたてば、夜が明ける前に金山に着く」

「では、寛助を供にお連れください。わたしは礼吉の供で登城します」

「いや。登城の供は寛助でよい。礼吉は屋敷に残してゆく。屋敷を女子供だけにしておくのは少々気にかかる。金山村はわたしひとりでよい。作平、夜道の案内を頼むぞ」

へい、と土間の作平と百姓らが頭《こうべ》を垂れた。

「父上、それではわたしが気になります。やはり寛助を供にお連れください。わたしは礼吉の供で。屋敷は母上にお任《まか》せしましょう」

「そうですよ。沢乃と史乃もおります。屋敷はわたしたちだけで大丈夫です。この冬の真夜中に、もう若くはないのですから」

千歳が心配して言った。沢乃と史乃が了之助に頷いて見せた。だが、了之助は聞かなかった。

「大丈夫だ。作平らがおる。わたしひとりでよい。千歳、支度だ」

そのとき、市兵衛が膝を進めて言った。

「お許しいただければ、わたしが了之助さまのお供をいたします」

みなが市兵衛に向いた。どういうことだ？　と作平らが顔を見合わせた。

作平らは、唐木市兵衛と言うこのお侍は今日の昼間、江戸から長旅をへてやってきた金木家の客らしいが、ふと、なぜか、ああこのお侍なら、と思われるなんとはない頼もしさを覚えた。

「とんでもない。唐木さんにそんな面倒をおかけできません。何とぞ、お気遣いなく。これはわが家の者とここにいる民百姓の、みなで始末すべき事柄です。どうぞ、お聞き捨てください」

清太郎が戸惑いを見せ、市兵衛を制した。

了之助は市兵衛へ見かえっただけで、何も言わなかった。

「わたしは、信夫平八どのと由衣どのが残した小弥太と織江に所縁《ゆかり》ある者です。

金木家をお訪ねするのは、わが定め、人の縁と、判断いたしました。幸い、身体は壮健です。どうぞ、わがなすべきことを、お命じください」

　市兵衛は平然とかえした。

　千歳と沢乃と史乃は、また不思議そうに市兵衛を見つめた。

「いや。唐木さんには充分やっていただきました。あなたは脩の恩人です。これ以上のご無理をかけられません」

　清太郎がなおも言うのを、了之助がさえぎった。

「唐木さん、お願いできますか」

「えっ、父上……」

「唐木さんの仰ったとおりだ。これも縁かもしれぬ。由衣が信夫平八とともに金木家を去り、七年の歳月をへて、小弥太と織江が金木家に戻ってきた。人の廻り合わせはなんとせつないものか。小弥太と織江は、唐木さんに助けられてわが家に戻ってきた。その唐木さんが、今度は脩とのかかり合いで、遠き江戸よりわが金木家を訪ねてこられた。今少し、唐木さんにご助力を願おう。きっと、力をお借りせよと、ご先祖さまが言うておるのだぞ。なあ、千歳」

「はい」

千歳が頷いた。

「承知いたしました。すぐ支度にかかります」

市兵衛は言った。

夜更けの金木家の屋敷は、それから一気に慌ただしくなった。

四

風も雪もなかったが、夜更けの街道は凍《い》てつく夜気がのしかかっていた。

夜空に星は見えず、どんよりとした暗黒が天空を覆っていた。松明《たいまつ》をかざした作平ら五人の百姓が前をいき、五日町《いつかまち》から羽州街道を北へ向かった。菅笠をかぶり蓑《みの》をまとった百姓らの吐《は》く息を、松明の明かりが、うごめく虫のように白く照らしていた。その後ろに了之助が続き、市兵衛は後尾についた。

了之助も市兵衛も、菅笠に蓑を着けている。

「いつ雪が降り出すかわかりません。これが唐木さんを雪から守ってくれます」

千歳がそう言って、市兵衛の蓑を用意した。

一行は夜明け前の暗いうちに、赤坂村庄屋の霧右衛門の屋敷に着いた。

庄屋の霧右衛門は、了之助と同じ五十代の半ばすぎと思われる年輩だった。近在の在家の村役人や主だった者らが、霧右衛門の屋敷に集まり始めていた。

霧右衛門は、了之助の到着を寝ずに待っていた。

「ゆんべなよりお待ちしておりました。まんず、身体を温め……」

と、了之助と供の市兵衛を囲炉裏に赤く火が燃える暖かい座敷に招き入れた。そして、焼き餅《もち》と味噌汁《みそしる》をふる舞った。

「神室の森をつぶして紅花畑に造り替えると聞いた。とでずもなえごどだ」

了之助が餅を咀嚼《そしやく》しながら、霧右衛門に土地の言葉で言った。

「まったく、たまげるようなごどでがんす」

霧右衛門がしきりに頷き、こたえた。

「清太郎も驚いていた。今日、登城して郡奉行の梶山に確かめ、まことなら今後の手だてをこうじることになっておる。勘定方の尾沢が郡奉行を介さず、そのような触書を廻すとは、こちらも解《げ》せん。土地には土地の、雨風雪にさらされた風土というものがある。それを考慮せずに金儲けのことばかり考えていては、後々大きな禍根《かこん》を残す事態を招きかねん」

「はい。とは申しましても、紅花が金になるのはみなに聞こえております。なかにはお達しがそうならそれもよいと、賛成する者もおるようでがんす」

「わがらぬではないが、金になることに目がくらんで、米作りさ、どうする」

「ご本家では、どのように申されておるのでがんすか」

「作平の知らせをうけたとき、別の用件があって清太郎と本家に出かけていた。本家では、まったくそんな話は出なかった。本家が承知していたなら、その話が出ないはずがない。間違いなく、事はひそかに進められている」

「大旦那さま、もしやこれは、先だっての中原恒之さまの一件と、なんぞかかわりがあるのではねえでがんすか」

了之助はひと口かじった餅の咀嚼を止め、ふうむ、と物思わしげにうなった。

「恒之さまの一件は、番方の川波剛助の乱心と片づけられましたが、川波剛助はじつは宝蔵万右衛門さまのお屋敷に、始終お出入りしており、万右衛門さまのお気に入りだったとか。噂《うわさ》では、宝蔵家の番犬と言われていたお侍だったそうで。だで、あれはもしや宝蔵家の差金《さしがね》ではと言う者もおります」

「そったらごど、殿さまがお許しになるはずがない。それは謀叛《むほん》だ」

「だども、触書で神室の森のごどは、お殿さまの御上意とあったでがんす。五中老筆頭の中原恒之さまがご存命であれば、このたびのような突然の触書は、考えられません」

「滅多なことを、口にするもんではない」

了之助が止め、霧右衛門は沈黙した。

屋敷に続々と村人らが集まっているざわめきが、座敷に聞こえていた。誰々と互いに名を呼び合い、「あのはなす……ごどがもすんねばぁ」などと、交わし合う声がきれぎれに聞こえた。

「んと、霧右衛門さま、大旦那さま。村役人がそろっております。そろそろ出かける刻限だず」

作平が座敷にきて告げた。

「わがった。では大旦那さま……」

霧右衛門に促され、了之助に続いて市兵衛は庭へ出た。

夜明け前の暗く重たげな寒冷のなかに、百姓たちの白い吐息とかざす松明の炎が、物々しくゆれていた。ただ、東の火打岳から北東の神室山へつらなる山地の空は、うっすらと青い明るみが射し始めていた。

屋敷の使用人や女たちに見送られ、霧右衛門を中心にした作平ら数名の百姓が先頭にたち、再び羽州街道へ出て、一里（約四キロ）ほど北の金山村を目指した。霧右衛門ら先頭の後ろに、了之助と市兵衛が続き、二十名ほどの在家より集まった村役人や村の主だった者らの一団が連なった。

百姓たちはみな、菅笠に蓑をまとっていた。誰ひとり口を利《き》かず黙々と歩み、踏み締める草鞋が鈍いざわめきをたてた。明るみの射し始めた空には、つぐみや小雀《こがら》の群影が飛翔し鳴き騒いでいた。

「唐木さん、事情をお話しします。そばへ」

了之助が隣にくるようにと、小さく手招いた。

市兵衛が並びかけると、了之助は凝《じ》っと前を見て、歩みながら言った。

「わが金木家は、中原一門の分家です。脩から聞きましたが、唐木さんは、石神伊家家中において中原一門と宝蔵一門の対立が続いてきた経緯を、ご自分でお調べになったそうですな」

「脩さんに申しました。小弥太と織江の父親になると決めて、亡くなった信夫平八と由衣どのの生まれを、小弥太と織江のためにも知っておきたかったのです。わたしの縁者に、公儀の役目に就いている者がおります。その者の調べにより、信夫平八と由衣どのの欠け落ちには、中原家と宝蔵家の間に長い年月、続いてきた反目、確執とのかかり合いがうかがわれました。ただし、公儀が石神伊家の政事に不審を抱いて密偵を差し向けたのではありません。ご懸念なきよう」

「それも脩が知らせてきました。わかっております」

「ご両家の対立については、脩さんよりうかがった大よその事情のみにて、詳細は存じませんが」

「同じあらましになります。まんず、お聞きいただきます」

「どうぞ」

市兵衛は短くこたえ、了之助は頷いた。

「石神伊家が国替えとなって、北最上領六万八千石を襲封したのは、今から八十有余年前、元文《げんぶん》の終りのころです。本家の中原家、並びに中原一門は、家中の要職のなかでも郡奉行と山奉行、その配下の地方衆山方衆など、領国の根本である農業林業を掌《つかさど》る役目を担《にな》い、藩を支える家臣団として主家に仕えております。われら中原一門は、本家でさえ九百五十余石でさほどの大家ではないものの、領国の根本を支える働きによって、主家もこれまでは、中原一門の意向に反するふる舞いを、厳に慎《つつし》んでこられました。と申しますのも、中原一門は徳川さまの世になる以前よりこの地を開拓し居住してきた土豪にて、戦国の世は最上氏に仕え、徳川氏にお味方して功名をたて、北最上領内北東部に広がる神室の森は、徳川家康さま直々に所領安堵のお墨付きをいただいたのです」

「それはまだ、一門が最上氏に仕えていたころですね」

「さよう。元和《げんな》八年（一六二二）に最上氏が改易《かいえき》になったのちも、中原一門は国替えなどで新たに襲封した主家に仕え、今にいたっております。何しろ、冬は雪深く過酷な寒冷山地と僅《わず》かな盆地の、天然気候の下における農業林業は、この地とともに生きてきた中原一門が熟知するところであって、主家が誰であれ、われらは農業林業を民とともに担い、これからも生きていくしかないのですからな。ちなみに、中原家の分家にあたるわが金木家は、家禄三百石です」

「脩さんは、いずれ二百石の馬廻《うままわ》り役《やく》として、新たに金木家の分家をたてられるのですね」

「そうなってくれるものと、わが妻とともに期待を寄せておったのですが」

「有能な若侍です。期待どおりになられますとも」

了之助は何もかえさず、胸のなかの思いを嚙《か》み締《し》めているかのようだった。

空の白みが、次第に明らかになっていた。夜明け前の凍てつく寒気は、街道を黙々と歩む一団にのしかかっている。

了之助は、短い間をおいて続けた。

「宝蔵一門は、主君の石神伊家とともに北最上に移り住んだ、この地には新参の家臣団にて、代々主君のお側近くに御側役や御用人などの御側衆、取次、近習《きんじゅ》、小姓《こしょう》、小納戸《こなんど》として仕え、また、町奉行、勘定奉行、番頭、目付頭など、家中の重き役を占めてきた家柄なのです。むろん、そのほかにも代々城代を兼ねたご家老や、藩の事実上の政事を掌る五人の中老の役目を継ぐ一族が仕えておりますものの、主君を側近の立場で輔弼《ほひつ》する宝蔵一門と、領内の農業林業を掌握する中原一門は、家中の二大勢力、すなわち、中原と宝蔵の両家が主家を支えてきたし、このさきもそうなるはずなのです」

市兵衛は、了之助の息の乱れに気づいた。息苦しげな様子に思われた。

「苦しいのなら、少し休まれては」

「大事ありません。ただ、中原家と宝蔵家との長い反目をふりかえるたびに、心の乱れを抑えられぬのです。やはり歳ですな。両家の反目のために、わたしは大事な娘を失った」

了之助は小さな白い咳払《せき》いを、二度繰りかえした。

「両家の対立の始まりは、中原家先々代、いや、もう三代前になる中原了念《りょうねん》と、宝蔵家は宝蔵騰玄《とうげん》のころです。中原了念は五中老筆頭役にあり、宝蔵騰玄は先々代の石神伊兼貞《かねさだ》さまの御側役に就いておりました。安永《あんえい》の半ば、宝蔵騰玄が仲介し、米問屋・錦幸吉《にしきこうきち》と質屋の山路屋作太郎《やまじやさくたろう》ら、城下の豪商らの町人請負による神室山麓の新田開発を、五中老に献策したのです。わが藩では、代々の家禄を継ぐ家老は、城代を兼ねて儀礼式典を掌りますが、政事《せいじ》は執らず、身分は低くとも能力ある者を中老に登用する建前になっており、登用された五人の中老が藩の政事を行い、御側役がその施策を主君に取次ぎ、主君の裁可がおりる仕組みなのです。すなわち、御側役の判断によって取次ぐ施策が選別されます。御側役の推奨する施策は取次がれ、御側役の口添えによって裁可が間違いなくおり、また御側役が主君をいさめ、五中老に差し戻される施策もあるのです。当然、主君に取次ぐ御側役は政事に大きな力を持ち、御側役の宝蔵騰玄と城下の大店や問屋仲間との、表沙汰《おもてざた》にはならない親密なかかり合いは、以前から噂に聞こえておりました。まあ、宝蔵家は宝蔵家。中原家とは違う。それはよい。ただ、神室山麓の新田開発の企てには、われら中原家に少々異論があったのです」

街道の途中、周辺の在家の村役人たちが霧右衛門の一行に加わり、一団は次第に人数を増していた。村役人たちはみな、

「大旦那さま、わざわざのお出まし、われがったなす。ありがどさまでがんす」

と、了之助に腰を低くして辞儀を述べた。

了之助も村役人たちへ、「しばれるな。子は健《すこ》やかか」などとかえし、金木家と近在の村民らとのつながりの深さが感じられた。

「さて、どこまで話しましたか」

了之助は歩みつつ、なおも言った。

「神室山麓の新田開発の企ては、中原家に少々異論があったと」

「そう、そうなのです。宝蔵騰玄が仲介した城下豪商らの町人請負新田の施策は殿さまの兼貞さまの裁可がただちにおり、決定されたのです。兼貞さまが当主に就かれて間もないころでもあって、領内の石高が増えれば国は富み、領民は潤い、ご領主の評判は高まり、また、町人らも新田の収穫を商うことで儲けをさらに増やし、仲介の労をとった宝蔵騰玄にも莫大《ばくだい》な献上の品々が、もたらされるはずでした。兼貞さまも新田開発には自ら縄張りをしたいと申されるほど、乗り気になられた。しかし、都合のよいところだけを見ればけっこうずくめの新田開発ながら、古《いにしえ》よりこの土地に根を生やしてきた中原一門は、たとえ殿さまの意向に反しようとも、神室山麓の新田開発には反対せざるを得なかったのです。中原家の新田開発に反対する理由は二つ。ひとつは、新田開発を目ろむ神室山麓は、谷間の沢水を利用するしかない、在家という小集落が古より今にいたるまで散在する、大きな収穫を見こむ大規模新田に向かない土地柄なのです。土地柄に合わぬ新田を無理やり開いても、水はどうするのか、百姓はどのように集めるのか、大量の肥料はどのようにまかなうのか、それが見えなかった」

　了之助は白みゆく街道を凝《じ》っと見つめ、しばし沈黙した。

　市兵衛は了之助の、ほりの深い横顔へ言った。

「水と肥料がなければ、稲は育ちません」

「これも脩から知らされましたが、唐木さんは若いころ、上方で米作りも学ばれたそうですな。それも侍の修行とお考えだったとか」

「大坂の米問屋の伝《つて》を頼り、河内の農家に身を寄せることが許されました。一年半ほど農家の世話になり、苗作りから田起こし、田植え、稲刈り、脱穀、農具や家畜の世話の仕方まで、農民に手ほどきを受けました」

「河内ですか。上方の温暖な気候は、米作りによさそうですな」

　了之助は、青白い空を背に黒い山影をつらねる東の彼方へ顔を向けた。

「神室の森は、神室山麓の近在集落の入会地です。入会地は、稲作になくてはならぬ枯れ葉などの供給場所なのです。若葉を田に施《ほどこ》す青葉肥えとか、麦わらや落ち葉を堆肥《たいひ》にして施す草肥え、また若木や雑木の小枝や雑草などを田へ掘りこむ刈敷《かりしき》も、神室の森から得られておるのです。入会地より採草、刈とりなどをする場合、口明けの日が定められ、各村によって分量や刻限が厳重に守られ、あの田に何駄、この田に何駄と目安が決められるのです。それゆえ、入会地を利用する村々は、入会の代金を藩庁に納めなければなりませんし、地域によっては番人もおいて見守る入会地もあります。深い山々と盆地の北最上の領国では、入会地や入会山を耕作地に替えるには、それに代わる手あてが要《い》るのです。江戸のような海に開いた大きな町なら、干鰯《ほしか》や下肥《しもごえ》などが豊富でしょうが、そういう肥料をこの山間の領国まで運ぶ費用も馬鹿にはなりません。のみならず、入会地は近在百姓の日々の暮らしに無くてはならぬ燃料の供給場でもあり、新たに石高が増えることだけが先走って、入会地を新田に開発してしまえば、燃料や肥料の供給場を失った周辺の在家集落が、たちゆかなくなる恐れがあったのです。唐木さんは農家で暮らし、米作りをなさったなら、おわかりでしょうな」

「はい。入会地を新田に替えるのは、本末転倒に思われます」

市兵衛はこたえた。

「中原一門は、米問屋・錦幸吉と質屋の山路屋作太郎らの町人請負による神室山麓の新田開発に入会地の神室の森を加えることは、断固、異議を唱えたのです。繰りかえし申しますが、神室の森は、中原本家が永代継ぐことを徳川家康さまより許されたお墨付が残っておるのです。中原家の采地ながら入会地になっているのは、往時の中原家当主が近在集落の農地の営みに役だてるよう、入会地として無償で石神伊家にお貸ししているにすぎず、今なお、石神伊家の領地ではないのです。往時に中原家と石神伊家ととり交わした書付も残っております。石神伊家が新田開発を進めるなら、神室の森は中原家にかえしていただく。すなわち、中原家は神室の森を新田にしないと、石神伊家に申し入れたのです」

「石神伊家は、申し入れを受け入れられたのですね」

「なんと申してよいのやら、殿さまは中原家の申し入れを無視できず、関知せぬ素ぶりを見せられ、沈黙なされた。神室の森は新田開発の企ての、半分以上の広さを占めておりました。よって、企てた当初の半分以下の土地しか新田にできないこととなり、おまけに水利の悪さなどの指摘もあって、とうてい勘定が合わず、商人らはさっさと手を引いてしまいました。町人新田の企ての頓挫《とんざ》は、北最上の土地の事情をよく知らずに、御側役の役目を利用して主君さえ説得すればと安易に判断し、親密な間柄の商人らの申し入れを仲介した宝蔵家のあやまちだったにすぎないのです。宝蔵騰玄は面目《めんもく》を失いました。しかしながら、面目を失ったとて、宝蔵騰玄が中原了念に遺恨を抱くのは筋違いです。にもかかわらず、両家の対立反目は、それ以来続いておるのです」

「信夫平八と由衣どの出奔《しゅっぽん》にかかり合いのある、中原一門と宝蔵一門の確執の子細が、それなのですね」

「さよう。確かに、家中において中原一門と宝蔵一門が対立し、反目し合い、いがみ合いを続けるのはよくない。それも数十年にもわたってだ。その間、ご領主は両家の対立に関与せぬ態度を、一貫してとっておられる。一見、どちらにもひいきせぬという公平を装っておられるが、じつのところ、そうではありません。中原一門へ遺恨を抱いているのは宝蔵一門であって、われらには宝蔵一門に遺恨などそもそもないのです。本来、ご領主は宝蔵家に、もういがみ合いはやめよ、と諭《さと》されるべきにもかかわらず、そうはなさらなかった。両家がいがみ合っているのを、放置なさってきたのです」

「ご領主の本音は、宝蔵家に肩入れなさっておられるということですか」

了之助は頷いた。

「終始一貫して、じつはそうなのです。七年前、宝蔵家の三男の宝蔵竜左衛門《りゅうざえもん》と言う男と由衣との縁談が持ちかけられました。両家の対立を収め、宝蔵騰玄の遺恨を収めるための、宝蔵家の考えた申し入れでした。ところが、この竜左衛門は評判の悪い男でした。高慢で、素行に粗野《そや》なところがあり、しかも異様な癇性《かんしょう》にて、ひとたび怒りに駆られると気が触れたようになって、酒亭でささいな粗相のあった職人に斬りつけ、人を殺《あや》めたことのある男だったのです。あのとき、宝蔵家の縁談の申し入れには誰もが反対だった。妻の千歳は泣いていたし、清太郎も脩も、あの男だけは駄目ですと言うておった。わたしも受け入れたくなかった。だが、由衣の意向を忖度《そんたく》せず、本家の中原了念や、了念から家督を継いでいた治右衛門《じえもん》と協議し、中原一門と宝蔵一門の和解のため、縁談を受け入れると決めたのです。当代ご領主の隆道さまも、由衣と竜左衛門の婚姻により両家の対立を収めよ、というお考えを明らかにしておられた。わたしは高をくくり、由衣は了見してくれるものと、勝手に決めてかかった。断固、拒めばよかったのです。拒めなくはなかった。神室の森の新田開発を拒んだようにだ。平八と由衣を若くして死なせたのは、わたしの誤った判断の所為《せい》なのです。悔《くや》んでも遅いが」

神室山より南方の火打岳《ひうちだけ》や八幡山《はちまんやま》の峰に、朝焼けの空がかかっていた。ほどなく、朝日がのぼる刻限だった。一行は、すでに松明を消していた。

「信夫平八と最後に言葉を交わしたとき、城下を出た平八と由衣どのを追ってきた許嫁《いいなずけ》の竜左衛門を斬ったと、平八に聞かされました。平八は、竜左衛門を斬った罪の意識に苛《さいな》まれていたのです。あのとき、やっと終った、と平八は最期の言葉を残しました。わたしにはその言葉が、安らかに思われました」

と、市兵衛は言った。

「平八は、身分の低い徒衆でした。歳は若いが、凄まじい剣の使い手だった。竜左衛門ごとき、相手にならぬのはわかっていましたが、平八は竜左衛門に止《とど》めを刺さなかった。竜左衛門は一命をとり止め、それがある意味で、中原一門と宝蔵一門のかかり合いをいっそう複雑にしたと、言えなくもないのです。それは、脩からお聞きになりましたか」

「あらましだけを……」

「宝蔵家は、平八と由衣の出奔と竜左衛門まで斬られた顚末《てんまつ》に激怒し、このたびの不始末により金木家の改易、あるいは、当主だったわたしの切腹を命じるべしと、隆道さまに進言したのです。宝蔵家の三男が斬られたのだから、金木家の三人目の子の脩に腹を切らせることになったとか、宝蔵家が金木家に斬りこむ隙をうかがっているとか、戯《たわ》けた噂も流れました。ただ、一方で、竜左衛門が疵を負ったただけでおめおめと生き長らえておる、みっともない、それでも武士かと宝蔵家への目も厳しくなり、宝蔵家の面目を施す落着にならなかったのです。今は長老の中原了念が隆道さまにお目通りいたし、わたしが倅の清太郎に金木家の家督を継がせて隠居をする、また、中原本家も治右衛門が倅の恒之に家督を譲り隠居をするということで、落着を図ったのです。隆道さまは、それでよいという態度をとられ、宝蔵家も矛《ほこ》を収めた形になりました。隆道さまは、領内の中原一門の勢力を考慮せざるを得ず、中原家と宝蔵家の家臣同士の喧嘩は家臣同士で収めよというお立場に、表向きは立っておられる。だが、宝蔵家の怒りはそれで収まるわけはないのです。両家の対立は表向き、収まっておるように見えますが、陰にひそんでいっそう深まり、今にいたっておるのが実情なのです」

「脩さんも、そのような懸念を持たれている様子でした。先ほど霧右衛門さんが仰《おつしや》っておられました。中原本家のご当主の恒之さまに、異変があったのですか」

了之助は、固い沈黙の戸を押し開けるようにこたえた。

「先だって、中原恒之が城中で乱心者に襲われ、落命したのです。中原家当主の恒之は、藩の政事を執る五中老の筆頭でした。乱心者はその場で成敗され、真相は不明のままです。よって、中原本家は十二歳の倅の龍太郎が家督を継いだものの、喪中《もちゅう》にて、先ゆきがどうなることやら。家中には今、様々な臆測が飛び交っておりましてな」

「それか……」

と、市兵衛は気づいた。

「脩さんも、酔っ払いを装った刺客に襲われたのです。似《に》ています」

千歳は、「もしや」と言った。もしや恒之の一件と脩の一件にかかわりがあるのではないか、と疑念を抱いているのだ。

「了之助さま。御側役に届いたご領主の御上意が、神室の森を紅花畑に造り替え主家の台所事情のたて直しを図れ、というご命令だったとしたら、中原一門はどうなさるのですか」

「それは、たとえ御上意であっても、中原一門が結束して、お止めしなければならぬ。それがこの土地に古より生きてきた者の通さねばならぬ筋ですからな」

とそのとき、東の山嶺《さんれい》に日がのぼった。日は街道をゆく一行の吐息を、白い湯気のように照らした。みながそれぞれ立ち止まり、山嶺にのぼった天道《てんとう》へ柏手《かしわで》を打ち、拝礼を捧《ささ》げた。

了之助は朝日を見やって言った。

「唐木さん、江戸へいかねばなりません。脩に会わねばなりません」

「はい」

市兵衛は、朝日から目をそらさずかえした。

五

金山村の庄屋・有田林兵衛の屋敷には、五十人ほどの近在の村役人や村人がすでに集まっていた。中には、盆地の東の鮭川沿いの村からきた村役人もいて、その日の寄合が、新田の開発ではなく紅花畑を開く意向のご領主のお達し、ということもあって、村人たちの関心は高いようだった。

赤坂村の霧右衛門率いる一行は、四十人ほどにふくらんでいた。濠《ほり》に架《か》かる石橋を越えて屋敷に入ると、大勢の村人たちが広い庭にたむろしていた。

はやえなっす、はやえなっす……

村人たちは霧右衛門と了之助を見つけて声をかけ、霧右衛門も、「ひしゃすぶりだの」などとかえしつつ、寄棟《よせむね》造に茅葺屋根の主屋へ通った。

広々とした内庭の土間の下手は、数頭の馬をつないだ厩になっていて、内庭で蓑をとり、上手の落縁《おちえん》から広間にあがった。

林兵衛は裃を着けて、霧右衛門を迎えた。了之助が同行してきたことに少し驚いたような様子を見せ、

「これは大旦那さま、わざわざのお運び、えだますえごどでがんす」

と、手をついて迎えた。

「今日の寄合で、入会地の神室の森を伐り開き、一面、紅花畑に造り替えるお達しがくだされるらしいと知らされ、驚いた。しかもそれが、江戸参勤の殿さまの御上意となれば、ただ事では済まされない。わしら金木家の者も、中原本家の者も誰も知らなかった」

「おう、ご本家もご存じではなえとは、また、とでずもなえことでがんす」

「倅の清太郎が登城して事情を調べ、本家は恒之の喪中ゆえ、本家へも清太郎が知らせることになっておる。それはそれとして、神室の森が入会地でなくなっては、入会の村々はこれまでどおりの農業を営めぬのだから、わしら中原一門は、断固、押しとどめるつもりだ。だが、なかには紅花の栽培に関心を持つ者もいると聞く。みなが神室の森を守ることを望むのか、それとも、入会地を失ってもや

むを得ぬと考えるのか、しっかりと腹をくってかからねばならん。わしら中原一門も、これまで小さな農地を守って暮らしておる村人たちが、これからはどうしたいのか、本音はどうなのか、知っておきたい」

「ごもっともでがんす。まんず、使者の方々が見えるまで間がありますべ」

と、林兵衛と霧右衛門は頷き合い、近在の村役人たちを広間にあげ、ほかの村人たちは内庭の土間に集まり、了之助を中心にして談義が始まった。

市兵衛は了之助の後ろに控え、寄合のなりゆきを見守った。

神室山麓に散在する在家集落で、古より小さな田畑を営んできた村人たちは、入会地を紅花畑に造り替える触書に動揺していた。

紅花は、《羽州最上と山形産を良とす》と諸国に知れわたり、殊に、最上川を南へさかのぼった古名で最上と呼ばれる村山郡は、何代も前の世から紅花を多く産する地として、《最上千駄》などと言いならわされてきた。

紅花は、藍とともに染物の材料に使われ、主に上方において高級な呉服の京染や京紅に重宝されてきた。最上川河口の酒田から、西廻り航路で京や大坂へ運ばれ、高値で取引《とりひき》された。

相場があって、高値安値はあるものの、元禄《げんろく》ごろは紅花一駄が三十数両の値をつけた。一駄は三十二貫。三十数両はそのころでもおよそ米七十五、六俵から百俵分に匹敵したほどだった。

今は江戸でも紅花を求める問屋が多くなり、相場のよいときは、紅花一反歩の収益が稲作三反歩と同じくらいの収益をもたらした。

また、村山郡では紅花の出荷による収益でもって、年貢や諸役が通常のごとくにまかなわれており、村山郡のそのような方便は、北最上の神室山麓で小さな在家集落を営む村民にも、以前より聞こえていた。

神室の森は、田畑を営む村の守らなければならない大事な入会地と承知していても、入会地を紅花畑に造り替えるお上のお達しに、村人たちの性根がゆらぐのは無理もなかった。

寄合に集まった村人たちの間では、考えが分かれた。

ご先祖さまより継いだ田畑を耕すために、これまでどおり入会地は守らなければならないと主張する者と、ご先祖さまより継いだ田畑は大事だが、お上のお達しが入会地を紅花畑に造り替えるというのなら、これまでと違う新しい田畑の営みを受け入れてよいのではないか、と声をあげる者もいた。

ひとたび失われた入会地は、再びとり戻すまでには何代もかかり、その間に田畑をも失う事態になれば、ご先祖さまに顔向けができねえ。

けれども、紅花栽培で儲けが出れば、肥料を買ってでもご先祖さまの田畑は守ることができるし、これまでどおりなら、子や孫は自分たち同様に貧しい暮らしから抜け出せないが、紅花栽培によって儲けを増やし、子や孫に少しはましな暮らしをさせてやれるのではねえか。

紅花の相場は、米の相場とは比べものにならず、値の大きな上がり下がりがあって、思うような儲けが得られるとは限らない。のみならず、紅花はただ栽培すればよいのではなく、《紅餅《べにもち》》という干花に加工して売り物として出荷できるのであって、紅餅を拵えるためには、諸道具をそろえ、技術を習得しなければならない。その習得に入り用がかかるし、入会地を紅花畑に造り替えても、収益があげられるときまで間があり、その間の田畑の肥料をまかなう入り用が重い負担になる恐れがある。

それについては、紅花栽培はお上のお達しなのだから、そのための貸付などの措置をとってくださるのではないか。また、技術の習得にも便宜を図ってくださるのではないか……

などと、様々な主張や考えがとり交わされた。

村人たちの声をひととおり聞き終えたあと、霧右衛門が了之助に言った。

「大旦那さま、神室の森は中原家のご領地でがんす。さっきは、神室の森が入会地でなくなってしもうては、入会の村々はこれまでどおりの田畑を営めぬことになり、中原一門は押しとどめるつもりだと、申されました。お聞きのとおり、在家の者は考えが二つに分かれて、ひとつにまとまるのはむずがしいもんでがんす。中原家はこのたびのお上のお達しを、あくまで、お断りになるのでがんすか」

了之助は、ふむ、とうなった。

「みなの考えは聞いた。おそらく、中原本家も判断に迷うであろうな。どのようにすれば、神室山麓に暮らす者にとって、この土地にとってよいのか、わしにもわがらねえ。入会地が消えて田畑の営みに支障が生じては、という不安は当然だし、これまでより少しでも暮らしを楽にしたい、豊かにしたいと望むのももっともだとも思う。安永の新田開発騒動の折りは、在家集落の事情になんの考慮も払わぬ企てゆえ、断固、受け入れなかったが、このたびの開発はどういうものになるのか、まだ何もわがらね。ともかく、解せんのは、このたびのお達しが勘定方より発せられるということだ。本来なら、郡奉行より地方頭をとおしてくだされるはずのお達しが、そうではないのが不審である。安永の新田開発騒動とは、様子がまるで違う。不気味だず」

了之助は、言いかけた言葉を呑みこむかのように沈黙をおいた。

「まんず、勘定方のお達しを聞いてから、その内容を本家と検討し、中原一門の対応を決めることになると思う」

「せば、わしらも勘定方のお達しの次第によって、今一度、寄合を開き、おがしえげなごどがねえよう、話し合うごどにしよう」

「ああ、んだず。みな、それでいいべな」

林兵衛と霧右衛門が言った。

そのとき、庭に人馬の到着する賑わいが起こった。

すぐに、屋敷の使用人の、「お役人さま方のお着きでがんす」と知らせの声が広間に届いた。林兵衛と霧右衛門が並んで庭に出て、役人を出迎えた。

「村役人は、みなそろっておるのか」

「わざわざのお運び、ご苦労さまでがんす。みなそろって、お待ちしておりました。まんず、ひと休みなされ……」

「よいのだ。すぐに始める。ときが惜《お》しい」

「さようでがんすか。せば」

と、馬のいななきとともに、役人と林兵衛の遣《や》りとりが聞こえた。

内庭の者たちは土間の隅《すみ》へざわめきつつよけ、広間の者たちも座敷の両側へ座を変えて居並び、役人方の通り道を開いた。

了之助は上座の一隅《いちぐう》へ座を移し、市兵衛はやはり了之助の後ろに控えた。

打《ぶ》っ裂《さ》き羽織に野袴の勘定方頭・尾沢雄助と、同じく勘定方の椎名田蔵《しいなでんぞう》が、少し青ざめたしかめ面で内庭に入り、広間へあがってきた。

しかし、意外なことに、尾沢と椎名に従って手甲脚絆《てつこうきやはん》の旅装束《たびしようぞく》の町人風体が二人、広間にあがってきたのだった。

林兵衛と霧右衛門は、町人の後ろに続いていた。

二人の町人風体は、広間の両側に居並んだ村役人らの間を、愛想《あいそ》のよい軽い会釈をふりまいて通った。村民らの間に、その町人風体の正体がわからず、また低いざわめきが起こった。

尾沢雄助と椎名田蔵は、上座の一隅に着座した了之助を見つけ、尾沢が、「あっ」と声をあげた。

すぐ後ろの椎名へふりかえって目配せを交わし、頷き合った。

「金木さまではありませんか。何ゆえこちらに」

尾沢が立ったまま、冷やかな口調で了之助を質した。

「入会地の神室の森を伐り開くお達しがくだされると、赤坂村庄屋の霧右衛門よりの知らせを受けて、子細を確かめるためにまいった。本来ならば、地方頭の清太郎がくるべきだが、お城の務めがあってこられぬ。急な事態ゆえ代人を立てることができず、わたしが清太郎の代人を務めることにした」

「金木さま、それはなりませんぞ。それがしと椎名は、勘定奉行さまのお指図によって、お上の御用で遣わされた使いでござる。金木さまはすでにご隠居の身にて、お役はご免になられておられる。ここにおられるのは、謂《い》わば私事ではありませんか。お上の使いの場に私事で同席なさるのはいかがなものか。何とぞ筋を通して、座をおはずしください」

尾沢の後ろで椎名が、しかめ面を頷かせた。

了之助は二人を平然と見あげ、言った。

「尾沢どの、それこそ筋が通らぬであろう。今言ったように、本来ならば郡奉行配下の地方が使いとしてくるべきところ、本来ならばなんの権限もない勘定方のおぬしらが正式の使いと自称してここに見えられた。おぬしらが正式の使いと申すなら、そのお墨付を見せられよ。ご承知だろうが、本来ならばなんの権限もない勘定奉行の書付は、お墨付の代りにはなりませんぞ」

尾沢と椎名は言いかえさず、了之助と後ろに控えた市兵衛を見つめた。二人の町人は身を縮め、畏《かしこ》まった素ぶりを装っていた。広間の村役人も土間の村人も、みな沈黙していた。林兵衛と霧右衛門が、ひそめた声を交わした。

「しかしながら、尾沢どの、椎名どの、頑《かたく》なな主張をするつもりはない。本来ならば権限のないおぬしらが、お上のお達しの使いに立たざるを得なかったということは、なんぞ家中に火急の事態が起こったと考えられなくもない。殿さまに仕える武士ならば、家中の火急の事態に正式の使いも隠居もなかろう。武士ならばこそ、地方頭の金木清太郎の代人として、事情を知るために隠居のわたしはここにいる。おぬしらも頑ななことを言わずに、おぬしらの務めを早々に果たせ」

尾沢は不満を露骨に顔に出したが、言いかえせなかった。すると、

「う、後ろの、そちらはどなたか。見かけぬ方のようですが」

と、椎名が険しい口調を市兵衛に投げつけた。

すかさず、了之助がかえした。

「金木家がご助力を願っている唐木市兵衛どのだ。じつは、江戸屋敷においても

今、異変が起こっておる。わが倅、馬廻り役助《すけ》の金木脩が、その異変を知らせるため唐木どのに使いを頼み、江戸より見えられた。このたびのおぬしらの突然のお達しも、異変のひとつ。もしかすると、江戸の異変と北最上の異変になんらかのかかわりがあるかもしれぬ。わたしの判断で、同席を願っておる」

「何、異変だと？」

「椎名、わたしに対してその物言いは無礼だぞ。では訊ねるが、おぬしの後ろの町家の方々はどういう筋によって同席なさる」

　すると、尾沢と椎名に従う町民のひとりが、腰を折り、辞儀を述べた。

「はい。申しおくれ、相済まぬごどでがんす。わたくしは城下本町にて……」

「本町の米問屋の錦葉之助《ようのすけ》は、存じておる。《錦屋》は、宝蔵家御用達《ごようたし》の大店ではないか。そちらは城下両替屋の、《三友屋《みつともや》》太右衛門《たえもん》だな。あんたらとは、城下で何度か顔を合わせたこともある。だが、今は椎名に質しているのだ。あんたらは黙っていなさい」

　錦葉之助は、両肩の間に首をすくめた。この錦葉之助の先々代が錦幸吉で、安永の新田開発騒動のおり、町人新田の請け負い仲間を仕きった米問屋である。三友屋太右衛門は、澄まし顔で軽い咳払いをした。

「椎名、おぬしがこたえよ」

「だから、お上のお達しの趣旨を百姓によく説いて聞かせるよう、この座にご足労願ったのです」

「なんだと。本来ならば郡奉行掛のお上のお達しを、それが表だつ前に、すでに勘定方がお上の臣下でもない町民へ表沙汰にしていたということか。それは、執政の五中老が承知しておるのだろうな。言っておくが、御側役は五中老と殿さまの間を取次ぐだけで、執政の役目ではないのだぞ」

「むろん、それはその書付に記されております」

「それは江戸の殿さまの御裁可があってのことだろうな」

「す、すべて、殿さまの御上意の元に行われていることです」

「では、殿さまの御上意を見せられよ」

「あ、いや、それは御側役の宝蔵万右衛門さまの元にあり、ここには持参しておりません。しかし、このお達しは宝蔵さまが御上意に基《もと》づいて、勘定奉行さまに命じられたもの。すなわち御上意です。この両名を伴うことは、宝蔵さまもご承知と、勘定奉行さまも申された。なあ、尾沢どの」

尾沢は唇を結んで、顔を頷かせた。

「なぜ郡奉行ではなく、勘定奉行なのだ。筋が通らぬではないか」

「わ、われらにそのようなことを申されても……」

「それゆえ、これが異変でなくてなんだと言っておるのだ。だが、今は頑なに筋をどうこうと、おぬしらと言い合うつもりはない。尾沢どの、椎名どの、言うたべな。務めを果たされよ」

了之助が尾沢へ向いて言うと、尾沢と椎名はもう言いかえしてこなかった。不満そうな顔つきを、錦葉之助と三友屋太右衛門へ向けた。それから頷き合い、黙って上座へ進んだ。

二人は上座に立ち並び、錦葉之助と三友屋太右衛門は、了之助と市兵衛の座とは反対側の上座の一隅に着座した。

林兵衛と霧右衛門が、尾沢と椎名の眼前に端座して畏《かしこ》まった。広間の両側に居並んでいた村役人らは、二人の庄屋に従うように背後の座を占めた。内庭の村人らも、再び広間の下手の土間に集まった。

みな、上座の尾沢と椎名を凝っと見守った。

馬小屋の馬が鼻息を鳴らした。閉《た》てた障子に午前の日が射した庭では、餌をついばむ鶏の声が聞こえていた。農家の、のどかな朝のときが流れていた。

# 六

「ただ今よりお上のお達しを申しつけるが、その前に、こちらの方々は、城下本町の米問屋・錦葉之助どのと、大手町の両替商・三友屋太右衛門どのだ。勘定奉行・原口《はらぐち》巳之作《みのさく》さまのご配慮により、万が一、お上のお達しの趣旨や子細に不明な事柄があった場合、両名は詳しく承知いたしており、みなにわかるように説いてくれるゆえ、なんでも訊くがよい」

尾沢が言うと、二人は広間の下座へ頭を向け、恭《うやうや》しく垂らした。

林兵衛と霧右衛門を始め、村役人らは黙然と頭を垂れ、土間の村人らの間にささやき声が交わされた。

続いて、尾沢は文箱から折り封の書状をとり出し、村役人らの頭上へかざして見せた。表に《達》の文字が記してある。

林兵衛と霧右衛門らが、いっせいに平伏した。

封を解いて書状を開き、気の張ったやや甲高《かんだか》い声で読み始めた。

「ひとつ。神室山麓金山村並びに赤坂村入会地、通称《神室の森》を召しあげ、新たに伐り開き耕作地になすべきものとする。ひとつ。耕作地は新田にあらず、紅花栽培の畑となすべし。ひとつ。紅花栽培において、種植え生花のつみとり、干花加工、加工技術者の招聘《しょうへい》、諸道具の支度、集荷および仲買業者の選定、売買額とり決めの請け負い、それらの過程において入り用のいっさいを、米問屋・錦葉之助並びに両替商・三友屋太右衛門に申しつくるものなり。ひとつ。また、米問屋・錦葉之助並びに両替商・三友屋太右衛門は、右に記したる紅花栽培のいっさいを請け負うにあたり、石神伊因幡守隆道さま御側衆御側役・宝蔵万右衛門の支配および厳格なる監察を受けるものとする。以上」

尾沢は書状を閉じながら、居間の村役人らを見廻した。

広間と土間の村役人や村人らは、入会地の神室の森が紅花畑に造り替えられることにより、これから自分らはどう生き、どうなるのか、明快には分からぬふうで、ただ戸惑いを見せて、ささやき合ったり首をひねったりした。

「訊ねてえことがあれば、なんでも訊ねろ」

「せば、お訊ねいたすでがんす」

林兵衛が口をきった。

「金山村の者も赤坂村の者も、今の田畑を営む肥しを、これまでは入会地の神室の森から得ておりますす。神室の森が伐り開かれれば、代わりの肥しを殿さまはどのようにお考えでがんすか」

「それについては、郡奉行と地方頭が、改めて追って指図するはずである。みなはその指図に従えばよい」

「はあ？　せば、ただ今の郡奉行の梶山さまと地方頭の金木さまのお指図ということでがんすか」

「いや、違うと思う。われらはまだ詳しくは承知しておらぬが、郡奉行も地方頭も代るはずだ。山奉行も山方の頭も一新されるだろう。今日から、領内ではご改革が始まっておる。お家の台所事情をたて直し、わが領国はこれまでとは違う豊かな国に生まれ変わるのだ。古いしきたりや仕組や決まりが、大きく変わると勘定奉行の原口さまから聞いておる」

尾沢が了之助を睥睨《へいげい》した。椎名が薄笑いを寄こした。

しかし、了之助は動ずるふうもなく二人を見あげていた。

「んだべがなあ」

「んだずう」

村人の交わすささやき声のなかから聞こえた。

「そう申されましても、入会地がなくなって、代りの肥しはどうなるのか、確かなごどをお聞きせねば、お達しに納得がいがねでがんす」

と、それは霧右衛門が訊ねた。

「何い？　お上のお達しに納得がいがねえだと」

尾沢が気色ばんだ。

すると、三友屋の太右衛門がうっすらと微笑みを浮かべ、間に入った。

「わたしどもが、入会地の粗悪な肥料ではなく、もっと豊かな収穫をもたらす干鰯や油粕《あぶらかす》、また、下肥などの肥料購入の融資を行わせていただく心づもりでがんす。わたしども両替商は、小口の融資はどなたさまもお断りしておりますが、このたびの一件では、御側役の宝蔵万右衛門さまの、村の方々がお困りにならぬように配慮をとの、ごもっともなお口添えがあり、このたびに限って、できるだけのことはさせていただくつもりでがんす。ただ、できれば金山村はまとめて幾ら、赤坂村はいくらと、村役人のみなさんがとり仕きっていただければ、細かな手間がはぶけます。そうしていただければ、手間代を利息に上乗せせずに済みますので、双方のためでがんす」

と、太右衛門は薄笑いを引きつったような甲高い哄笑《こうしょう》に変えた。

霧右衛門が、納得がいきかねるふうになおも訊いた。

「融資とひと口に申されましても、要するに借金をするというごどでがんす。神室山麓の在家集落は、小さな田畑を営み、ぎりぎりの暮らしを送っている者が殆《ほとん》どで、これまでみなで分け合い助け合っていただいてきた天のお恵みの肥しを、借金をして購入せねばならねえとなれば、借金の返済、利息の支払いに窮することは明らかでがんす。借金は天のお恵みのように、きままにはいがねでがんす。利息の支払いや借金の返済は、わしら村の者が入会地の紅花畑で儲けを出すまで、大目に見ていただけるのでがんすか」

葉之助と太右衛門が、首をかしげて尾沢と椎名を見あげた。葉之助と太右衛門は、話が食い違っておるようですな、という顔つきを見せた。

「みな、勘違いさしておる。そうではねえ。紅花作りは、おめえら村の者はかかわらなぐでもかまわねえごどだ。紅花作りは、それをもっぱらにする百姓が、神室の森を伐り開いて村さ作って移り住み、こちらのお二方の支配の下で励むごどになる。つまり、新しい村さできるべ。みな仲よぐせねばな」

尾沢が言った途端、村人の間からどよめきが起こった。

「みなさん、紅花作りは素人《しろうと》には無理でがんす」

と、葉之助がにたにたして言った。

「よろしいですか。紅花はつみとった生花を半切《はんぎり》に入れて少々の水に浸し、よおく踏みつけにして、花の黄汁をたっぷりの水で洗い流し、今度は水をきってひと晩か二晩、筵《むしろ》に寝かせておいて、乾いたら、それを一寸（約三センチ）くらいに丸めて、また寝かせて、筵をかぶせて踏みつけ……」

「紅餅の作り方は、おめえに習わずともわがるべな」

土間の村人が声を投げつけた。

うんだずう、それぐらいわがるべな、と続けて声が左右から飛んだ。

「尾沢さま。お上のお達しでは、神室の森の入会地から肥しを得てきた在家集落の者は、いきなり自分らの入会地が召しあげられると、ただそれだけなのでがんすか。これまで、わずかな沢水を利用して田畑を営んできたぎりぎりの暮らしの村人から、肥しや薪を得てきた入会地を召しあげ、これからも田畑を営んで暮らしていきたくば借金をせよと、お上は申されるのでがんすか」

林兵衛が尾沢を食い入るように見あげた。

「そんなことは言うておらん。借金をするかせぬかは、そちらの勝手だべ。借金の話は、三友屋太右衛門どのより融資を受けて、田畑の営みにより効き目のある優れた肥料を購入すれば、これまでよりも収穫があがり、もっと豊かになるであろうと言うておる。こったらじょさねごど、わがらねんだが」

「わがっていなさらねえのは、お上でがんす。わしらはこの神室山麓の土地で、ご先祖さまを守り、天の恵みを荒さぬように、貪《むさぼ》らぬように、感謝の心を忘れぬように、みなで話し合い、知恵を出し合い、大事に守って、暮らしてきたでがんす。神室の森は、この地で田畑を営んで生きる者に天が恵んでくれた森でがんす。あの土地は中原家のご領地ながら、中原家はそれをよおくご存じだがら、在家集落がこれまでどおり入会地として役だてられるよう、お上にお任せしてこられたんではねんだずか。紅花栽培が儲かるからといって、わしらから入会地を召しあげるだけというのは、道理が通らねんだず」

んだずう、と霧右衛門が次いだ。

「わしらはお上の台所をたて直すのに役だち、わしらの暮らしも少しはよくなるなら、神室の森をこれまでとは違う活《い》かし方もあるのではねえかと相談したが、そんなずるこえ魂胆《こんたん》では、相談にも話し合いにもならねんだず。赤坂村の者は神室の森をわだすわけにはいがねえ」

「もっともだず。金山村も同じだず。神室の森を伐り開くのは許さねえ」

林兵衛が同意すると、広間と土間の村人らが怒声や罵声《ばせい》を尾沢と椎名に投げつけた。怒りに囚《とら》われた村人らが、土間から広間へあがる気配すら見せた。

葉之助と太右衛門は怯《おび》えて、尾沢らの後ろへいざりながら隠れた。

「何を言う。林兵衛、霧右衛門、おぬしら、庄屋の身でありながらお上のお達しに逆らう気か。神室の森の召しあげは、すでに決まったことだず。わしらは勘定奉行さまのお指図に従って、それを伝えにきた。異論があるなら、お城にいって直訴すればよかろう」

「おお、いぐども」

村人のひとりが叫んだ。

「みなさん、落ち着いて、気を鎮めてください。みなさんの暮らしのことは、わたしらもちゃんと考えております。お望みの方は、紅花畑に造り替えた一画をお貸しする用意があるのでがんす。土地代やお貸しする用具の代金を払えば、みなさんも紅花を栽培し、儲けることができるのです。わたしらは、儲けの半分しかいただきません。とても有利な条件だと思いますよ。最初の数年は苦しい思いをしますが、それさえ乗りこえれば……」

葉之助が言い続ける言葉を、村人の怒声がさえぎった。

「おどけるでねえ。おめえら、神室の森をがめる気か」

「おめえ、めえおどすぞ」

葉之助の言葉は、火に油をそそいだも同然だった。土間の村人らが、葉之助に迫る気配を見せた。広間の村役人らが、怒りに駆られた村人らを、「ごしゃぐな、鎮まれ」と懸命に押し止めた。

「何を考えておる。お上のお達しに逆らうなら、牢《ろう》へ打《ぶ》ちこむぞ」

尾沢が怒りに顔を歪めた。

椎名は「牢へ打ちこむぞ」と喚《わめ》きながらも、村人らの怒りに狼狽《ろうばい》を見せた。やおら、了之助が立ちあがった。そして、尾沢と椎名の傍らへ進んだ。市兵衛は刀をとり、了之助の後ろに従った。

尾沢は了之助へ怒りの顔をふり向け、言葉を投げつけた。

「金木さま、これは金木さまの差金でがんすか。われらに手を出すのは、お上にたいする謀叛と同じですぞ」

椎名は、了之助の後ろの市兵衛を睨《にら》みつけている。

「尾沢さん、先走ったことを申されるな。村人たちは、これまでの田畑の営みの存続を損なう恐れのあるお上のお達しに、怒っておるのだ。おのれの暮らしを脅かされたら、怒るのは当然だ。おぬしらだとて、そうだろう」

「それはそれ。役目は役目だ」

「だとしても、今生きておる民の暮らしをないがしろにして、武士になんの面目がある。村人はこのままお上のお達しに、従うわけにはいかぬ。即刻、城に戻って勘定奉行に報告し、お達しをとりさげよ」

「そんなことが、できるわけがない。大体、金木さまに言われる筋はない。お上のお役目に金木さまが要らざる口を出して邪魔だてなさるなら、隠居の身であろうと、金木さまにも処罰がくだされますぞ」

「神室の森を伐り開くお上のお達しは、間違いだ。隠居であろうと、役目に就いている者であろうと、間違いに気づいたら正すべきではないか。言うておく。神室の森は徳川家康さまの御墨付のある中原家の采地ぞ。金山村や赤坂村の入会地になっておるのは、入会地から得られる肥しや薪などが、村人が暮らしていくためになくてはならぬとわかっておるゆえ、石神伊家にお貸ししておる。石神伊家と交わしたそのときの書付も、中原家に残っておる。石神伊家が入会地として使わぬのなら、中原家にかえしていただく。安永の新田開発の騒動の折りもそうだった。われら中原一門は、戦国の世からこの地に移り住み、この地の民とともに田畑を開き、営み、暮らしてきた。徳川さまの世になり、石神伊家に仕えようとも、それは変わらん。よって、村人の暮らしを損なうようなお達しは、中原一門は受け入れるつもりはない」

「また、そんな古い話を持ち出して。もう二百年も前のことですぞ。石神伊家に長らく仕えて主家の禄を食《は》み、お上の並々ならぬご恩を受けながら、よくもそんな恩を仇《あだ》で報いるような戯《たわ》けたことを仰るものだ。徳川さまの御墨付があろうとも、領国はすべて石神伊家のもの、お上のものです。お上がお上の領国をよりよくするために活用なさるのは当然のことだ。ときには、小を捨てて大につかねばならないこともある。それが政《まつりごと》というものです。世は刻々と移り変わり、動いておるのです。いつまでも古い権益にしがみつき、領国の改革に水を差すような方々は、さっさとお役目は退かれるべきでしょう。ご老体、お引きとり願います。ここにおられてはお役目の邪魔です。目障りだべな」

尾沢は了之助から目をそむけ、林兵衛と霧右衛門へ険しい口調で言った。

「よいな。お上のお達しは以上だ。異論のある者は、お上に直訴するなり、好きにするがいいべ。しかし、神室の森の伐り開きは粛々《しゆくしゆく》ととり行う。雪が降る前に樹木の伐採は終らせる。近々、新しい郡奉行より金山村からも赤坂村からも人数を出すようお指図があるだろう。林兵衛、霧右衛門、そのほうらは滞《とどこお》りなく手配をするように。椎名、錦さん、三友さん、戻るべ」

椎名は丁之助を睨んで頷き、葉之助と太右衛門は村人の様子をうかがいつつ、尾沢と椎名の後ろからついていった。

林兵衛と霧右衛門は、眉をひそめ、言葉もなく尾沢らを見つめていた。

「わがんねえ」

土間のひとりが叫んだ。その声に驚いて、厩の馬がいななき、蹄《ひづめ》を荒々しく鳴らした。庭の鶏がけたたましく鳴いた。

「おらえもだ。そったら、理不尽なごど、わがんねえ」

「お上は、おらえに死《す》んですまえと言うつもりか」

「おどけるのも、ええ加減にしろ」

わがんねえ、わがんねえ……

村人らが口々に喚いて、広間の村役人を押し退《の》け、上座の尾沢らに迫った。土間に残っていた村人らも、広間に走りあがって尾沢らへ群がってきた。

林兵衛と霧右衛門が懸命に押し止めるが、怒りは収まらなかった。

「な、何をする。これは謀叛だぞ」

「狼藉《ろうぜき》、狼藉……」

尾沢と椎名が喚きたて、葉之助と太右衛門は二人の陰で怯えた。

「鎮まれ」

そのとき、了之助が村人と尾沢らの間へ立ちはだかるように入り、一喝した。

市兵衛は長い両腕を広げ、押し寄せる村人を受け止めた。両足を踏ん張り、畳を擦りつつ、のしかかる村人をゆっくりと押し戻した。

尾沢らへの怒りに囚われていた村人が、市兵衛の膂力《りょりょく》に驚いた。

「了之助さまの話を、まずは聞こう。あの者らはお上の使いにすぎない。あの者らに手を出すな。了之助さまの話を聞くのだ」

市兵衛は、再びのしかかる村人の圧力を受け止めながら言った。

しかし、村人の怒声や罵声はなおも投げつけられた。

「鎮まれ」

了之助が再び低く太い声を響かせた。すると、村人らはようやく声をひそめ、迫る力をゆるめた。

「狼藉、狼藉……」

椎名がひとりでがなりたてた。

「尾沢さん、これは一揆《いっき》です。百姓どもが一揆を起こす気です」

「黙れっ」

市兵衛がふりかえり、椎名の頰へ張り手を浴びせた。

椎名は唖然とし、それから頰を押さえて尻を力なく落とした。市兵衛は刀の鞘《さや》と鍔《つば》を左の掌にくるんで、逆手に提げている。

葉之助と太右衛門は、呆然と市兵衛を見つめた。

尾沢は、この見知らぬ侍がただの供侍ではない気配にやっと気づいたかのように、戸惑いを目にうかべつつ言った。

「な、何をする」

「お静かに。了之助さまの話を聞いてください。そうしなければ、あなた方はこの場で、袋叩きになりますぞ」

椎名は頰を押さえて俯《うつむ》いているが、尾沢は、とり巻いた村人たちの怒りに囚われた獰猛《どうもう》な顔つきに急に怖気《おじけ》づき、震えながら小さく首をふった。

了之助は尾沢を見つめ、言った。

「お上のお達しの狙いは、これでわかった。尾沢さんの言った、家中で始まっているご改革というのは、宝蔵万右衛門の望むご改革なのだな。なるほど、すべてが相通じておる。この月の初めに城中で起こった中原恒之斬殺も、万右衛門の差金だったのだろう。なんと愚かな。隆道さまの御上意がどのようなものかは知らぬが、神室の森を伐り開くお達しが間違いであることは明らかだ。先ほども申した。われら中原一門は、仮令《たとえ》、御上意であったとしても承服いたしかねる」

了之助が言った途端、村人らが喚声をあげた。

厩の馬がいななないて蹄を鳴らし、庭では鶏が鳴き騒いでいる。

「よって、われら中原一門は、江戸の徳川幕府に訴え出て、二百年前、権現《ごんげん》さまが中原本家にくだされた、神室の森を中原家の永代領地とするお墨付が、二百年がたった今もなお有効か、ご裁定をいただくことにする。武士の約束は、昨日交わした約束であれ、二百年前に交わした約束であれ、同じ約束だ。武士の約束を守らぬ者は、武士ではない。尾沢さん、お城に帰って御側役の宝蔵万右衛門に伝えよ。世は刻々と移り変わり動いておる。そのとおりだ。しかしながら、世の移り変わりのなかで、変わるものと変わらぬものがある。そこをとり違えるな。今に、おのれの身を滅ぼすべな」

尾沢は、了之助から目をそらしただけで、こたえなかった。

と、庭へ駆け入る足音がし、二人の村人が内庭に飛びこんできた。

「庄屋さま、たまげだ」

「林兵衛さま、とですもねえごどでがんす。城下から人が大勢きて、神室の森の木の伐り出しを、勝手に始めたでがんす」

「えっ、伐り出しがもう始まったのか」

林兵衛と霧右衛門が、土間の二人のそばへ駆け寄った。

「神室の森は天の恵みだ。あったらものを。愚かなふる舞いさ、止めねば」

了之助が呟いた。

「お供いたします」

市兵衛が言い、

「頼む」

と、了之助がこたえた。

七

神室の森は、神室山から南へ火打岳へとつらなる山嶺の麓に広がり、金山村からも赤坂村からも一里余の道程だった。

屏風《びょうぶ》のようにつらなる山々の麓に、神室の森の深い緑とくすみをおびた木々の色合いが烟《けぶ》っていた。それはまるで、山からおりてきた精なる雲を、山裾にまとっているかのような光景だった。

一行は、村役人を先頭に、了之助の両側に林兵衛と霧右衛門、その後ろに市兵衛と村人らが従い、総勢百名近くになっていた。中には、女も年寄も子供までまじっていて、村人たちの神室の森への一途《いちず》な思いが沸きたっていた。雲の流れが速く、日が射したり雲に陰ったりした。昼をすぎた刻限だが、寒気が野を凍えさせていた。

千歳の用意した蓑が、凍える寒さを防いだ。

「唐木さん、あれです。言い伝えでは、われらのご先祖さまがこの地に移り住んだとき、あの山裾の荒れ野に手を入れ、入会地にしたのです。この地の在家集落の百姓らが何代にもわたって守り継ぎ、いつしか、《神室の森》と呼ばれるようになったのです」

了之助が市兵衛に言った。

「うんだずう。村の者は神室の森の神さまさ、お礼をゆて森に入るでがんす」

霧右衛門が了之助を次いで言った。

「美しい森です」

市兵衛は菅笠をあげ、空と山々と森の景色を眺めやった。

やがて、野の細道が入会地へと入っていく先を、うっすらとした暗みが覆い、暗みに射す木漏《こも》れ日が、金色の縞《しま》模様を描いていた。

入会地のなかへ踏み入ると、しっとりとした気配にくるまれ、様々な鳥の鳴き声が、木々の間を飛び交っていた。

花は終っているが、竜胆《りんどう》や石楠花《しゃくなげ》などの草や低木が、木々の下闇に茂り合い、榛《はしばみ》の木、桂《かつら》、ぶな、栃《とち》の木などが林道を覆っていた。

金色の木漏れ日が射す林道には、渋くくすんだ茶や灰色、黄色、紫がかった赤色などの、これが枯れ葉かと目を疑うほどの、日に映えて色鮮やかな様々な落葉が、やわらかく敷きつめられていた。

落葉は人々の歩みを包みこみ、足下で唄うように鳴った。

だが、林道をいくに従って、不穏なざわめきが樹林の彼方から聞こえてきた。と、細い林道の前方より、村人らしき者がひとり、懸命に駆けてきた。先導する村役人と顔見知りらしく、手をかざして名を呼び合った。

「兵七《へいしち》、様子はどうだ」

村役人のひとりが、息を荒らげて駆け寄ってくる兵七に質した。

「しょ、庄屋さま。城下から人さいっぱいぎで、木を伐り出してけんだず。おがなえごどが始まったべ」

兵七は林兵衛と霧右衛門の前へきて、肩を大きく波打たせて喚いた。

「はや、始まったべか」

「そったらごど、させてはならん。森がめえおどしてしまう」

「役人もいるのか」

了之助が問うた。

「ああ、大旦那さま。清太郎さまの下役の、横山《よこやま》さまがお指図なされて……」

「清太郎ではなく、横山佐助《さすけ》か」

樹林の彼方から、木を打つ乱れた音が聞こえている。

はやぐいぐべ、と口々に言い合い、一行は林道を急いだ。

そこは、桂やぶなや栃の木、楓《かえで》などの大きな木がすでに伐り倒され、大空が広がり、野原のようになっていた。森の上にぽっかりと開いた空に、鳥の群れが不安げに鳴き騒ぎ、飛び交っていた。

近在の村人らが、周りを囲んで手を出せないでいた。

領内から集めたと思われる樵夫《きこり》や、城下の人足らが黙々と高木を倒し、その場で枝を払い、荷車に乗せて運び出していた。野袴の役人がひとり、人足らの木々の運び出しの作業を監視していた。

また、樹木が消えた一画に、何やら小屋のようなものを建てるためらしき柱と梁《はり》が組まれていて、奇異なことに、縞の長合羽《ながかっぱ》をまとい、手甲脚絆の町人風体がそれも二人いて、もうひとりの野袴の役人らしき侍と、柱と梁を組んでいるそばで、あれこれと段どりを決めているふうだった。

しかも、藩の役人とは思われない黒の長合羽に黒のたっつけ袴、黒い菅笠をかぶり、二刀を帯びた奇妙な黒装束が十人以上散らばって、村人が広場に踏み入らぬよう、周辺を物々しく固めていた。

折りしも、一本の桂の大木があたりの寒気を引き千ぎるように伐り倒され、野原を囲んだ村人が悲痛な声をあげた。

そこへ、村役人とともに庄屋の林兵衛と霧右衛門、続いて百人近い村人が新たに現れたから、広場を囲んでいた村人たちの間にどよめきがあがった。樵夫と人足らは動きを止め、新たに現れた庄屋らのほうへ見かえった。

林兵衛と霧右衛門を囲んで村役人や村人が踏みこんでいくと、散らばっていた黒装束が、それを阻止しようと駆け集まってきた。そして、二人の町人風体と役人が、平然とした素ぶりで近づいてくる。

「横山さま、これはいかなるごどでがんすか」

林兵衛が横山と言う地方衆の若い役人に、厳しい口調で質した。

「お役目の最中だ。作業場に入られては困るべ」

横山佐助が、眉をひそめて言いかえした。

それから、踏み入った庄屋と村人らに困惑した眼差《まなざ》しを向けつつ、樵夫と人足らに仕事を続けるように命じた。

「ここは入会地でがんす。生えてる樹木は言うまでもなく、枯れ枝一本、枯れ葉ひとつ、勝手なことをしてはならねえでがんす」

霧右衛門が言った。

「わたしは、お上の命令に従っているだけだ。ここはもう入会地ではない。お達しさ、聞いたはずだべ」

黒装束の侍たちが、林兵衛と霧右衛門の前に立ちはだかり、動きを阻んだ。みな屈強な身体つきで、菅笠に顔が隠れていた。十一人が数えられた。

「作業場に入ってはならん。怪我をするぞ」

明らかに、口調が村人を威嚇《いかく》していた。しかも、言葉に土地の訛《なまり》がなかった。

そのとき、村役人たちの間から、了之助と続いて市兵衛が進み出た。

「佐助、これ以上木を伐ってはならん」

了之助が、佐助に投げかけた。

「あっ、ご隠居さま、おいでででがんすか」

佐助が意外そうに言った。

「なぜ、佐助がひとりなのだ。清太郎はこのことを知っておるのか」

地方衆の佐助の上役は、地方頭の金木清太郎である。地方頭、並びに地方衆は郡奉行の支配下にある。

「は、はい。それは……」

了之助に質され、佐助は狼狽した。

なおも進もうとする了之助の前を黒装束がふさぎ、押し戻そうとした。

「おぬしら、誰だ。城下では見かけたことがないが。そのような無礼なふる舞いをする身分の者か。名乗れ」

了之助がひとりに言うと、黒装束は了之助の威圧に怯みを見せた。了之助は囲んだ黒装束を見廻し、かまわず進んだ。

「これはこれは。もしや、金木家の大旦那さまの金木了之助さまで、いらっしゃいますか」

二人の町人風体が了之助の行く手に進み出て、膝に手をそろえて辞儀をした。

二人の横に、菅笠で顔を隠し、野羽織野袴の役人風体が並んでいた。役人風体は、刑具のような竹の杖《つえ》を手にしていた。

「そうだが、そのほうらは」

「はい。畏れ入ります。わたくしは江戸の大伝馬町にて、仲買問屋を営んでおります大村小左衛門でございます。日ごろ、石神伊家の江戸屋敷にお出入りを許され、御用人の尾野木彦之助さまには、ひと方ならぬお世話になっております。この者は、わたしどもの店の番頭を務めております次郎吉でございます」

「次郎吉でございます。ご隠居さま、お疲れさまでございます」

辞儀をした恰好で次郎吉が言った。

了之助が不審を露わにした。

「なんだと？　そのほうが、仲買問屋の大村小左衛門か。以前より名は聞いている。江戸からわざわざ見えたか。この黒装束の面々は、そのほうの連れか」

「はい。江戸よりの長旅。道中、何があるかわかりませんので、警護をお願いいたしました」

「で、江戸から遠く離れたこの北最上まで旅して、そのほうら、ここで何をしておる」

「はい。それでございます。お殿さまのお指図を受け、このたび、この役にもたたない森を伐り開き、紅花畑に造り替え、収穫した紅花を江戸のお客さまにお届けする仲買役を、申しつけられたのでございます。役にたたぬ原野を紅花畑に造り替えるご英断をお殿さまがなされ、お家のますますのご発展を、不肖大村小左衛門、心よりお喜び申しあげます。まことに、おめでとうございます」

「戯けたことを。この森は田畑を耕して生きる民百姓の入会地ぞ。役にもたたぬのはそのほうらの考え方だ。神室の森を紅花畑にはさせせん。さっさと、仲間を連れて江戸へ帰りなさい」

　了之助は、とり囲んだ黒装束を見廻して言った。

「と申されましても、お殿さまのお指図でございます。そういうわけにはまいらないのでございます」

「本途《ほんと》にそうか。そのほう、殿さまよりお言葉を直々にかけられたのか。殿さまからいただいた何か書付を、持っておるのか。じつのところは、江戸屋敷の尾野木彦之助に言われただけではないのか」

小左衛門は、唇をへの字に結んで興ざめた顔をそらした。次郎吉は、眉をひそめて了之助を睨んだ。

「大村さん、言わせておいて、よろしいのか」

黒装束のひとりが、小左衛門の背後で菅笠を傾け、ささやきかけた。

「筧さん。今は温和《おとな》しく。事を荒だててはいけません」

小左衛門が小声をかえした。

小さく頷いた菅笠の下からのぞいた目が、了之助の後ろの市兵衛の目と交錯した。筧の目が、束の間、訝しく曇《くも》った。

「佐助、これ以上森を荒してはならん。すぐにみなを連れて城下へ帰れ。おまえは城へ戻って清太郎の指図に従え」

「いや。そう言われましても、役目さ、あるべ」

佐助は、自分に問いかけるように言った。困惑し、首をかしげた。

樵夫や人足らは、みな手を止めてなりゆきを見守っていた。そのとき、
あはは……

と、甲走った笑い声が了之助へ投げつけられた。

「金木了之助さま、変わりませんな」

小左衛門の隣に並んだ、野袴野羽織の役人が、杖を持つ左手で菅笠を持ちあげた。右手は力なく垂らしたままである。

「おう、おぬし、宝蔵竜左衛門か」

頬が窪《くぼ》み、目の周りに隈《くま》のできた尖《とが》ったひと重の目が、了之助に向けられている。赤く薄い唇がかすかな嘲りを浮かべ、歪んでいた。

「さよう。竜左衛門です。このとおり、まだ生きていますよ。驚きましたか」

「いつ、国に戻った」

「ほんの、二、三日前です。仰ったとおり、江戸屋敷の御用人・尾野木彦之助の勧めにより、こちらの、大村小左衛門さんらとともに、七年ぶりに北最上に帰ってきたのです。懐かしのわが故郷への帰還です。わたくしもそろそろ、宝蔵家のため、延《ひ》いては殿さまの御ためにひと働きいたそうかと、決心いたしましてね。兄の万右衛門に会い、早速、神室の森の伐り開きのお役の頭を申しつかり、務めを果たしにまいったところ、このとおり、薄汚い土民らが石のようにとり囲み、目障りなことです」

「神室の森の、伐り開きのお役だと？」

「いかにも。とりあえずは臨時ですがな」

「それはおかしい。宝蔵万右衛門どのは御側役だ。殿さまに取次ぐ大事なお役であっても、政事は行わぬ。五中老のお指図があったとしても、昨日までは郡奉行にすら何のお沙汰もなかった。万右衛門どのにそんな勝手な真似《まね》はできぬ」

あははは……

竜左衛門は、また笑い声を甲走らせた。鳴き騒ぐ鳥の声が、竜左衛門の甲高い笑い声にからまり合った。

「ご存じではないのですか。お家の火急の事態に際し、さしあたっての措置として、五中老を刷新するまでその役をとりやめ、御側役のわが兄・宝蔵万右衛門が国元の政事を一手に執り行うことが決まったのです。むろん、これは江戸よりの殿さまの御上意に従ってのことゆえ、ご家老もご承知ですよ」

「なるほど。宝蔵万右衛門どのが、お上の御上意により、石神伊家を牛耳《ぎゅうじ》られて独断で政を行われるわけだな」

「牛耳るとは、相変わらず頑迷なお方だ。中原一門には、そういう方々が多い。だから、新しい動きについてゆけぬのです。隆道さまも、中原一門の頑迷さにはうんざりしておられる。ともかく、ご改革は始まったのです。動き出したときはあと戻りはできません。ちなみに、五中老は当面廃され、郡奉行、山奉行、それぞれの山方頭、地方頭は、お役目をよりよく改める意欲が見られず、むしろいっそう遅滞させたことはなはだしく、本日、みな役目を解かれました。お沙汰があるまで、蟄居《ちつきょ》謹慎が命じられましたぞ。清太郎どのも早々にお城よりお屋敷へ退られ、蟄居なさっておられるでしょう。了之助さまも早く城下のお屋敷に戻られてはいかがですか。まあ、わが兄の万右衛門は寛大な男です。仮令《たとえ》、江戸の殿さまが清太郎どのらの切腹を命じられても、寛大なご処置をお上にお願いするつもりのようですがね」

「御上意をたてに政事を一手に牛耳ったこれを機に、中原一門を家中より一掃しようという魂胆か。よかろう。万右衛門どのに言うてくれ。中原一門は、受けでたつべえ、とな。それと今ひとつ、兵は拙速を尚《たっと》び巧遅を尚ばずと言う。だが、拙速は拙速ぞ。拙速の代償は小さくはねえべえ、とも伝えよ」

竜左衛門は、菅笠の下で薄笑いを浮かべた。そして、

「横山、仕事を続けよ」

と、次はあちらだ、と言うふうに竹の杖を森へ差した。

「佐助。それ以上無体なことはするな。地方衆を務めて、佐助もわかっているだ

ろう。森が一度失われれば、甦《よみがえ》るまでに何代も何代も、気の遠くなるようなときがかかるのだ。神室の森は、佐助のご先祖がこの領国にくるはるかに前からあった。聖なる森を疵つけてはならん」

「かあ、老いぼれの戯言《ざれごと》だ。耳を貸すな。御上意だ。なすべきことをなせ」

佐助はうろたえ、左見右見《とみこうみ》した。すると、いきなり村人のひとりが、

「あんぽんたん」

と喚いて走り出し、樵夫と人足が荷車に積んだ生木にすがりついた。

すかさず、黒装束がその村人を追いながら抜刀した。

「いかん」

了之助が叫んだ。

「わがんねえ」

村人の一団のなかから、怒声と悲鳴が聞こえた。咄嗟《とっさ》のことに、佐助は呆然として黒装束を止められなかった。

黒装束は喚声をあげ、上段のかまえで村人の背後にたちまち迫った。

ところが、袈裟懸《けさがけ》より一瞬早く、黒装束の身体がくの字に歪んだ。足をもつれさせ、次の瞬間、上段の刀が幟《のぼり》のようにゆらめき、追いかけた村人とは違う方向

へよろめいた。そして、黒の菅笠をあみだかぶりにして顎《あご》を仰《の》け反《ぞ》らせ、手足を投げ出して草むらの茂みへ突っこんだ。

わあ、と村人らの喚声があがった。

しかし、村人には、束の間に何が起こったのかよく見えていなかった。黒装束が勝手によろめき、草むらへ突っこんだとしか思えなかった。その間、鈍《にぶ》い肉の軋《きし》みと、黒装束がこぼした小さなうめきが聞こえただけだった。

ただ、いつの間にか、黒装束が村人の背後に迫ったその場所に、菅笠に蓑をまとった唐木市兵衛が立っていた。

黒装束たちが黒合羽をひるがえし、市兵衛に突進した。みな柄《つか》に手をかけ、

「おのれえっ」

と、次々に白刃を抜き放った。

「やめろ。引けえっ」

黒装束の後ろから、ひとりが叫んだ。

その絶叫に、黒装束たちの突進が止まった。

動きを止められた黒装束たちの獰猛な目が、菅笠の下から市兵衛にそそがれていた。両者の間に、仰のけになったひとりが気を失っている。空には鳥の群れが

激しく鳴き騒いでいた。

「おぬし、強いな。驚いたぞ」

頭らしき侍が、黒装束の間を割って気を失った男の傍らへ進み出た。

菅笠を持ちあげ、市兵衛の物静かな佇《たたず》まいを、薄笑いを浮かべて眺めた。それから、傍らの気を失った男を見おろし、

「不甲斐《ふがい》ない。手あてをしてやれ」

と、背後の黒装束たちに言った。

「この国の者か。名を教えてくれ。おれは筧源之助だ。江戸の浜町で心貫流の道場を開いておる」

「唐木市兵衛だ。この男はかすかに浅蜊《あさり》の臭いがした。深川の浪人者を仲間にして、商人の用心棒稼業か」

「おや。すると、おぬしも江戸の男だな。江戸の男が、この北最上になんぞ所縁《ゆかり》があるのか」

筧は了之助に一瞥《いちべつ》を投げた。

「江戸で、石神伊家馬廻り役助の金木脩どのと少々縁ができた。その縁で、今ここにいる」

「金木脩と、縁ができた、だと？」

筧の菅笠が、かすかに震えた。

「金木脩どのを、知っているのか」

「知らん。知るわけがない」

「知っているような素ぶりだぞ」

市兵衛は菅笠を持ちあげ、凝っと筧を見つめた。そして、筧の左右に並ぶ黒装束を見廻した。筧と左右に並ぶ数人は、間違いなく相当の腕利きと知れた。気配が、ほかの黒装束とは違っていた。

筧は沈黙を守っていた。しかし、市兵衛はそれ以上言わなかった。

小左衛門らと並んで、市兵衛の様子をうかがっている竜左衛門へ向いた。落ち着いて声を投げた。

「そちらの宝蔵竜左衛門どの。初めてお目にかかります。唐木市兵衛でござる。江戸で、武家の臨時の用人稼業を生業にしております」

市兵衛にいきなり声をかけられ、竜左衛門は訝しそうに首をかしげた。

「宝蔵竜左衛門どののお名前は、金木脩どのよりうかがっておりました。右腕の疵の具合はいかがですか。信夫平八は、竜左衛門どのに深手を負わせて命を奪ったと思い、おのれを責め、苦しんでおりました」

「信夫平八を、知っているのか」

菅笠の陰でも、竜左衛門の表情が急変したのがわかった。身体を前へかしげ、野羽織の肩を上下させた。

「知っています。友になれる男でした。しかしながら、信夫平八と知り合ったのは、金木家の由衣どのが亡くなられたあとでした。平八は、由衣どのの命を救えなかったおのれの力のなさも、悔《く》いておりました。まことによき男でした」

「何がよき男だ。知りもせぬくせに。信夫平八など、素性の知れぬ、身分の低い徒衆にすぎぬ」

「何を言われる。竜左衛門どのは平八に、剣の腕も男としても敵《かな》わなかったではありませんか。わたしは平八と剣を交わしました。わたしが、信夫平八を斬ったのです。平八が亡くなってから、金木脩どのが訪ねてこられた。そうして今、竜左衛門どのにお目にかかった」

竜左衛門は呆然とした。しかし、すぐに顔を歪めた。

「おのれ、いかがわしき素浪人が。了之助さま、この胡乱な男は何者ですか。このような者とかかり合いを持ち、金木家は何を企んでおられる」

「わが金木家の客人だ。わが倅の脩と交《まじ》わりを結び、ゆえあって北最上へ見えられた。この神室の森を守るために、わたしがご助力を願ったのだ」

「そうか、わかりましたぞ。金木脩が何かを企んで、江戸から金木家にこの男を遣わしたのですな。了之助さま、言っておきますが、金木脩は落命いたしましたぞ。金木脩ごときが何を企もうと、もう遅い。あの男は、もうおりません」

「竜左衛門、人の生き死にを玩《もてあそ》ぶか。よくもそんな戯《たわ》けたことが言えるな。そのような知らせは、金木家は受けていない」

「江戸より、兄の万右衛門には隠密の知らせが届いておるのです。あまりに気の毒ゆえ、金木家に知らせる相応《ふさわ》しい機会を、探っておるのです」

それから、嘲笑を市兵衛へ向けた。

「そのほう、胡乱なる素浪人・唐木市兵衛。早々に北最上より立ち去れ。ぐずぐずしておると召し捕え、厳しき処罰を受けることになるぞ」

「竜左衛門どの、まずはおのれの周りを見られよ。近在の村人が次々に集まっております」

いつの間にか、広場を囲う村人の数が増え、樹林の間に密集するほどになっていた。女や子供、老人の姿も多数見え、男たちは手に手に鍬《くわ》や鋤《すき》、杵《きね》や木槌《きづち》や竹、鎌《かま》や斧《おの》を携《たずさ》えて、襲いかかる機会をうかがっている様子だった。

竜左衛門のみならず、小左衛門や次郎吉や筧ら黒装束たちも、地方衆の佐助も樵夫や人足らも、いつの間にか、森にあふれた村人たちの険しい気配にたじろいだ。樵夫や人足らは、どうする、というふうに顔を見合わせた。

「村人はみな怒っております。神室の森から早々に立ち去らねば、森を伐り開くどころか、みなの屍《しかばね》をさらすことになりますぞ」

市兵衛が言った途端、村人たちの喚声が沸きあがり、不気味などよめきとなって森と空と大地を包んだ。

樹林がゆれ、鳥がいっせいに飛びたち、雲が空を川のように流れた。

最初の石つぶてが、木の幹に乾いた音をたてて跳ねた。それから続いて、石つぶての雨が、空を乱して竜左衛門らへ降りかかった。

八

市兵衛と了之助が、北最上城大手門前の通りにかまえる中原本家の屋敷に入ったのは、凍てつく夜更けの五ツ半（午後九時頃）をすぎたころだった。了之助は、表門から入らず裏門をくぐった。

万場町の金木家の屋敷には寄らなかった。城下へ戻って、真っ先に本家へ向かった。中原一門にときの猶予《ゆうよ》はなかった。一刻を争う事態だった。

了之助は壮健だったが、それでも疲労の色が濃かった。

中原家の勝手へ廻り、慌てて出迎えた若党に湯漬《ゆづ》けを頼んだ。

同時に、本家最長老の中原了念と隠居の中原治右衛門に、至急に相談する用があると伝えた。若党は、大急ぎで二人の湯漬けを支度すると、了念と治右衛門が了之助のくるのを待っていたと言った。

「大旦那さまとご隠居さまが、今宵《こよい》、一門のご隠居さま方を集められ、先ほどまでお話し合いをなさっておられました。みなさまは、つい先ほど、お引きとりになったところです」

「うちの者は誰がきた」

「金木家は昨日の夜、大旦那さまとご隠居さま、了之助さまと清太郎さまの四人の協議がすでに整っており、了之助さまが金山村から戻られてからでよいと申されれ、どなたもお見えになっておりません」

「ふむ。ではこれを食ったら居室に顔を出す」

市兵衛と了之助は、台所の囲炉裏のそばで湯漬けを急いでかきこんだ。それでも了之助は、二杯食った。

「唐木さん、お呼びするまでここで少々お待ちください。中原一門を率いる本家の長老と隠居に、会っていただきますゆえ」

「お待ちします」

了之助が市兵衛を囲炉裏端に残して奥へ消え、四半刻ほどして呼ばれた。

手燭《てしょく》をかざした若党の案内で、暗い廊下を奥へ通った。

通されたのは、十畳ほどの広さに二灯の行灯《あんどん》が淡く照らすだけの、質素な居室だった。部屋の隅に文机《ふづくえ》と書物などが積まれ、刀架《とうか》に架けた二刀が薄明かりのなかで眠っているようだった。

正面に長老、左手に隠居、右手に了之助が端座していた。

長老のわきに陶器の火鉢がおかれ、居室は静かな寒気に包まれていた。長老と隠居は、綿入れの羽織を羽織っていた。

若党が次の間の間仕切の襖を閉じ、市兵衛は刀を後ろに寝かせ、正面の長老と対座して手をついた。頭を垂れて言った。

「唐木市兵衛と申します」

っている。

「唐木市兵衛さん、よくきてくれた。どうぞ、手をあげてくだされ」

左手の隠居が、長老に代って言った。右手の了之助は、市兵衛を穏やかに見守っている。

市兵衛は隠居へも手をつき、改めて名乗った。

中原家本家は、中原了念が長老。そして、次の代の中原治右衛門が隠居と呼ばれていた。まだ、四十歳になる前だった先代の当主・中原恒之が、今月の十月初め、城内において突如乱心した城内番方の川波剛助に襲われ、落命した。

家督は十二歳の倅・龍太郎に継がれたが、今、中原本家は喪中にある。

「これはわが父にして、当代龍太郎の曽祖父《そうそふ》にあたる中原了念。それがしは祖父の中原治右衛門でがんす。失礼ながら、唐木市兵衛さんには大変世話になった経緯とお人柄を、亡くなった由衣と平八の子の小弥太と織江を金木家に引きとるにあたって、金木脩の手紙で知らせてまいり、それは了之助から詳しく聞かされておりました。こうして今お目にかかり、なるほどという気がします」

治右衛門が表情をゆるませ、声を低くひびかせた。だが、すぐに真顔に戻して続けた。

「しかも、またこのたびは脩が瀕死《ひんし》の疵を負わされ、唐木さんに危ういところをお救いいただいた子細をうかがって、神さまが唐木さんを差し遣わしてくだされたのがもすんねばあ、と思ったぐらいでがんす。脩が襲われた経緯と、唐木さんが江戸屋敷の小暮二三助から聞かれた話は、今となっては、わしらには何もかも腑に落ちる事情ばかりでがんす。本日、家中では殿さまの御上意を受け、宝蔵万右衛門が石神伊家の政事を、お家の改革のための当面の措置という名目で一手ににぎり、五中老役を廃し、家中の中原一門の役目をことごとく退かせ、職務の遅滞を放置し、改めることを怠ったと罪をでっちあげ、殿さまよりのお沙汰があるまで蟄居を申しつけられたのでがんす。わが次男・久之《ひさゆき》、三男・則之《のりゆき》、郡奉行の梶山勝之《かつゆき》、山奉行の佐々木玄作《ささきげんさく》……」

治右衛門は、次々と役職をいきなり解かれたり、蟄居を命じられたりした中原一門の者の名をつらね、

「金木清太郎も地方頭を罷免《ひめん》され、蟄居を命じられております。幸か不幸か、本家の龍太郎はまだ幼く、喪中のため、今のところなんのお沙汰もない。しかし、喪が明けてから、万右衛門がどんな無理難題を吹っかけてくるか」

と言った。うめくような吐息が聞こえ、了之助が唇を嚙み締め、凝っと目を落としていた。

「十月になって、わが中原家の恒之が命を奪われ、同じころ、江戸では脩が尾野木彦之助に謀られ、襲われていた。おそらくそのとき、神室の森を伐り開き、紅花畑に造り替える企てが、動き出したのでしょうな。昨日、神室山麓の在家集落に勘定奉行のお触れが廻り、今日、神室の森を伐り開き、紅花畑に造り替えるお達しが早速出た。しかも、お達しの場に城下の米問屋・錦葉之助と両替商の三友屋太右衛門が同道いたし、紅花栽培から売り買いまで請け負う仲間ができていたそうですな。同時に、神室の森の伐採が有無を言わさず始まって、伐採の場には江戸からきた仲買問屋の大村小左衛門なる者らが立ち会っていた。一方、城中では、中原一門一掃が御上意を後ろ盾に宝蔵万右衛門によって断行された。これは了之助の言うとおり、何もかも、ずっと以前より用意周到に謀が廻らされていたのに、違いねえのでがんす。迂闊《うかつ》だった」

治右衛門は、何かを思いかえすような間をおいた。

「じつは、一年前、紅花栽培によって石神伊家の台所をたて直す献策が、勘定奉行より出されていたのでがんす。勘定奉行は宝蔵一門の原口巳之作と言う者で、背後には御側役の宝蔵万右衛門の意向が働いているとか、殿さまも紅花栽培に乗り気になっておられるとか、いろいろとり沙汰されました。紅花が染料として上方を中心にとり引きされ、藩の台所を潤す産物であるのは確かです。だがらして、われらも反対ではない。むしろ、賛成でがんす。ただ、原口の献策は、収穫高の低い農地を紅花栽培に転換するとか、領内の入会地を紅花畑に造り替えるとか、これまで百姓が苦労して営んできた稲作や畑作への考慮が、いき届いていなかった。粗雑で単純だった。目に見えて役にたつ収穫の陰には、目には見えずとも収穫の役にたち助けになっている力が集まっておるのでがんす。収入になるものはよいが、収入にならぬものはきり捨てる。そんな都合のよいことばかり考えていては、かえって破綻《はたん》を招く。台所のたて直しにはならない。よって、中原一門は紅花栽培に反対せざるを得なかったのでがんす」

「唐木さん、わたしが強硬に治右衛門兄さんに反対したのです」

了之助は隠居の治右衛門を、治右衛門兄さん、と呼んだ。了之助は、治右衛門の妹・千歳を娶《めと》っている。

「わが金木家は、何代も前から郡奉行配下の地方を務めてきた地方衆です。北最上のこの土地がどういう土地か、知恵を先祖より受け継いできました。この地は、春になっても夏になっても冬のような寒さが続くことは珍しくありません。夏から秋にかけて長雨が降りやまず、真夏に袷《あわせ》を脱ぐことができず、秋の初めの七月には、もう山に雪が降ることもあります。長雨は洪水となり、稲穂が実入りのない青だちにもなります。羽州の広域にわたって、低温冷害、長雨による凶作がしばしば起こり、この北最上もそういう土地柄なのです」

市兵衛は了之助に頷いた。

「近いところでは、長老もご存じの宝暦《ほうれき》五年（一七五五）の飢饉《ききん》、天明《てんめい》の数年にわたる凶作飢饉、享和《きょうわ》の村山郡より火がついた村山一揆と、そのたびに収穫は半減し、餓死者が国中にあふれ、小農が没落し、村全体の逃散《ちょうさん》などが、繰りかえされた。紅花栽培で領国が富んでいるはずの村山郡でも、餓死や逃散で、郡内の農民の数がたちまち半分に減ってしまうことも、起こってきたのです。紅花栽培でお上の台所が豊かになって、民が飢えては本末転倒である。本分の田畑の営みをおろそかにせぬ手だてを講じ、そのうえで、紅花栽培に乗り出すべきであると訴え、執政の五中老の筆頭であった恒之がその献策の差し戻しを説いたのです」

「よって、献策は差し戻されたのでがんす」

と、治右衛門が了之助の言葉を継いだ。

「にもかかわらず、宝蔵万右衛門は、献策が差し戻されたのちも、ひそかに策を廻らしてきたけんだず。米問屋の錦葉之助や両替商の三友屋太右衛門、おそらく、質屋の山路屋作太郎の孫の仁一郎《じんいちろう》も仲間でしょうな。彼《か》の商人らは、何代も前から宝蔵家との結びつきが深いのです。安永の新田開発騒動の折りも、彼の商人らの祖父や父親が町人新田の願いを出し、宝蔵家が後ろ盾になっていたのでがんす。今、彼の商人らは紅花栽培で儲け、宝蔵万右衛門は、紅花栽培によって領国が豊かになると殿さまを説き、乗り気にさせ、万右衛門に従うべしとの御上意をとりつけ、これを機に、安永の新田騒動以来、対立してきたわれら中原一門をすべて排除する、一石二鳥の魂胆だべな。中原一門排除の始まりが、わが倅・恒之の謀殺だった。江戸では脩を狙った。なんということだ。許さねんだず。われら中原一門がとるべき手だては、これではっきりした。われらは、神室の森を石神伊家よりかえしていただくため、徳川さまに裁定を仰ぐごどに決めました。一門の誰かが江戸へいかねばならねんでがんす。若い者では荷が重すぎるし、気の利いた者はみな蟄居を命じられておる。残りのわしら隠居の年ごろでは、江戸いきが務まるのは、了之助しか見あたらねんでがんす」

治右衛門は市兵衛へ膝を乗り出した。

「ところで、唐木さんは、お武家を渡って臨時の用人奉公を請け負う生業とお聞きしました。請け負うた仕事は必ずまっとうし、剣の腕は信夫平八を討ち果たした腕前と」

「ゆえあって、信夫平八どのを討たねばなりませんでした」

　市兵衛は、中原了念の眼差しが凝っとそそがれているのを感じた。

「その子細もお聞きした。いたし方なかった。それはよいのでがんす。わしは信夫平八の剣を覚えておる。若いが、城下一の使い手だった。あの平八に勝るとは凄《すご》い。唐木さんに仕事があんだず。金木了之助の用人として、江戸までの旅の同道をお頼みしたいのでがんす」

「元より、金木脩さんが疵の養生をしている江戸の診療所まで、了之助さまのお供をするつもりでおります」

「そうではねんだず。仕事としてお頼みするのでがんす。了之助は、神室の森が中原家の領地とお認めいただいた徳川家康さまの御墨付と、田畑の営みに役だてる入会地として、石神伊家にお貸しした書付を携え、江戸さいくのでがんす。宝蔵家は、中原家が徳川さまに裁定を持ちこむことを、快《こころよ》く思っていねんだず。石神伊家より中原一門を排除するため、恒之謀殺という抜き差しならぬところまで踏みこんだのでがんす。だからして、了之助をおめおめと江戸にいかせるとは思えねんだず。万が一、道中で異変があって了之助が江戸へいけなくなった場合は、金木了之助の用人として、江戸の金木脩にお墨付と書付を届け、金木脩の指図に従っていただきてえのでがんす。これは、用人奉公の給金にて……」

治右衛門が袱紗《ふくさ》のくるみを出して開き、市兵衛の膝のそばへ押し進めた。二十五両のくるみが二くるみ、袱紗におかれていた。

やおら、市兵衛は言った。

「わたしは、ご依頼をお請けできません」

「何、五十両では、わがんねでがんすか？」

「わたしはすでに金木脩さんの依頼を請け、請けた依頼を果たすために北最上まできたのです。了之助さまが江戸へゆかれるなら、お供いたすのは仕事のうちです。ですからこれは、お請けできません」

治右衛門がうなり、了之助を見た。

「唐木さんのお気持ちは、まことにありがたく思います。しかし、それでは中原家も金木家も、気が済みません。当然の報酬ゆえ、納めてください」

了之助が言った。

「いえ。今は金木脩さんより請けた依頼を果たすのみです。了之助さまのお供をいたし、道中において、万が一、異変があっても、お墨付と書付は金木脩さんに必ずお届けいたします」

治右衛門と了之助は、何も言わなかった。すると、

「唐木さんに、お任せするがよい」

と、長老の中原了念が、低く張りのある声で言った。白髪の髷を結い、色白の品格を感じさせるほっそりとした老侍だった。七十すぎと聞いていたけれど、八十近い歳に思われた。

「唐木さん、何とぞ、了之助をよろしくお頼みいたす」

市兵衛は了念に頭を垂れた。

「唐木さん。なぜでしょうかな。ここに唐木さんのいることが、偶然のような気がせん。唐木さんとは、こうなる縁があった。年寄りには、そんなふうに思えてならねんでがんす。わたしがまだ四十前の安永のころ、津軽より若い浪人者が城下に流れてきましてな。痩せ浪人だったが、顔つきは悪くはなかった。腕には覚えがあるゆえ、臨時の足軽か警護役にでも使《こ》おてくれぬかと、わが屋敷にふらりと舞いこんできた。わたしはそのこだわりのなさが面白くてな。試しに使おてみることにした。ちょうど、安永の新田開発騒動のあとの、宝蔵家とのいがみ合いが始まったころで、身辺警護に侍を雇うことを考えていた。そんな気になったの

も、何かの縁だったのがもすんねばなあ」

「もしや、その侍が信夫平八の父親。あるいは祖父さまだったのですか」

「信夫権《ごん》ノ助《すけ》、信夫平八の祖父さまでがんす」

了念は老いた眼差しを宙に舞わした。

「使おてみると、存外気が利いて、可愛げのある男だった。わしは権ノ助が気に入った。中原家の郎党にしてもよかったが、仮令《たとえ》、身分は低くとも、主家に仕える家臣にとりたててやりたかった。わしの口添えで、わずか二十数俵の徒衆になった。それでも権ノ助は、ありがたいご配慮をいただきましたと、素直に喜んでおった。妻を娶《めと》り、子ができ、その子がまた妻を娶って、平八が生まれた。父親の番代わりをするとき、父親にともなわれ、うちに挨拶にきたことがある。真っすぐで、物静かな若侍だった。目だたぬが、よき顔だちだった。祖父の、権ノ助の俤《おもかげ》があった。城勤めを始める前から、城下で平八の評判は聞こえておった。剣の腕が凄いとだ。頭のよい男だともな。わしは、いずれはせめて番方にと思うておったのだ。それが、金木家の由衣とああなった。由衣も、童女のころから美しく優しい娘でな。了之助の自慢の娘だった」

了之助は目を伏せ、物思わしげに沈黙している。

「平八と由衣が、いつ、どのようにああいう仲になっておったのか、わしらはまったく気づかなかった。言えることは、わしらは、宝蔵竜左衛門ごとき出来損ないと了之助の自慢の由衣を、由衣の気持ちは慮《おもんぱか》らず、宝蔵家との対立を解消するための身勝手な都合だけで、夫婦にさせようと目ろんだ。中原一門の身勝手が、平八と由衣を欠け落ちに追いやった。悔まれてならん」

了念は市兵衛に向きなおった。

「唐木さんは、平八と剣を交わし、平八を斬られた。平八はどんな男でしたか」

「つくつくぼうしの鳴く、秋の初めの午後でした。わたしと平八は、日盛りの下に、一対一で対峙《たいじ》いたしました。平八は病に冒され、苦しげに見えました。それでも、自分を捨て、外連《けれん》などいっさいなく、ただ相手を斬るためにだけ、真っすぐに向かってきたのです。恐ろしい剣でした」

「平八に勝てると、思うていたのでがんすか」

「間違いなく、平八を斬ると思っておりました」

「ほう、間違いなく。唐木さんの技量が平八よりまさっていたと？」

「そうではありません。技量は互角。勝敗はときの運です。しかしあのとき、平八はわたしと対峙し、斬られるときがきたことを、知っていたのです。自分を終らせるときがきたと、覚《さと》っていたのです。ゆえに……」

物憂い沈黙が居室に流れた。了念も、治右衛門も了之助も沈黙し、平八と由衣に思いを馳《は》せているかのようであった。

居室の二灯の行灯が、眠たげにまばたきを繰りかえしていた。

北国の夜は更け、城下の静寂が凍りついていた。

物憂い沈黙のあと、了念がようやく呟くように、その静寂を乱した。

「だども、了之助。平八と由衣がそうなったごどが、唐木さんをここへ、連れてこさせたけんだず」

「んだず。これもまた縁でがんす」

了之助がこたえた。

九

同じ大手門前の通りに、物見の番所つきの長屋門をかまえる宝蔵万右衛門の屋敷を、その夜更け、江戸の仲買問屋・大村小左衛門と番頭の次郎吉、そして、浪人の筧源之助、沖山周明、橘川流五郎、尾原重一が、本町の米問屋・錦葉之助が用意した宿から訪ねていた。

欄間《らんま》や天井や襖、床の間と床わきのある贅《ぜい》をこらした書院に、隠居の檀十郎《だんじゆうろう》と当主の万右衛門が並んで床の間を背にし、弟・辰二郎《たつじろう》と末弟・竜左衛門が、左右に分かれて向かい合い、小左衛門ら六人と対座していた。

大村小左衛門と覚源之助が並んで着座し、次郎吉と周明らは、小左衛門と源之助の後ろに居並んでいた。

竜左衛門は、額にできた赤紫の小さなこぶを指先で痛そうに触れていた。右手の使えぬそのみじめな姿が、哀れを誘い、またみなを苛《いら》だたせた。

「竜左衛門、痛むか」

父親の檀十郎が言った。竜左衛門は、黙って背中を丸めるように頷いた。その仕種も周りを苛つかせ、辰二郎が舌打ちをした。

「竜左衛門が、金木脩のことを口にしたのは、拙《まず》かったな。中原一門の一掃《いっそう》が済んでから、江戸よりの知らせが届いたということにして、来年、殿さまが国元に戻られたのち、殿さまが参列なされて、恒之と脩の本葬をともに執り行う段どりだったのだが」

「まったく考えのない。宝蔵家に戻ってきて、新たなお役に就けるよう兄上が苦心なさっておるのに、早速これか。しかも、百姓らの石つぶてを浴びて、なす術《すべ》もなく逃げ帰ってきただけではないか。何のために樵夫や人足を、手間代を払ってかき集めたのだ。しかも、こぶまで作ってみっともない」

辰二郎が腹だたしげに言った。

「し、仕方がないではありませんか。二、三百人のいきりたった百姓らにとり囲まれたのです。こちらは、わたしと横山佐助の二人です。樵夫や人足らは、木を伐り出すだけで、何もしません。大村小左衛門さんが雇った浪人どもが十人以上いましたが、浪人など、まったく益体《やくたい》なしです。唐木市兵衛とかいう、金木家の客の妙な侍がいて、こちらの浪人どもは手もなく蹴散らされておりました。そこに石つぶてを雨のように浴びせられ、逃げるしかなかったのです。そうでしたよね、大村さん、筧さん」

小左衛門と源之助は、竜左衛門の嫌みのこもった言葉を、知らぬ素ぶりで受け流した。

「金木脩のことは、事が始まった今になって隠して何になりますか。中原一門はもう一掃されたではありませんか。金木脩が江戸で斬られたと知って、了之助は信じられぬような顔をしておりました。金木家は、みな今ごろ泣き喚いておるでしょう。あ、いや、もしかしたら、唐木市兵衛とか言う得体の知れぬ侍は、江戸から金木脩のことを知らせにきたのかもしれません。あの男、信夫平八を斬ったと言っていたな。あ痛たた……」

竜左衛門は、また額のこぶを指先で庇うように触った。

「信夫平八を斬っただと？　その唐木市兵衛と言う侍がか」

万右衛門が質し、竜左衛門はこぶを指先で庇った恰好《かっこう》で痛そうに頷いた。

「寛どの、唐木市兵衛はそれほど強いのか」

「信夫平八を斬ったと唐木が言っていたのは、それがしも聞きました。それが強いのかどうかはわかりませんが、並の侍より強いのは確かでしょうな」

「寛どのとは、どっちが強い」

「ほう。唐木市兵衛を斬るのですか。斬れと頼まれれば、必ず、とおこたえするしかございませんな。金木脩のときと同じです」

源之助は悠然と胸を反らせ、唇をゆるめた。

「江戸の脩をとり除き、国元で清太郎に切腹を申しつければ、金木家に残るは赤ん坊。赤ん坊に家督を継がせてやっても、金木家は潰《つぶ》れたも同然だ。金木家が潰れれば、恒之の消えた中原一門は手負いの獅子。そこで、中原一門の息の根を止める最後の鍵は、神室の森になる。あの入会地を伐り開いて紅花畑に造り替えねば、中原家の息の根を止めたことにはならん。大村小左衛門さんが、人数をそろえて江戸からわざわざ北最上まで旅をしてこられたのに、大損をおかけすることにもなりますからな」

「はい。困りますとも。錦葉之助さんも三友屋太右衛門さんも、質屋の山路屋仁一郎さんも、話が違うと仰いますでしょうね」

「わかっておる。安永の新田開発の失敗は繰りかえさぬ。このたびはこちらに、隆道さまの御上意がある。少々手荒な手だてを用いても、隆道さまさえわが一門が押さえておれば、誰も刃向かえぬ。神室の森を紅花畑に造り替え、たっぷり儲けることができるとも」

「さよう。宝蔵家にも目もくらむような献上の品々が、積みあげられることに相成りましょう。しかしながら、そこで唯一の気がかりは、徳川さまのお墨付と、石神伊家が中原家と交わした書付ですな。権現さま直々のお墨付と石神伊家の書付を持って、徳川さまのお裁定を訴え出られたら、それは困るのでございましょうね」

「それは、断固、阻止せねばならん」

と、檀十郎が冷やかに言った。

「万右衛門、江戸へいくのは了之助か」

「金木の隠居に、違いありません。勘定方の尾沢雄助が言うておりました。幕府に訴え出て裁定を仰ぐのです。若い者では務まりません。中原一門のそれなりの者は、ことごとく蟄居を命じております。隠居らしか、残っておりません。そうなると、金木了之助です」

「了之助め。わしとさほど変わらぬ歳のくせに、妙に潑剌《はつらつ》としておる。あの若ぶったところが気に入らん」

「とは言え、歳は歳です。むずかしい相手ではありません」

「人数は？」

「中原一門から人を集めるとしても、わが一門との不測の事態がいつ起こってもおかしくないときです。国元にも、なるべく一門の者や郎党を残しておくでしょうから、それほど多くの者を集められない。われらが力ずくで阻《はば》みにかかるとは思っていないでしょうし、了之助と供侍がせいぜい二人。気がかりは、唐木市兵衛なる江戸の男です。もしかしたら、唐木が江戸まで供をするかもしれません」

檀十郎は小左衛門へ向いた。

「唐木市兵衛か。いかなる男だ。ともかく、大村さん、頼めるか」

「こういうときのために、箕さんと門弟の方々のほかにも、深川の気の荒い浪人衆の選《よ》りすぐりを率いてきてもらったのです。その役目は、箕さんにお任せいたしましょう。よろしいですね、箕さん」

「北最上まではるばる旅をして、ようやく出番がきたというわけですな」

源之助の後ろの三人が、黙然と頷いた。

「ただし、領内では困るぞ。このたびのわれらの改革が、家中の対立を生んで斬り合いになったと、幕府には知られたくない。改革は粛々と、正々堂々と進めねばならん。宝蔵一門が率先して進める藩の改革に、お家騒動などもってのほかである。よろしいな、箕どの」

「それがお望みなら、そのように。小芝居は金木脩のときに、すでに演じておりますので、慣れております。道中、金木了之助と供の者が野盗に襲われ、了之助ともどもみな斬られ懐《ふところ》の物を奪われた、という筋書きでよろしいのでは？　あまりこみ入った筋書きにしますと、段どりや台詞《せりふ》が覚えられませんのでな」

源之助と小左衛門が、顔を見合わせて笑った。しかし、

「どこでやる」

と、万右衛門がおかしくもなさそうに言った。

「じつは、こうなったときはと、竜左衛門どのと前から相談しておったのです」

「竜左衛門と？」

万右衛門が竜左衛門を睨みつけた。

「了之助一行は明日早朝、北最上を発つとして、急ぎに急いで、一日目の宿が天童か山形。二日目は、上山《かみのやま》をすぎ、赤湯《あかゆ》、二井宿《にいじゆく》峠。でなければ、上山から羽州街道の脇道をとり、小笹《おざさ》、金山《かねやま》峠を越えて湯原《ゆのはら》に出る難所ながら道がありま す。どちらの道をとっても、蔵王《ざおう》につらなる険しい山道ですから、二日目の宿は七ヶ宿になるでしょう。二井宿峠であれ金山峠であれ、道が交わる湯原の追分に、百姓家が数軒と、掛茶屋があります。こちらにくる旅の途中、もし、待ち伏せするなら、ここはよい場所だと、竜左衛門どのと考えが一致しました。そこで了之助一行を待ち受け、野盗を装ってひと働きいたします。のう、竜左衛門どの」

「ふん、竜左衛門。珍しく役にたったな」

「その程度の推量は、わたしにだって、で、できますよ」

竜左衛門が、額のこぶに指を触れながら拗《す》ねたように言った。

「よかろう。いつ発つ」

「今宵すぐに。了之助一行に先行せねばなりませんので」

「すぐに？　夜更けの道は大丈夫か」

「なんとかなるでしょう。土地に詳しい竜左衛門どのの案内があれば」

「も、もちろんだ」

竜左衛門が自信がなさそうにこたえた。

「竜左衛門、今度は縮尻《しくじ》るなよ」

辰二郎が言った。

「兄さんこそ、万右衛門兄さんの陰にばかりいないで、少しは自分で何かをやってみたらいかがですか」

「なんだと。おまえのために、宝蔵一門がどれほど恥をかいたと思う」

「何を言っているんですか。万右衛門兄さんに任せて、のほほんと気楽に暮らしているだけのくせに」

「おのれ。この恥さらしが。許さん」

「よせ。兄弟喧嘩をしている場合か」

檀十郎が二人を叱った。小左衛門と源之助がにやにや笑いを交わした。

「で、われらの報酬を決めていただかねばなりませんな」

と、源之助がにやにや笑いを真顔に変えて言った。

「石神伊家六万八千石のお大名の改革をお助けする、大事な務めですから、相応の報酬をいただけるものと忖度《そんたく》いたしております」

「むろん、承知しておる。石神伊家の改革が済めば、筧どのを藩の剣術指南役としてとりたて、石高は……」

万右衛門が言い続けた。

# 第三章　江戸の男

## 一

　夜明け前、万場町の金木家の屋敷は、急な旅だちの支度《したく》の慌《あわ》ただしい気配に包まれていた。雪になりそうな、最上川を吹きのぼる南西の刺すような風が、板戸を震わせていた。

　勝手の土間の大きな竈《かまど》は、二つともに薪《まき》が勢いよく燃え、台所の囲炉裏《いろり》には炭火が赤く熾《おこ》って、黒ずんだ天井の梁《はり》に吊《つ》るした自在鉤《じざいかぎ》が提《さ》げられ、自在鉤にかけた煮《に》炊《た》きの大鍋《おおなべ》が湯気を噴《ふ》いている。

　炊けたばかりの麦飯の匂いや煮炊きの濃い匂い、そしてやわらかな暖気が、勝手と台所の間を覆《おお》っていた。沢乃が、気持ちよさそうに眠る赤ん坊を台所の間に寝かせ、下男下女とともに勝手や台所で立ち働いていた。

了之助の江戸への旅に、若侍の寛助が供をすることになっていた。

門わきの長屋の部屋で、寛助の旅の支度を朋輩《ほうばい》の礼吉が手伝っていた。

「寛助さん、大旦那さまのお供で江戸へいげて、このますえなあ」

礼吉が、寛助がかつぐ両がけの小葛《こつづら》の荷を両天秤棒《てんびんぼう》にくくりながら言った。

「礼吉はまだ若いんだがら、もう少し歳《とし》さとれば、旦那さまのお供で江戸にいぐときがくるべ」

「んだべがな。だったらいいべな」

「んだずう。物見遊山《ものみゆさん》にいぐのではねえが、できたら、江戸の土産《みやげ》を買《こ》おてきてやるべ」

「ありがどさま」

礼吉は、自分が江戸へ旅だつかのように、浮かれていた。

「ただ、もしかして、旅の途中で宝蔵家の邪魔さ入るがもすんねばあ」

寛助が眉《まゆ》をひそめて、深刻な顔つきになった。

「嘘《うそ》お」

「嘘なんね。宝蔵家は大旦那さまに、神室の森が中原家のご領地と認められた徳川家康さまの、お墨付があると幕府さ訴えられたら、困るべな」

「んだら、宝蔵家の邪魔さ入って、斬《き》り合いになるべがなあ」

「なるべなあ」

寛助は物憂《ものう》く言ったが、すぐに晴れやかに続けた。

「けんど、唐木市兵衛さまがお供さ、つかれておられるんだがら、宝蔵家の邪魔さ入っても、おらえは大丈夫だと思うべ」

「唐木市兵衛さまがお供さついておられたら、大旦那さまは大丈夫だべがねえ」

「小弥太さまに聞いたべ。小弥太さまは江戸にいたとき、唐木市兵衛さまが斬り合いさして、人を斬るところを、見っだけのお」

「小弥太さまが、ほんてん？」

「ほんてんだけ。唐木市兵衛さまは、魂消《たまげ》るぐらい、おかなえぐらい、どですもなえ強いんだと。んだがら、唐木市兵衛さまさ、お供についておられれば、大旦那さまは大丈夫だべ」

「ふうん。んだら、安心しどっでいいっだなあ」

「いいばあ」

と、寛助は強い口調でこたえた。

寛助と礼吉が長屋で旅の支度をしているころ、主屋《おもや》の了之助の居室では、妻の千歳が了之助の旅の支度を手伝いながら、話しかけていた。

「……でも本途《ほんと》に、史乃に供をさせてよいのでしょうか。もしものことがあったらと、わたしは心配でなりません」

「しかし、わたしは江戸へいっても、出かけなければならぬところができた。脩の身を、あまりかまってやれぬだろう。確かに、史乃を連れていくのは気がかりだが、史乃がいてくれれば、江戸へいってから脩の養生に史乃の助けが借りられる。それはありがたい。史乃は見てのとおり身体《からだ》つきは男子に劣《おと》らぬし、女の身ながら、剣の腕も本物だ。実家の杉野《すぎの》の両親にも、こういうときだから役にたつようにと許しを得たと言うし、どうしてもお供をと史乃が言うのだ。気の強い史乃がいてくれると、わたしもちょっと心強い」

　了之助が、脚絆《きゃはん》を巻く手を止めずに言った。

「沢乃は、姉さんが言い出したら、止めても聞きませんから、お役にたてるんじゃないんですかって、全然心配していないんですよね」

「止めても、史乃ならあとをついてくるかもしれん。唐木さんが、どう思うだろうかな。江戸までの旅は遠いし、危険な事態が起こらぬとも限らぬ。女は足手まといだと、思うかもしれんな」

「女だから足手まといになるようなことは、史乃はないと思います。でも、見た目はしっかりしているみたいで、案外そそっかしくて気が強いですから、少し扱いにくいかもしれませんよ。わたしは、史乃のそういうところが、愛嬌《あいきょう》があって嫌いではないのですけれどね」

千歳が言ったので、了之助は鼻息をもらして笑った。

「わたしもそうだ。史乃がいると、周りが少し明るくなるような気がする。そこがいい。唐木さんに話すようにと言った。そうしますと、笑っていたよ」

「ああ、唐木さんに。唐木さんはどう思われるでしょうね」

「ふむ。どう思うかな」

了之助は立ちあがり、千歳は紺《こん》の長合羽《なががっぱ》を了之助の大柄な肩に羽織《はお》らせた。そして、黒鞘《くろさや》の二刀を捧《ささ》げ持って差し出した。了之助は二刀を袴《はかま》の帯に擦《こす》らせた。

そのころ、市兵衛の部屋に史乃が現れた。

「史乃さん、いかがなされました」

市兵衛はほぼ身支度を終え、紺色の袷《あわせ》の長羽織を着けたところだった。

一方、史乃は浅黄《あさぎ》の小袖《こそで》に青紫の細袴、手甲《てっこう》脚絆、黒足袋《くろたび》の旅装束《たびしょうぞく》だった。

史乃が現れ、行灯の薄明かりのなかに、新たな光が射しこんだようだった。

「了之助さまのお供をして、わたしも江戸へまいりますので、よろしく」

と、史乃は立ったまま少し胸を反らして言った。

化粧をしていない白い素肌の口元や耳たぶの下に、小さな黒子《ほくろ》が見えた。

「そうなのですか。わたしも供をするのですから、こちらこそよろしく」

市兵衛は、長羽織の背に荷物をくくりつけた。

「あら。女は足手まといだから困ると、仰《おつしや》らないのですか」

「史乃さんが足手まといになるとは、思えません。身体つきや身のこなしで、武芸を嗜《たしな》んでおられるのがわかります。了之助さまの助けになるでしょう。了之助さまもそれがわかっておられるので、お許しになったのでしょうし」

「わたしは、一刀流を稽古いたしました。島谷鳩作《しまたにきゆうさく》先生門下で、免許皆伝の免状をいただきました」

「免許皆伝ですか。それは凄《すご》い」

「市兵衛さんの流派は？」

と、史乃はいつの間にか市兵衛さんと呼び慣れている。

「流派はありません。奈良の興福寺《こうふくじ》にいた十代のころ、回峰行《かいほうぎよう》という山々を廻《めぐ》る修行をいたしました。山々を廻りながら、風のように戦えば、斬られはせぬし負けはせぬと思いました。人は風にはなれませんが、そのように心得ることはできます。わたしの剣は、剣の心得というほどのもので、免許皆伝はありません」

「ふうん。風のように戦えば、斬られはせぬし負けはせぬ、ですか」

史乃は不思議そうな顔つきになった。それから、ふと、何かを思い出したように物悲しげに言った。

「由衣さんを、わたしも沢乃も、姉のように慕っていました。わたしたちは三姉妹みたいに、いつも一緒でした。殊《こと》にわたしは、由衣姉さんと歳《とし》が近かったから、お互いに遠慮がなくて、心から打ち解けて、なんでも言い合って、庇《かば》い合って……」

「さぞかし、玉のように美しい三姉妹だったのでしょうね」

市兵衛は、黒鞘の小刀を腰に帯びた。

史乃は、物悲しげな風情《ふぜい》に、はかない笑みを薄く染めるように浮かべた。

「由衣姉さんが平八どのと、欠け落ちをすると決めたことは、由衣姉さんから聞かされていました。沢乃に悲しまないで、と伝えて。父と母のことを、弟たちのことを頼みます。と由衣姉さんは言ったのです」

薄い笑みのなかの史乃の目が、赤く潤《うる》んだ。

「由衣姉さんを、とめなかったのですか」

市兵衛は、つい訊《き》いた。

「だめです、絶対だめです、とわたしは由衣姉さんに縋《すが》って言いました。けれどあのとき、とめることができないのは、知っていたのです。わたしには、由衣姉さんをとめることはもうできないと、気づいていたのです」

「短い間ですが、信夫平八とかかり合いを持って、わかったことがあります。平八は、妻を不幸にしたのは自分だと、自分を責め続けていました。自分はこの世に無用の者だった、生まれてこなければよかったのだと、自分が生き長らえていることに、負《お》い目を感じていたのです。それほど平八は、妻を好いていたのですね」

市兵衛は史乃を見つめた。

「いいえ。平八どのは由衣姉さんが夫にと心に決めた人なのです。平八どので、なくてはならなかったのです」

史乃は唇《くちびる》をかみ締《し》め、自分自身に言うように「ですから」と続けた。

「わたしは、由衣姉さんと平八どのの遺《のこ》した小弥太と織江のために、金木家の人たちのために、わたしの今できることを、なさなければならないのです。市兵衛さん、わたしを江戸に連れていってください」

市兵衛は、大きくゆっくりと頷《うなず》いた。

「では、まいりましょう」

菅笠《すげがさ》と刀を手に提《さ》げ、史乃を促《うなが》した。

台所の間にいくと、蟄居《ちっきょ》を命じられた清太郎以外、金木家の者がすべてそろっていた。了之助と千歳、赤ん坊を抱いた沢乃、小弥太と織江、若侍の寛助と礼吉、そして、使用人の下男や下女らが、勝手の土間や囲炉裏の周りにいた。

走り寄ってきた織江を、市兵衛は片腕で抱きあげた。

「市兵衛さん、今度はいつくるの」

織江が市兵衛の腕のなかで言った。

「いつになるかな。次に会うときは、織江は美しい娘になっているのだろうな。きっと、また会える。よい子で、いてくれ」

織江は素直に、うん、と頷いた。

小弥太は人が大勢いるためか、恥ずかしそうにしていたが、それでも市兵衛のそばにきた。そして、

「市兵衛さん、お達者で」

と、市兵衛を仰いで懸命《けんめい》に言った。

市兵衛は、小弥太のまだ肉の薄い背中に腕を廻し、抱き寄せた。

「勉強をして、賢《かしこ》い侍になるのだぞ」

小弥太は抱き寄せられて、市兵衛の身体に頭をつけ、寂《さび》しげに頷かせた。

「唐木さん、支度はよろしいか」

囲炉裏のそばから立ち、了之助が言った。

「いつでも」

市兵衛は小弥太と織江を台所の間に残し、勝手の土間におりた。

「史乃もよいな」

「はい」

と、こたえた史乃が侍のように二刀を帯び、浅黄の小袖の肩から黒琥珀《くろこはく》の羅紗《らしゃ》の長合羽を羽織るのを、千歳が手伝った。

「身体に気をつけて。水が変わると身体に障《さわ》ります。油断してはなりませんよ」

千歳は史乃が自分の娘のように心配でならない、というふうである。

史乃は顔をわずかに上気させ、千歳に微笑《ほほえ》んでいた。

「今日中になんとしても山形か、せめて天童まではいきたい。きついが、急ぐ」

了之助が断固とした口ぶりで言った。

万場町の屋敷を出たとき、夜明けまでに間のある北最上の城下に、分厚く重たい冷気が覆っていた。了之助が前をいき、市兵衛と史乃が続き、寛助が太い杖《つえ》に小葛の荷を前後にくくり、肩にかついで従っていた。

暗闇のなかでも、みなの吐息が真っ白に見えた。

城下から羽州街道に出るまで、礼吉が提灯《ちょうちん》を提げて見送った。

「礼吉、ここでよい。清太郎は蟄居の身ゆえ、屋敷に侍はおまえひとりになったも同然だ。清太郎のこと、みなのことを頼む」

「はい。大旦那さまのお言いつけを守り、相務《つと》めます。大旦那さま、旅のご無事をお祈りいたします。唐木さま、史乃さま、何とぞお気をつけて。寛助さん、達者でな」

「おまえもな」

寛助と礼吉が、別れを惜しんで言い合った。

ぽつんと灯る礼吉の明かりを後ろに残し、四人は街道を南へとった。

新田川《にったがわ》の渡船場を渡るころ、空は白々と明け始めていた。しかし、薄墨色《うすずみいろ》の雲が空を覆って、日はのぼらなかった。東の屛風《びょうぶ》のようにつらなる奥羽の山嶺《さんれい》が、灰色の空の下に黒ずんだ山肌を見せていた。西からは、凍《い》てつく風が最上川を吹き渡って、一行の羽織や合羽の裾《すそ》をひるがえした。

「この様子ですと、そろそろ、雪になりそうですな」

了之助が、西から東へと流れる灰色の雲を見あげて言った。

「雪が降ると、道が閉ざされることもあるのですか」

「いき悩むことはあります。だが、いけぬことはない。本陣はありませんが、間《あい》の宿《しゅく》も整うております。なんとしても、いかねばなりません」

了之助は歩みをゆるめず、ひたすら街道を急いだ。

野黒沢《のくろざわ》、金谷《かなや》をすぎ、村山のはずれの掛茶屋《かけちゃや》で、遅い昼飯の握り飯を食った。東根《ひがしね》の近くの蟹沢《かにさわ》から天童へいたったとき、もう申《さる》の刻《こく》（午後四時頃）が迫って空には夕方の気配が漂《ただよ》い、しかも、とうとう粉のような雪が舞い始めた。

天童の茶屋で、少々休息をとった。

急ぎに急いで、みな口も利《き》けないほど疲れていた。だが、了之助は今日中になんとしても山形城下に入る意気ごみだった。

「山形まで三里《り》（約一二キロ）余だ。今ひと急ぎして、今宵《こよい》の宿は山形でとる」

了之助は、薄く白い化粧を施《ほどこ》し始めた茶屋の外の通りを睨《にら》んで言った。

酉《とり》の刻を半刻ほどすぎ（午後七時頃）、山形に着いた。

暗い空から雪が降り続いており、城下の通りはすでに白くなっていた。漆黒《しっこく》に塗りつぶされた東南の空に、蔵王山は見えなかった。

遅い刻限ながら、宿に入ることができた。

仕舞湯《しまいゆ》で疲れて冷えた身体を暖め、夜飯をとることもできた。

了之助は、窓にたてた板戸の隙間から、更《ふ》けゆく夜の黒い帳《とばり》のなかに舞う雪を眺め、なかなか布団《ふとん》に入らなかった。

「明日は、金山峠を越えて七ヶ宿までいく」

了之助の背中が、自分に言い聞かせるように言った。

「金山峠は、このまま雪が降り続いたら、通れるでしょうか」

寛助が気がかりな様子で、了之助の背中に声をかけた。

「仮令《たとえ》、雪が積もっていても、これしきの雪なら大したことはない。明日、必ず越える」

板戸の隙間から、雪明かりが了之助の顔を青白く浮きあがらせた。

羽州街道は赤湯へ廻って二井宿峠を越える道が本道であった。金山峠を越える道は脇道だったが、険《けわ》しい山道をたどらなければならなかった。

しかし、了之助には、何があろうと明日、蔵王連山につらなる金山峠を越え、湯原へ出ることしか念頭になかった。

「大旦那さま、お風邪《かぜ》を召《め》します。明日も早《はよ》うございます。お休みください」

寛助がいさめたが、了之助は雪が気になってならぬというふうに、窓辺から動かなかった。

翌日も雪は降り続き、東南の蔵王の山々は垂れこめる雲に隠れていた。

夜明け前の雪の街道を、再び南へとった。空はどんよりとした雲が広がり、道中の村々の茅葺《かやぶき》屋根は、白一色に覆われていた。

幸い降雪は少なく、街道の雪景色は薄化粧だった。

市兵衛は山形の旅籠《はたご》で用意した蓑《みの》を、羽織の上にまとっていた。

上山《かみのやま》から羽州街道の脇道へ入り、金山峠を越える山道をとった。蔵王連山から水を集めて最上川へつながってゆく渓流を見おろしながら、山麓の杣道《そまみち》のような木々の間の細道をたどり、小笹《おざさ》というところから、急峻《きゅうしゅん》な山肌を九十九折《つづらおり》にのぼっていき、金山峠を目指した。

次第に高くのぼっていく山道の木々の先に、山間に固まる小さな集落の尖《とが》った茅葺屋根に降り積もる雪景色が見え、それは絵に描いたようだった。

大雪ではなかったものの、雪の山道は難儀した。のぼり道の険しさのうえに、雪に足をとられた。みな息がきれ、進むのが遅れた。

ただ、これも幸いなことに、その日は朝から風がほとんどなく、合羽にくるまれた身体は温《ぬく》みを失わずに済んだ。椎《しい》や檜《ひのき》などのときわ木の枝葉が雪を防いで、道がわからなくなることもなかった。

金山峠を越えたのは、昼すぎだった。周囲のすべての景色は、蔵王連山もこし方の羽州の盆地も最上川も、白く閉ざされた。だが、峠から湯原へくだれば、再び羽州街道の本道へ出て、あとは奥州街道へと続くだけである。

了之助は肩を大きく波打たせ、市兵衛に言った。

「市兵衛さん、どうにか峠を越えられそうです。歳ですな。応《こた》えました。唐木さんは息が少しも乱れているように見えない。余ほど、鍛《きた》えておられるのですな」

「いえ。同じです。疲れました」

市兵衛は笑みをかえした。

了之助は史乃と寛助へ見かえった。

「史乃も寛助も、よくやった。この雪なら、もう慌てることはない。湯原に掛茶屋がある。遅くなったが、そこで昼を使う。今日は早めに七ヶ宿の宿をとって、昨日と今日の疲れを癒《いや》そう」

はい、と史乃と寛助は乱れた白い息と一緒にこたえた。

二

湯原から阿武隈川《あぶくまがわ》にそそぐ白石川《しろいしがわ》の渓流に沿って、七ヶ宿。そして、奥州街道の桑折《こおり》宿に出て、奥州街道を一路江戸へ目指す旅程である。

四人は金山峠をくだり、羽州街道の湯原に出た。

湯原は一面雪景色ながら、峠を越すまでの山道ほど雪は積もっておらず、強く降ってもいなかった。羽州街道沿いに三、四軒の百姓家が並び、峠道と街道の分かれる道端の一軒が出茶屋になっていた。

茅葺の切妻《きりづま》屋根はなめらかな雪をかぶって、その切妻の煙出しからうっすらとした煙がのぼっていた。

煙は、せつせつと細かに降る雪とからんでいた。出茶屋の裏手に、葉を落とした楢《なら》の木が、雪をかぶった枝を切妻屋根のうえにまで広げていて、煙はその枝にも戯《たわむ》れかかっていた。

腰高障子《こしだかしょうじ》を閉じた表の板庇《いたびさし》に、《お休み処《どころ》》の旗が寒そうに垂れていた。

街道に人通りはなく、一行が踏み締めて残した足跡も、静かに降る雪にだんだんと消されていった。

出茶屋と往来を隔てた左手は、白石川の渓流が、川縁《かわべり》に積もった雪の間を、一行に何事かをささやきかけながら流れていた。

湯原を閉ざす白い山並みのどこかで鳥が鳴き、寂しげに谺《こだま》した。

「ここで休息をとろう」

了之助が《お休み処》の旗を垂らした出茶屋を指して、白い息を吐いた。

寛助がかついだ荷を庇の下におろし、引き違いの腰高障子を半間《けん》（約九〇センチ）ほど引いた。

「申し、世話になるぞ」

と、暗い土間に声をかけた。寛助は土間をのぞきこみ、それから、了之助へふりかえった。

「客も茶屋の者もおりません。竈に火が熾っています。茶屋の者はすぐに戻ってくるでしょう。入りましょう」

そして、戸を大きく引き開けた。

四人は菅笠や合羽の雪を払い、内庭のような土間に入った。

ほっとため息のこぼれる温みが、四人をいたわるようにくるんだ。

薄暗い土間に、長腰掛が縦《たて》向きに三台、横向きに一台が並び、蓆《むしろ》を敷《し》いてあった。土間の隅《すみ》の竈に、焚《た》き木《ぎ》が燃えていた。竈にかけた大きな鉄瓶《てつびん》のそそぎ口から、湯気があがっている。

小さな流し場と、椀《わん》や皿などの容器に笊《ざる》や籠《かご》などを重ねた棚《たな》、蓑や藁笠《わらがさ》を吊るし、奥の壁側に並んでいた。その壁に明かりとりと板戸を閉じた背戸口が作ってあり、背戸口は土間を隔てて表戸と向き合っていた。

明かりとりにたてた障子戸に、格子を組んだ影が映っていた。

それぞれが菅笠と合羽を脱ぎ、刀をはずして長腰掛にかけた。

寛助は、「茶屋の者が戻ってきたら、断わればかまわぬでしょう」と言って、茶の支度を始め、番茶の香が土間に漂った。

寛助は湯気のたつ茶を椀に汲《く》んで、それぞれの傍らに並べた。

遠くで馬のいななきがかすかに聞こえ、旅人が街道を通りかけているのかもしれなかった。

二台の長腰掛に、了之助と史乃、市兵衛と寛助がかけて向き合い、山形の旅籠に頼んだにぎり飯を食った。わずかな塩をまぶしただけのにぎり飯も、粗末な番茶も、空腹の身には何よりの馳走《ちそう》だった。

四人は黙々とにぎり飯を食い、茶を飲み喉を鳴らした。

ほどなく、背戸口のほうで人の気配がした。明かりとりに、二つの影がよぎった。茶屋の者が戻ってきたようだった。

「茶屋の者が戻ってきた」

市兵衛は背戸口の板戸を見やった。

「あ、はい」

寛助は、背戸口のほうへ一瞥《いちべつ》を投げた。

だが、すぐににぎり飯を咀嚼《そしゃく》しながら茶をすすった。

市兵衛も茶を飲み、表の引き違いの腰高障子へ目を向けた。また、馬のいななきが遠くで聞こえた。馬は街道を通りかかっているのではなく、どこかにつながれているのだろうと、何気なく思った。

そこに、雪を踏み締める人の気配がした。市兵衛は茶を口に含んだ。静かに、ゆっくりと雪を踏み締める音が、確かに聞こえている。

椀を傍らにおき、隅の竈に目を移した。焚き木が燃え、鉄瓶に湯気がたってい
る。表戸の外の足音はまだ聞こえた。四つ、数えられた。

だが、静かだった。静かすぎた。

背戸口は開かなかった。沈黙が板戸の外にわだかまっていた。

三人はにぎり飯を食っていた。

やおら、市兵衛は刀をつかみ、立ちあがった。

了之助と史乃が、意外そうに手と口を止めて市兵衛を見あげた。

「きました」

市兵衛は言った。

咄嗟《とっさ》に、了之助の顔が引き締まった。史乃はにぎり飯をおき、手と口をぬぐい、刀をとった。

そこで寛助も異変に気づいて、市兵衛と了之助を交互に見廻した。

市兵衛は立ちあがろうとする三人を制し、黙って背戸口を手で指し、二本指で二人と示した。そして、表戸を手で指し、四本指で四人と示した。

了之助と史乃は頷いた。寛助は気を昂《たか》ぶらせ、繰りかえし首をふった。

さらに市兵衛は、沈黙のまま史乃と寛助に背戸口に備えるように指示し、市兵

衛は了之助と街道側の四人に備えることにした。

「承知」

了之助が低くこたえ、史乃と寛助も「承知」と小声をかえした。史乃と寛助は刀を腰に帯び、背戸口のほうへ進み出ると、下げ緒《お》で襷《たすき》がけにした。

市兵衛は長羽織を脱ぎ捨て、刀を腰に差した。引き違いの二枚の表腰高障子へ向き、縦に並べた長腰掛の間に片膝《かたひざ》をついた。

下げ緒をとって、襷にかけた。

了之助が市兵衛の横の長腰掛の間に、同じように片膝づきについた。これもすでに襷をかけ、刀の柄《つか》をにぎっていた。

踏み締める雪の音は、なおもゆっくりと近づいていた。

先に了之助が抜刀し、遅れて市兵衛は抜き放った。二人の刃《やいば》が、土間の薄明かりに鈍く光った。竈の焚き木がはじけ、炎がゆれ、遠くの山で鳥の声が小さく冴した。

ぎりぎりのときがすぎた。

とそのとき、表戸の障子に影が急に浮き出るように差した。影は見る見る大きく鮮明になり、障子戸に迫った。

市兵衛は身をいっそう低くした。

次の瞬間、引き違いの二枚の腰高障子がけたたましく蹴り飛ばされた。

障子戸の枠木が折れ、敷居からはずれ、風に煽《あお》られたかのように土間の長腰掛に倒れかかった。

外の寒気と雪烟《ゆきけむり》が、障子戸の倒れた風と一緒に市兵衛に吹きつけた。

だが、二枚の障子戸は、長腰掛の間に身がまえる市兵衛と了之助までは届かなかった。

刹那《せつな》、雪の舞う街道に黒装束を着け、黒の菅笠に顔を隠した男らが見えた。

神室の森で筧源之助が率《ひき》いていた男たちと、咄嗟に知れた。

男らは長刀を高くかざし、前に二人と後ろに二人の四人が、雪烟のなかに黒合羽をひるがえして突入を図った。

不気味な奇声を発し、前の二人が土間へ最初に躍りこんだ。

男たちは、薄暗い掛茶屋の土間で、市兵衛と了之助が待ちかまえているとは思っていなかった。了之助ら一行は不意の襲撃に混乱し、逃げまどうだろうと思っていた。容赦《ようしゃ》なく斬り捨てるのみ、と思っていた。

ところが、勢いよく飛びこんだ途端、長腰掛に倒れかかった腰高障子の組子の桟《さん》を踏み破って足を突っこんでしまい、突進が鈍《にぶ》った。もうひとりも、腰高障子の腰板を踏み破って、足を抜いた瞬間、障子戸が一緒に浮きあがって、前のめりによろめいたのだ。

突進の鈍った男の菅笠の下の目が、市兵衛の目と合った。

その目を一瞬もそらさず、片膝づきの体勢で右上段から左下へ、袈裟懸《けさがけ》に斬り落とした。

刃がうなり、肩から腹まで切先が走って上着の布地が左右に飛び散った。

続いて、いきなり咳《せ》きこむように胸から血が噴きこぼれた。

男は長い悲鳴を引き、刀を力なくかざした恰好《かっこう》のまま膝を折り、仰《あお》のけにゆらぎながら倒れていった。

もうひとりの黒い菅笠が前のめりによろめいて、了之助の前に差し出されていた。了之助は、天地を指し示すごとく真っすぐに、薪割《まきわ》りのごとくに容赦なく打ちこんだ。

菅笠をくだき、頭蓋《ずがい》が鈍く鳴った。髷《まげ》が乱れ、頭頂に刃が食いこんだ。充分な手ごたえだった。

刃を引き抜くと、血がひと筋に噴きあがった。

男はかすかなうめきを発しただけで、潰れるように俯《うつぶ》せた。

咄嗟に街道へ目を向けた瞬間、了之助は市兵衛がすでに雪烟を巻いて二人と刃を交える激闘に目を奪われた。

市兵衛には、街道の二人へ肉薄するのに束《つか》の間《ま》の逡《しゆん》巡《じゆん》もなかった。

街道に躍動したところへ、ほぼ同時に二人が打ちかかった。

左手の一刀を掬《すく》いあげてはじき飛ばしつつ、右手の一撃を剣筋に身体を沿わせて空を打たせた。掬いあげた鋼《はがね》が打ち鳴って、方や、耳元でうなった右手の白刃が、市兵衛の肩をすれすれに流れていく。

間髪《かんはつ》容《い》れず白刃を頭上でかえし、右手の男に二の太刀を揮《ふる》う間を与えず、首筋へ一撃を放った。

市兵衛の動きに、男は追いつけなかった。

獣のような悲鳴を雪のなかに響かせ、血烟の噴く首をかしげながら刀をふり廻し、二度躍り廻って横転した。白い雪を、真っ赤な鮮血が染めたそのとき、街道の二十間（約三六メートル）ほど向こうで、一頭の馬が激しくいないた。

前脚を跳《は》ねあげ、馬上の男の黒合羽を鳥の羽のように広げた。

と、馬上の男の鐙《あぶみ》が腹の泥障《あおり》を蹴《け》った。躍りあがって疾駆《しっく》を始めた馬は、雪を蹴散らし地を震わせ、白い鼻息を噴き出し、市兵衛へと突き進んでくる。

馬上の男はかざした刀をふり廻し、雄叫《おたけ》びをあげた。

人馬の周りで雪烟が巻きあがった。

了之助はその直前、市兵衛に一刀を掬いあげられ仰《の》け反らされた左手の男へ立ち向かっていた。再び市兵衛に襲いかかろうとする男の傍らから斬りつけ、

「たあっ」

と吠《ほ》えた。

すんでのところでそれに気づいた男は、それを受け止めたが、横から激しく押しこまれた。男は咬《か》み合った鋼を軋《きし》ませ、仰け反る身体を足下の雪を擦って堪《こら》えた。そして、ひと声絶叫を放って、了之助を突き退《の》けた。

了之助は、突き退けられて数歩退いた。

男が追い打ちの袈裟懸を、浴びせにかかる。

だが、その打ちこみは慌てていて、荒くなった。

了之助は瞬時に身をかがめ、胴抜きにすり抜けた。

胴を抜かれ、男は腹を抱えて前のめりにたたらを踏んだ。懸命にふりかえり、

斬りかえしを試みたところへ、こめかみに一撃を浴びせた。

顔を歪《ゆが》ませこめかみから噴いた血を雪の上に散らして、男は横転した。

そこへ、上から止《とど》めを突き入れた。

絶命するまでの束の間、男は刀身をにぎり締め、最後の抗《あらが》いを見せた。

了之助は息を乱し、両膝をついて肩を震わせた。

馬の駆けるとどろきと雄叫びが響きわたったのは、そのときだった。

市兵衛は、雪の舞う街道に平然と佇《たたず》み、剣をやわらかくかざして、すでに八相《はっそう》に身がまえていた。それは、雪の景色を眺めているかのような、穏やかで静かな佇まいに見えた。

片や、街道の雪を馬蹄《ばてい》が激しくかき、雪烟をなびかせ、怒りに囚われた人馬が市兵衛に迫っていた。

なんたる男かと、了之助は一瞬呆気《あっけ》にとられた。

すぐに気づき、止めを刺した刀を抜こうとした。だが、男は了之助の刀身を両掌でしっかりとつかんで絶命していたため、引き抜けなかった。

「あっ」

と叫んだ瞬間、雪を蹴散らし疾駆する馬が、市兵衛の傍らを駆け抜けた。

一瞬、市兵衛の姿が駆け抜ける人馬に隠れて見えなくなった。馬上の男が叫びながら刀をふり落とし、鋼と鋼の打ち合う音が街道に響きわたった。

人馬が駆け抜けたあとに、市兵衛は刀をおろして人馬へ向きを変え、即座に、了之助のほうへ立ち位置を移した。

市兵衛は了之助に背を向け、再び八相にとった。

人馬を見かえると、手綱が引かれ、激しくいななき鬣《たてがみ》を炎のように震わせた馬が方向を転じ、前脚を跳ねあげさせてから、再び突進を始めた。

馬蹄をとどろかせて雪を激しくかき、雪烟を巻きあげ、怒りに囚《とら》われていた。

了之助がようやく刀を抜いたときは、もう間に合わなかった。

馬蹄のかいた雪が、了之助に降りかかった。

黒合羽を背後になびかせた男が、馬上より罵声を浴びせて市兵衛へ斬りかかった。白刃がうなり、雪烟を斬り裂いた。

すると市兵衛は、その一撃に薙《な》ぎ払われたかのように、痩軀《そうく》をそよがせた。ただ、そよいだ市兵衛の痩軀は、駆け抜けていく馬の傍らで舞うように反転したかに見えた。

馬蹄のとどろきのなかに、悲鳴があがった。

市兵衛は雪の降る街道に身がまえ、駆け抜けた人馬を目で追っていた。

駆け去っていく馬から、男がくずれるように落下した。

馬は疾駆を止めず、鐙に足のからんだ男を雪道に引き摺《ず》りながら、走るのを止めなかった。雪道には、男を引き摺った赤い血の筋が残された。

と、黒の菅笠に黒合羽の四人が横隊になって、雪道に残った血の筋のほうから新たに近づいてくるのが、了之助に見えた。

三

史乃と寛助は、板戸を閉じた背戸口から踏みこんでくる男らに備えた。

板戸の正面に史乃が立ち、寛助は史乃の左手へやや開いて、刀を抜いた。

史乃もすでに抜いていたが、左に刀を垂らし、右手に鉄瓶の把手をにぎっていた。鉄瓶はそそぎ口から湯気をのぼらせている。

板戸の外に、人がうずくまり様子をうかがっている気配はあった。

じりじりと、その一瞬が迫っていた。

最初は、板戸がわずかに鳴り、一寸（約三センチ）ほどの隙間ができた。その隙間から、目がなかをのぞいた。

板戸がいきなり引き開けられたのは、表の腰高障子が蹴り飛ばされたときだった。黒装束の二人が、前後して踏みこんだ。

途端《とたん》に、ゆらりと宙に一回転した鉄瓶が先頭の顔面へ飛んだ。それを払った瞬間、熱湯が顔面や手足、先頭の身体に降りかかった。

「熱、あつあつ……」

先頭は喚いて、背後に続いていた男を押し退け、外へ逃げた。茶屋の裏手の積もった雪の上に坐《すわ》りこみ、熱湯を浴びた顔に雪を摺りつけた。

寛助は、踏みこんだ先頭が外へまろび逃げた隙に乗じ、先頭に押し退けられた後ろの男へ打ちかかった。

男は一旦外へ押し出されたものの、飛び出してきた寛助の一刀を懸命に受け止めた。ただ、寛助は突っこみすぎた。そのため、二人は互いの刀をつかんだ手をとり合い、離れる間もなく組み打ちになった。

寛助は男を押しこみ、身体を預けて押し倒しにかかる。

男も、押し倒されまいと抗《あらが》い、身体を反らせ、寛助が身体を預けてくるのを横へ引き落とそうと図った。

二人は組み合ったまま倒れ、上になり下になってもみ合い、わあわあと喚きながら雪の上を転がった。

一方、熱湯を浴びた男はすぐに気をとりなおし、慌てて身を起こした。と、そこへ背戸口から突き出た白刃が男の髱《たぼ》の下のうなじに食いこみ、撫《な》で斬った。首をすくめた男のうなじから、血が噴き出た。男はにぎった刀を震わせ、背戸口から出てきた史乃へ、刀をふり廻した。

史乃はすかさず払い、腹へひと突きに突き入れた。

突きをさらに深く押しこむと、男は後退り、すでに葉を落とした楢の木の幹に背中からぶつかった。

木の枝に積もった雪が、幹に凭《もた》れかかったまままくずれ落ちていく男と、刀を突き入れた史乃の頭にも、滝のように降りかかる。

史乃は降りかかった雪を払う間もなく、刀を引き抜き、もうひとりと転げ廻ってもみ合う寛助のそばへ駆けつけた。

男は駆けつける史乃に気づき、寛助をふり払って逃げようともがいた。そうはさせまいと、寛助は放さなかった。

「よい、寛助。離れよ」

史乃が上段にとって叫んだ。寛助が素早く転がりながら離れ、男が慌てて立ちあがった瞬間、

「やあっ」

と、史乃の袈裟懸が男の菅笠を裂き、顔面から腹までを一閃《いっせん》した。

市兵衛は、寛らへ半身に立って、刀身の血をふるい落とした。そして、おもむろに顔を向けた。寛を中にして左右の三人が黒合羽をゆらし、野道を散策するかのように歩んでくる。

四人はおのれらの殺気に酔うかのように、不気味な陽気ささえ見せていた。黒の菅笠で顔は隠れていたが、四人は笑っていた。

市兵衛は刀の柄を両掌で軽くにぎり、わきへ垂らした。同じゆっくりとした歩みで、四人のほうへ踏み出した。草鞋《わらじ》の底で冷たい雪を踏み締めた。踏み締めた雪が、童女の唄声のように鳴った。

降り続く細かい雪は、寛らの黒装束の廻りで烟《けむ》っていた。

了之助が背後より、市兵衛についていた。

少しの間があり、出茶屋より史乃と寛助が走り出てきた。

「倒したか」

了之助が背中で二人へ問いかけた。

「はい」

「二人を……」

史乃と寛助が続いて言った。

神室の森で、筧の率いる黒装束は十一数えられた。裏手で二人、茶屋のなかで二人、街道で三人。残りは筧ら四人だけだった。

「唐木さん」

了之助が声をかけた。

「あとはお任《まか》せください」

市兵衛は筧から目を離さずかえした。

きゅろろろ、きゅろろろ、ろろろ……

鳥が渓流の遠くのほうで鳴いていた。雪はせっせつと降り続き、四人と四人、そして亡骸《なきがら》のほか、街道に人の姿はなかった。集落の住人らが、戸の隙間から固《かた》唾《ず》を呑《の》んで見守っているのに違いなかった。

双方の間が十間（約一八メートル）をきったとき、筧が先に声をかけた。

「唐木、思ったとおり、使えるな。だが、所詮《しょせん》は、呑代さえ手にすれば満足する深川の無頼漢《ぶらいかん》どもだ。あの程度とわかっていた。あてにはしていなかった。小手調べは終りだ。だが、惜しいな。それほどの腕があれば、もう少しましな生き方ができそうに思うが、おぬし、見かけによらず気が利かぬ男のようだ。頭はその腕ほどでもないか」

三人の男たちが乱れた嘲笑《ちょうしょう》を寄こした。

「筧、おぬしらがましな生き方をしているとでも、思っているのか。金持ちや権勢をふるう者の真似をしているつもりでも、おぬしらは所詮、番犬にすぎぬ。金持ちや権勢をふるう者の食い残しにたかる番犬だ。おぬしらの不幸は、おのれがそれをわかっておらぬことだ」

筧が甲高い笑い声をたて、三人はまたどっと笑った。

「唐木、おぬし、相当うぬ惚《ぼ》れの強い男だのう。笑えるぞ。うぬ惚れの強い浅はかな輩《やから》はな、おのれの苦悩や不幸が飾りなのだ。おぬし、苦悩と不幸に酔っておるのだろう。おぬしのような愚かでみじめな男を斬るのは可哀想だ。われらに用があるのは、後ろの了之助だ。おまえの命をとる気はない。情だ。今、立ち去れば命だけは助けてやるぞ」

「もうひとつ、番犬の不幸は飼い主の真意を理解する力がないことだ。悪事を働くのが平気な者は、味方にも悪事を働くのだぞ。宝蔵一門や大村小左衛門が、おぬしら番犬をまともな仲間扱いするわけはなかろう。用がなくなれば、切り捨てられる。番犬の代りは、いくらでも見つかる。こちらも情をかけてやる。今すぐにわれらの前から消えるのなら、追いはしない」

「そうか。唐木はどうしてもここで死にたいようだ。仕方あるまい。面倒だが、まずはおまえから血祭にあげてやる。覚悟はよいか」

筧は左右の三人へ、目配せした。

三人は黒合羽を見せびらかすように払った。

「おぬしら、筧とともにここで死ぬ。せめて、名を聞いておこう。それとも、名も知られず斬られたいか」

市兵衛は、変わらずに間をつめながら三人に言った。

ひとりが抜刀し、気だるげに刀身を肩にかついで言った。

「沖山周明」

二人が抜き放ち、橘川流五郎、尾原重一、と続けた。

「確かに聞いた。いつか寺へいったとき、おぬしらの名を唱えて、掌《て》を合わせてやる」

市兵衛は言った。

三人はもう嘲笑を投げてこなかった。ただ、激しい怒りに駆られていた。筧は歩みを止め、前へ進む三人の後ろに控《ひか》える形になった。刀は抜かず、市兵衛と三人の戦いを見守る気らしかった。

間は次第に縮まり、それとともに三人は左右へ広く開いた。市兵衛を正面と左右の三方から包みこむ態勢だった。正面に周明、左右が流五郎と重一だった。

やがて、周明は歩みを止め、肩にかついだ刀の柄を両手でしっかりとにぎって両膝を折った。気だるげな様子が、突如、体勢を低く沈めた殺気をおびた身がまえに変わった。

市兵衛は同じ歩調で、真っすぐ周明を見つめて歩んでいた。

流五郎と重一が左右から廻りこむように迫っていたが、二人へはいっさいの考慮を払っていないかに見えた。それがかえって訝《いぶか》しく、奇妙だった。

三人の黒い菅笠が、市兵衛の動きに不審を見せ、わずかに持ちあがった。そして、血走った目を交わし合った。

「こい」

周明がいっそう身体を沈めて言った。

流五郎と重一は歩みを早め、雪を蹴散らし、さらに市兵衛へ迫った。

「だあああ」

右からの重一が、獣のような咆哮《ほうこう》を街道に響かせた。市兵衛と周明の間は一間（約一・八メートル）もなかった。

にもかかわらず、市兵衛は刀をわきへ垂らした形を変えず、悠然と歩を進めている。左右と正面から、市兵衛はとりこめられたかに見えた。

「ああっ」

と、後方の寛助が思わず声をあげた瞬間、周明が先に動いた。

周明の身体は浮きあがり、合羽を鳥のように羽ばたかせ、かついだ刀を宙に舞わせた。白刃がうなり、雪を散らし、市兵衛の肩へ荒々しく打ちこまれた。

ところが、周明の打ちこみは、俊敏に身体を沈めた市兵衛の総髪のほつれ毛を、空《むな》しく斬っただけだった。

と、市兵衛の鋭い一閃が下から上へと腹部を走るのを、周明はなすすべなく見つめていただけだった。

上と下から二つの身体が擦り合うように交錯し、そこで一瞬静止した。

あっ、と周明は短い息をもらした。

周明は、一歩を踏み出して身体を折った。刀を雪道に突きたて、折り曲げた身体がくずれ落ちるのを支えた。

瞬時の間もなく、左右から流五郎と重一が襲いかかった。

だが、市兵衛は即座に躍動した。流五郎の一打を右へ半歩躱《かわ》し、空へ躍りあがった。同時に放った一撃が、流五郎の首と菅笠を血飛沫《ちしぶき》とともに雪の街道に刎《は》ね飛ばしていた。

そして、空でひと舞いして降り立った瞬間、市兵衛の一刀はすでに重一の首筋を深々と咬んでいた。

重一は宙を彷徨《さまよ》うように一刀を空しく泳がせ、震えて、ただ呆然と市兵衛を見つめていた。市兵衛が撫で斬るように刀を引き抜くと、首筋から血が噴いたが、重一は見開いた目をまばたきもさせなかった。

一瞬の出来事だった。

流五郎は声もなく、四肢《しし》を広げて仰のけに倒れ、重一は古びた土塀がくずれるように膝を折り曲げうずくまった。

後方にいた了之助と史乃も、思わず声をあげた寛助も、唖然《あぜん》として見つめるだけだった。市兵衛の動きが見えなかったし、読めなかった。

三人がほぼ同時に市兵衛に斬りかかった。けれど、三人が斬りかかった途端、それはもう終っていたからだ。

市兵衛は、周明の傍らに立った。

流五郎と重一は倒れ、周明は刀を杖にして寄りかかり、倒れてはいなかった。しかし、苦しげに顔面を歪め、かすかな呼吸を繰りかえしていた。

「沖山周明、止めはいるか」

そう言うと、うな垂れた周明の頭がかすかに頷いた。

市兵衛は雪の街道に横たわった三人を残し、筧へ向かった。

「筧、とうとうひとりになったな。まだやるか」

「むろんだ。せっかく助けてやろうとしたのに、斬るしかあるまい」

筧は言いつつ、市兵衛の歩みに合わせて後退り始めた。

合羽をわずらわしそうに払い、刀を抜いた。

「いくぞ、唐木」

そこで一歩を引いて雪道を擦って踏み締め、正眼にとった。そして、前進に転じた。

市兵衛は八相にかまえ、待ちかまえる。

二人の間はたちまち消え、肉薄した。

「あいやあ」

筧の高らかな喚声が、湯原を囲む雪の山々に谺した。

八相の深い懐へ飛びこむかのように、筧が打ちかかり、両者の戦端が開かれた。

市兵衛は刃に身を添わせ、筧の打ちこみを躱した。

二打、三打、四打、五打、と筧の間断ない攻撃が続き、市兵衛は左へ右へ、前後、上下へと身体をなびかせ、躱し続けた。

身体をなびかせながら、攻撃に転ずる機をうかがった。

吐息を堪えた筧のうめきが不気味だった。

「どうした唐木、怖気《おじけ》づいたか。かかってこい」

一旦、攻撃を引き、筧が言った。荒々しく吐いた息が白く乱れ、肩が大きく波打った。

だが、言うや否《いな》や、再び筧の攻勢が始まり、繰りかえし攻めたてた。

と、その一撃がきた一瞬、筧の体勢にわずかな、しかし明らかな隙が生じた。

市兵衛は、すかさず筧の隙に乗じ、反撃に転じた。

打ちこんだ切先が、筧の菅笠を割り、額に赤い筋を描いた。

ところが、割れた菅笠の間に見えた筧の目が、市兵衛との間を冷静に図っていた。筧は市兵衛との間を見きっていた。咄嗟に、わずかな隙が筧の誘いだと知れた。

「せえい」

薙ぎ払うような一刀が、市兵衛の身体を襲った。

着物の前襟《まええり》が裂け、襷の下げ緒が吹き飛んだ。

切先をかろうじて躱せたのは、雪道へ身を投げ出したからだった。

市兵衛は雪道を転がり、追い打ちをかける筧から逃れた。

「死ね」

叫んだ刹那、打ち落とす筧の下から斬りあげた市兵衛の白刃が、筧の右腕をはじいた。

刀をにぎった腕が飛びたつ鳥のように躍り、雪道にはずみ転がった。

筧は悲鳴を発し、仰け反った。だが、転倒を堪え、血まみれの袖をくるむように抱えて両膝をついた。

菅笠の下の顔は苦渋に歪み、脂汗が垂れた。身体をよじり、苦しげに喘《あえ》いだ。

市兵衛は筧から目を離さず、片膝づきに身を起こし、再び八相にかまえた。

きゅろろろ、きゅろろろ、ろろろ……

渓流の遠くで、鳥がまた鳴いた。雪はなおも降り続いていた。湯原に静寂が訪れ、渓流のくすくす笑いが聞こえてきた。

市兵衛はかまえを解き、立ちあがった。

「おのれ、運のいいやつ」

筧が苦しげに言った。袖からしたたる血が、見る見る雪道を赤く染めた。

「これまでだ。筧」

市兵衛は言った。刀の血をふり落とし、鞘に納めた。

「唐木、いつかかならず、この借りはかえす」

「おぬしと憎み合う謂《いわ》れはない。だが、こうなったことは仕方がない。おぬしの思うとおりにしろ」

そのとき、寛助が甲高い声で喚いた。

「大旦那さま、竜左衛門です。あそこに、竜左衛門が逃げていきます」

寛助は、二井宿峠のほうへ戻る街道を指差していた。その方角を見やると、雪の街道を男の影がひとつ、ぽつんと駆けていくのが認められた。

四

翌月の十一月の月並みの登城日、北最上藩領主・石神伊隆道は、江戸城大広間の御上段、御中段、御下段より二之間をへた三之間に、紺の板熨斗目《いたのしめ》の半裃《かみしも》を着用して、朝四ツ（午前十時頃）の謁見《えっけん》のときを待っていた。

大広間三之間は、七間半に四間半の青畳、格天井《ごうてんじょう》に松に鶴《つる》の襖絵である。大広間の座では敷物もなく、茶を飲むことさえ許されなかった。午《ひる》までには下城するため、食事も供されなかった。

隆道は、五ツ（午前八時頃）に登城してから謁見の始まる四ツまで、諸大名の間にまじって気の重いときをすごしていた。四ツまでに、まだだいぶ間があった。隣り合わせた大名らと差し障りのない話を交わしたりするものの、長くは続かず、ただただ、ときがすぎるのを待っていた。

どうなるのだ、と隆道は物憂く思い、ため息をついた。

中原家より御公儀の裁定を仰ぐ訴えを出された神室の森が、どのようになるのか、先ゆきが見えなかった。

これでは、なんのために万右衛門に何もかも任せたのだ。大胆に手を打ったものの、あてがはずれて、肝心の台所のたてなおしはどうなる。まったく、手ぎわの悪いことだと思っていた。

仕方があるまい。神室の森の伐り開きはなりゆきに任せよう。邪魔な中原一門を潰すことができれば、このたびの改革は半ば成功と言っていい。中原一門の力を削《そ》いでから、改めてゆっくり進めればいいのだ。

と、隆道は自らに言い聞かせた。

そのとき、石神伊家お出入りの表坊主が隆道のそばにきて、耳打ちした。隆道は意外そうな素ぶりで、表坊主に訊《き》きかえした。

表坊主はうなずき、再び耳打ちした。

周りの諸大名らが、耳打ちする表坊主と隆道の遣りとりに訝しげな目を投げ、ひそめた会話を隣の大名と交わした。

やがて、隆道は、「失礼」と両隣の大名に小声をかけ、座を立った。表坊主の案内で大広間を出て、大広間取次間から蘇鉄《そてつ》之間を通った。

蘇鉄之間は、登城した諸大名の供侍らが控える間である。

咳《しわぶき》ひとつ聞こえない居並ぶ供侍の前をすぎ、檜之間の手前で中之口御廊下へ折れた。中之口御廊下が中之口番所のある二間幅の御廊下へ曲がる左角に、湯呑所があった。登城した諸大名は、この湯呑所で茶を喫することができた。

数寄屋坊主がいて、諸大名に茶の世話をした。

この湯呑所は、茶を喫するばかりではなく、たまたま合わせた大名同士が言葉を交わし、幕閣や大名間のあまり表だってはいない事情や評判、噂《うわさ》などを聞くことのできる場所でもあった。

表坊主の案内で温かな湯呑所に入ると、茶釜をかけた炉のわきに数寄屋坊主がいて、今ひとり、部屋のはなれたところに黒裃の侍が、ひとり着座しているのみだった。諸大名の姿はなかった。

黒裃の侍は、以前、城内で見かけた覚えがあった。その侍が離れたところから膝を向けて手をつき、隆道へ慇懃《いんぎん》な礼を寄こした。

だが、誰であったか、思い出せなかった。

「どなただ」

表坊主に訊ねた。

「御目付さまの片岡信正さまでございます。こちらへ」

一瞬、隆道は怯《ひる》んだ。表坊主に導かれ歩むにつれ、次第に鼓動が高くなった。
「片岡さま、石神伊因幡守隆道さまでございます」
表坊主が信正に手をついて言った。信正は、ふむ、と頷き、表坊主は退ってい
った。数寄屋坊主が隆道の茶の支度にかかっていた。
隆道は信正と二間余をおいて着座した。
そうであった。片岡信正であった。隆道は思い出した。幕府十人目付の筆頭格
で、きれ者と評判を聞いている。冷徹で恐ろしい男、とそんな噂を聞いたことも
あった。ただ、あまり気にかけていなかった。
しかし、所詮は目付にすぎぬ。目付風情が大名をこんなところに呼びつけおっ
て、といささか不快に思った。
「公儀目付役・片岡信正でございます。早速のお運び、まことに畏れ入ります」
信正が再び畳に手をつき、張りのある声を湯呑所に響かせた。
冷徹と言うより、目鼻だちの整った優しく穏やかな顔つきだった。五十代の半
ばと聞いており、ゆったりとした貫禄はあったが、歳よりずっと若く見えた。
こういう男だったか、と隆道は少し意外に感じた。
「石神伊隆道だ。御用は」

隆道は冷静さを装って言った。

信正は黙って、頭と穏やかな眼差《まなざ》しをわずかに畳へ落とした。

数寄屋坊主が隆道に茶托《ちゃたく》と碗《わん》を運んできて、膝の前においた。茶の香りが心地よくたちのぼった。

中之口に人の出入りはあるものの、城内は整然とした静けさに包まれていた。

信正は、伏せていたきれ長な目をさり気なくあげた。

「因幡守さまにこのようなところへお運びいただいたご無礼を、何とぞお許し願います。と申しますのも、因幡守さまとこのような場でご面談できればと思いたちましたのは、わたくしの一存にて、公儀の御用ではございません。さりとて、四方山《よもやま》話をいたすためではなく、公儀目付という役目柄、表と裏にかかわらずかかり合いのあるこのたびの石神伊家のある始末について、正式なお沙汰が出る前に、因幡守さまへご事情をお伝えいたし、前もってお考えいただいたほうがよかろうと思われましたゆえ、お運びいただいた次第でございます。むろん、それをどのようにお聞きになられるか、どのようにお考えになられるかは、因幡守さまの勝手気ままでございます。そうせよと、指図や指南をいたすのでは決してございません。ならばこそ、この場所なのでございます」

隆道は、信正の前おきに少し苛《いら》だちを覚えた。こういう男は苦手だった。何もかも見抜いたような顔をして、敵なのか味方なのかがはっきりせぬ素ぶりをするのが、何かしら気に入らなかった。

「これが、めでたいことであれば、このようなご無礼を働かずとも差しつかえなく、めでたいことはあとに延ばせば延ばすほど喜びも大きくなり……」

「御用は」

隆道は、つい、ぶっきらぼうな口調を投げた。

信正は、あっ、という顔つきに微笑みと困惑を見せた。

「さようですな。つまらぬことを申しました。では、早速用件に入らせていただきます。先月、ご家中の中原家より公儀に訴えの出されました、ご領内の神室の森なる入会地の領有をめぐる裁定の一件でございます」

そうだろうと思った、と言いたかった。だが、隆道は言うのを抑え、平然とした顔つきをくずさなかった。

その裁定は、遠からず評定所においてくだされ、どのような沙汰になるのかは不明である、と信正は言った。今は、中原家より差し出された徳川家康直々のお墨付と書付が間違いないものかを確かめ、さらに北最上領内の事情を、見分や聞きとりなどをして調べただしているところであり、いずれ、隆道にもなんらかのお訊《たず》ねが幕閣を通してあるかもしれない、とも言った。

「さようか」

隆道は、気にするふうを見せずこたえた。

内心は、幕府の役人にすぎぬ者が、直轄地でもないわが領内を勝手に探りおって、と不快だった。

「しかし、片岡どのは御目付だ。上さまに直答を許されるほどの重要なお立場ゆえ、幕閣ともつながりが深《ふこ》うござろう。お立場上確かなことは言えぬとしても、ご自分では感じておられるところが、あるのではござらぬか。わざわざ呼んでいただいたのだから、せめて、片岡どのの感じを聞かせていただけぬか。御公儀の裁定は、如何《いか》になるのでござるか」

「よいところだけをとり、悪いところはきり捨てる。そんな都合のよい判断はあり得ません。ある者にとって望ましい事柄が、別の者にとっては困る事柄があり、逆もあります。それを、どちらにも理がありどちらにも非がある、双方のよいところだけをとりあげて、などと言葉を玩《もてあそ》んで曖昧にしておけぬゆえ、政《まつりごと》はむずかしいのでございます。おそらく、御公儀は前例やお定めに従って裁定をくだされるでしょう。その場合、差し出されたお墨付や書付が本物かどうかが、裁定の目安になると思われます」

「なるほど。相わかった。いたし方ない。わが領内の事柄ゆえ、わが領内で始末をつけたかったのだがな」

くだらぬ、と思いながら、隆道は温《ぬる》くなった茶を喫した。碗を茶托に戻し、

「ではこれにて。謁見が始まるので、大広間へ戻らねば……」

と、立ちあがろうとした。

「あいや、今しばらく。謁見が始まるまでには、まだ間がございます。お伝えしたき儀は、それではありません」

信正は、膝の前へ指の長い手を差しのばし、隆道を制した。

隆道は、わずらわしさを吹き払うように、ため息をもらした。

炉の傍らの数寄屋坊主は、凝《じ》っと端座し、目を伏せている。中之口御廊下を足早に通る人の摺り足が、湯呑所の静けさを乱すことはなかった。

「長くはかかりません。お聞き願います。石神伊家ご家中において、宝蔵一門と中原一門が対立を深め争いが起こっている、という知らせが届いております。むろんこれは、このたびの裁定のために、先ほど申しましたように、ご領内の事情

を調べだしている最中に知れた事情でございます。お訊ねしたどなたも、両家の喧嘩は広く知られており、隠し事ではないと仰っておられました。どうやら、宝蔵一門と中原一門の対立は、安永の新田開発騒動以来とか。安永のころなら、四十数年、五十年近く前になります。ずいぶん長い喧嘩でございますな」

「さよう。あれは家臣同士の喧嘩でござる。石神伊家は、どちらにも加担せぬ立場を守っておる。両家とも大事な家臣だ。依怙贔屓《えこひいき》はせぬ」

信正はひと呼吸をおき、首肯した。

「ごもっともでございます。その折りの新田開発騒動も、このたび訴えのあった神室の森を伐り開いて新田に造り替え、領国の石高を増やすことを図った宝蔵一門と、神室の森は入会地として周辺村落の田畑の営みに欠かせず、入会地を伐り開くことは田畑の営みに障りがあると、反対を唱えた中原一門が対立した。さようでしたな」

「いかにも。ただ、それとこのたびの一件は、かかわりはないが」

「さようで、ございますか」

「あるわけがない。もう五十年近くも前の話だ。そのころの経緯を覚えておる者も家中には少なくなった。よって、何ゆえ宝蔵家と中原家の仲が悪いのか、知らぬ者さえおると聞いている」

「このたびは、神室の森を中原家より石神伊家が召しあげ、伐り開いて紅花畑に造り替える企《くわだ》てとうかがいました。その企てを、率先して進めておるのが、やはり宝蔵家だとか。確かに、紅花はよいときは米の三倍ほどの相場にもなり、上手く商いができれば、藩の大きな財源になると思われます。しかし、そうなりますと、周辺村落の田畑の営みに欠かせぬ入会地が失われ、百姓が困ることに相なります。聞くところによれば、中原一門は戦国の世よりかの北最上に移り住んだ土豪の末裔《まつえい》にて、かの地の天然土地柄に詳しく、領内の米作りを支えてきたとか。中原一門は、百姓の田畑の営みに障りのある神室の森の伐り開きには、安永の新田開発騒動と同じ理由で反対し、結果、このたびの公儀への裁定の訴えと相なりました。石神伊家の判断に対して、すなわち、宝蔵家の企てに異論があるというわけでございますな。となれば、これはもうご家中の家臣同士で始末すべき喧嘩では済みません」

「繰りかえすが、石神伊家が宝蔵一門と中原一門の一方に加担することはない。中原一門は米作りに力をつくしてくれた。それはよくわかっている。しかしながら、世は変わり、領内の民の暮らしも変わってきた。米作りは国の基ゆえ、大事にせねばならぬが、変わる世の中とともに国も変わるために、つらい改革をおこなうことも、ときには必要なのだ。改革を行えば、多少の不和軋轢《あつれき》が生じるのはいたし方ない。片岡どのも先ほど言われたな。ある者には望ましいことも、別の者には困る場合がある。それゆえ政はむずかしいと。お家の台所をたて直すため、石神伊家は変わらねばならぬ。正直に申すと、ただ今はお家の台所のたて直しが藩の一大事なのだ。だから神室の森の伐り開きを、行わねばならぬのだ。宝蔵家は石神伊家の苦衷を察してくれている。にもかかわらず、同じ重臣の中原家は頑《かたく》なと申すか、戦国の世の土豪の慣習に固執し、自らを変えようとせぬ。神室の森の伐り開きは、中原家が新しく変わる一歩とわたしは見ているが、中原一門の頑ななふる舞いには、正直なところ、手を焼いておる。家臣が主君を軽んじて、御公儀に訴え出たのだからな」

「そうなのですか。わたくしの元に届いておる知らせは、いささか違っておるようでございます」

茶を喫した隆道が碗をあおりつつ、上目遣いを信正へ寄こした。

「先月の初め、中原本家の当主にて、石神伊家五中老筆頭の中原恒之と言う者が、城中にて川波剛助と言う城内番方によって斬られ、恒之は落命いたしました。理由は、川波剛助の乱心、とだけで方がつけられました。因幡守さまは江戸参勤ながら、当然、国元より報告は入っておるものと、思われますが」

隆道は沈黙し、碗を茶托に戻した。数寄屋坊主が碗を新しく替えた。

「そして、先月半ば、突如、因幡守さまの御側役・宝蔵万右衛門の独断によって執政の五中老が廃せられ、郡奉行の梶山勝之、山奉行の佐々木玄作を始めとして、地方頭、山方頭など、家中の多くの者が、藩の改革を阻《はば》み遅らせたという理由で役目を解かれ、蟄居《ちっきょ》を命じられました。すべて、中原一門の者でございます。のみならず、同日、神室の森の伐り開きがいきなり始められ、伐り開きの臨時の頭として任ぜられ指図していたのが、宝蔵竜左衛門。竜左衛門がいかなる人物かは今は措《お》くとして、竜左衛門とともに、大伝馬町の仲買問屋・大村小左衛門が、番頭と用心棒の侍ら多数を従え、伐り開きの場におりました。何ゆえ、大村小左衛門かと申しますと、神室の森を伐り開き紅花畑に造り替え、紅花栽培と商いのいっさいを、北最上城下の米問屋・錦葉之助、両替商・三友屋太右衛門、質屋・山路屋仁一郎が仲間を作ってすべて請け負い、江戸の仲買問屋・大村小左衛門が紅花の仲買を一手に任されることが、すでに決まっていた。それゆえに、大村小左衛門が江戸から遠く北最上まで旅をし、あの日、神室の森伐り開きの場におり、手を貸していたのでございます」

　隆道は薄笑いを浮かべ、新しい茶碗に手をつけた。

「しかも、米問屋・錦葉之助、両替商・三友屋太右衛門、質屋・山路屋仁一郎は、宝蔵家先々代の宝蔵騰玄のころより、宝蔵家御用達の商人らでございます。むろん、商人のほうらも先々代が主人のときのようで、先々代も、安永の新田開発騒動の折りの仲間でもございました。のみならず、大伝馬町の大村小左衛門は、下谷の北最上藩上屋敷に近年お出入りが許され、因幡守さま御側衆の御用人筆頭・尾野木彦之助が深く懇意にいたしておる商人と、これは上屋敷の方々なら、どなたでもが存じておることでございます。これは偶然でしょうか」

「さようか。わたしは知らなかった」

　なおも、隆道は平然と言った。

「まことに、ご存じでなかったのでございますか」

「知らなかった。しかし、わたしが知ろうが知るまいが、片岡どのにかかり合いはなかろう？」

「御側役は因幡守さまの御側衆として重き役ながら、執政と主君を取次ぐ役目にすぎません。その御側役の宝蔵万右衛門が、突如、中原一門の主だった者らの役目を解き、蟄居を申しつけ、神室の森の伐り開きを強引に始めました。宝蔵万右衛門にそれができたのは、因幡守さまの御上意があったからでございますな。因幡守さまの、宝蔵万右衛門の指図を主君の命令と心得るべし、と御上意がひそかに江戸表より国元へ差し遣わされ、宝蔵万右衛門はそれを後ろ盾に、因幡守さまの仰られました改革を、断行いたしたのでございます。その改革とは、神室の森を伐り開き、紅花畑の造り替えと石神伊家における中原一門勢力の一掃でございます。もしも、中原本家の当主・恒之存命ならば、そのような改革はできなかった。と申しますか、中原恒之存命ならば、因幡守さまの御上意は差し遣わされなかったと、ただ今、ご家中ではもっぱらの噂でございます」

「片岡どの、幕府の御目付役のお立場ならばこそ、ご助言を拝聴いたしておるのだ。執拗《しつよう》に申されるので、こちらも仕方なく申すが、これはわが家中における改革の事情でござる。御公儀とはかかり合いのない、石神伊家の政、領国内の経営の事情でござる。改革を断行せざるを得ぬと判断した経緯を知らぬ者が、いたずらに大名家の内情を詮索《せんさく》なさるのは、いかに御公儀御目付役ではあってもいかがなものか。石神伊家はただ今、一点の曇りもなく、粛々と改革を推し進めておるさ中でござる。他家のことに口出しは無用。わきまえられよ」

隆道は、新しく替えた湯気ののぼる茶をゆっくりと喫した。

「しかしながら、因幡守さま。解せぬことがございます」

「なんだ」

隆道は、わずらわしそうに眉をひそめた。

「中原一門の金木家の隠居・金木了之助が、公儀にこのたびの裁定を仰ぐため、先月半ば、供の者と江戸へ旅だちました。了之助一行が、途中の羽州街道湯原にて十二名の野盗に襲われたのでございます。折りしも、前日から羽州の山間に雪が降り、雪の街道において野盗と了之助らは斬り結び、かろうじて野盗を倒し事なきを得たのでございます。野盗は十体の亡骸を残し、二名が姿をくらましました。ただし、その襲撃は野盗の仕業ではございませんでした。一味を率いていた頭は筧源之助と申す江戸の浪人者にて、配下の者は、筧の門弟や深川の無頼な浪人らでした。その筧源之助らを雇っていたのが、じつは、大伝馬町の仲買問屋・大村小左衛門でございます。のみならず、筧源之助は大村小左衛門とともに、北最上城下の宝蔵万右衛門を訪ねております。つまり、筧の狙いは野盗にあらず。金木了之助の命と、中原本家から託され携えていたお墨付と書付でございます。筧らにそれを命じたのは、宝蔵万右衛門にて、神室の森の伐り開きが、公儀の裁定によりできなくなる事態を阻むためでございます」

「そんな、宝蔵家ほどの名門の万右衛門が、そんな、無法なふる舞いをするわけがない。なんの証拠もないのに、宝蔵家を貶《おとし》めるにもほどがある」

「逃れた二人のうち、ひとりは疵《きず》ついた頭の筧源之助。いまひとりは、神室の森の伐り開きを指図していた宝蔵竜左衛門。宝蔵万右衛門の弟でございました。了之助一行の襲撃に、宝蔵家がかかわっていたのは、明らかでございます」

「ならば、それは竜左衛門が勝手にやったことだ。即刻、厳重に調べ、それが竜左衛門の仕業に間違いなければ、げ、厳罰に処するしかあるまい」

隆道が苛だって言った。手にした碗が、細かく震えていた。

「今ひとつ、解せぬ出来事がございます。この春、因幡守さま江戸参勤の供をして出府いたした金木脩という馬廻り役助が、これも先月、柳橋の船宿にて酔っ払いの喧嘩の巻き添えを食い、疵つき、大川に転落する災難に遭った一件でございます。因幡守さまは、ご存じでございますな」

「存じておるとも。脩はよき男であった。酔っ払いの喧嘩などに巻きこまれ、気の毒であった」

「金木脩の一件で町方の手の者が調べましたところ、あの折り、どうやら金木脩

は大伝馬町の大村小左衛門より借金を受けるため、柳橋の船宿に出かけたらしい
のでございます。しかも、金木脩は御側衆御用人の尾野木彦之助に、因幡守さま
の隠密の御用と指図され、借金とは知らず、また、会う相手が大村小左衛門とも
知らなかったようで、誰がくるかを知らずに船宿で待っていたところ、突然、隣
の部屋の酔っ払いが喧嘩を始めたのでございます」
「確かにそうだ。あれは、勘定方を通さず、わたしの内々の借金を大村小左衛門
に頼んだ。だから、脩に隠密にいかせた。それが、あんなことになった。わたし
が脩を死なせたようなものだ」
「なるほど。では、町方が町奉行を通じ、本件を上屋敷に質《ただ》したところ、金木脩
は疵を負ったものの、上屋敷に無事戻ってきており、長屋で疵の養生をしておる
と、返答がございました。それはなぜでございますか」
「酔っ払いの喧嘩の巻き添えを食い、疵ついて川に落ちて落命するなど、武士の
体面にかかわるゆえ、しばらく伏せたうえで、病死などの理由をつけて表沙汰に
するつもりだった。わたしの所為《せい》だからな。せめて、それぐらいのことはしてや
りたかった。今は事情が変わった。国元の金木家にはすでに知らせておる」
「もしも、金木脩の遭った災難が、中原恒之斬殺、神室の森の強引な伐り開き、

家中における中原一門勢力の一掃、そして、公儀の裁定を仰ぐために金木了之助が江戸への旅に発った道中、筧源之助らの一味に襲われた一件、それら一連の事柄と同じ理由の元に、真相は金木脩暗殺を狙った行為なら、これはまことに由々しきふる舞いと申さざるを得ません」

「また、そのようなことを。片岡どの、それらはみな、石神伊家のなかで始末をつける事柄でござる。御公儀が詮索するにはおよばず」

「それが違うゆえ、このように申しあげておるのでございます。金木脩を巻きこんだ酔っ払いは、筧源之助と三人の門弟である事実を、町方はすでにつかんでおります。了之助を羽州街道で襲った一味も、筧源之助らなのですぞ」

茶を喫する隆道の様子に、狼狽《ろうばい》が見えた。

「よおく、お考えください。金木了之助一行の襲撃と金木脩を狙った暗殺は、羽州街道と江戸市中の柳橋の船宿で行われました。街道は幕府勘定所支配下にあります。江戸市中は、江戸町方支配下でございます。すなわち、因幡守さまの御上意を後ろ盾にして御側役・宝蔵万右衛門が突如断行した改革の下に、暗殺、あるいは襲撃が公儀支配下で行われたのでございます。因幡守さま、これでは石神伊家のなかで始末をつける事柄にはなっておりません。すでに、幕府を巻きこんでおります。幕府は、幕府の領内で起こった諸国の内紛にかかわる事柄を、仮令《たとえ》どのようなささいな事柄であれ、黙って見すごすことは、決してございません。幕府のお調べが正式に、石神伊家に対して行われ、隠されていた家中の非道なふる舞いや由々しき企みが表沙汰になったとき、石神伊家は今のまま、安泰でいられるのでございましょうか」

隆道は喉を鳴らし、茶を呑みこんだ。

「今ひとつ、申しておきます。大川に転落した金木脩は、亡くなってはおりません。深手を負い、死の淵《ふち》を彷徨ったものの、佃島の漁師によって救われ、ある蘭《らん》医《い》の下で養生を続け、今ではゆっくりと歩けるほどに回復いたしております。北最上藩上屋敷に知らせていないのは、命を狙われる危険を感じておるからでございます。金木了之助一行も江戸市中の宿に入っており、われらは、金木了之助からも金木脩からも、聞きとりを済ませております。因幡守さま。改めて申しあげます。評定所の裁定がくだされる前に、石神伊家として善処なさるべきかと、忖《そん》度《たく》いたします。いかがでございましょうか」

信正が言って頭を垂れたとき、隆道の手から落ちた碗が、茶を畳にこぼしながら、逃げるように転がった。数寄屋坊主が気づき、慌てて走り寄って茶のこぼれた畳をぬぐった。

隆道の顔面は蒼白《そうはく》となり、いく筋もの汗がこめかみを伝った。

五

同じ日の午後、北最上城下は雪が降り積もっていた。

下城した宝蔵万右衛門を乗せた網代駕籠《あじろかご》が、雪のなかの大手門前の大通りを屋敷へ向かっていた。供侍は、駕籠の前に二人と後ろに二人、駕籠のそばにひとりの五人がついていた。みな菅笠をかぶって蓑を着け、袴の袴の股だちを高くとった足下は、藁を編んだ深沓《ふかぐつ》だった。

供侍らは、吹きつける雪をよけるように菅笠を斜めにかしげ、寒さを堪えて身を固くしていた。刀には柄袋をかけ、手が凍えぬように両腕を組み合わせ、脇へ差し入れていた。

大通りの先に、宝蔵家の長屋門がもう見えていた。長屋門の屋根より高い樹木が、白い雪に烟っていた。降りしきる雪のなか、人通りはなかった。灰色の空を飛ぶ鳥の影もない。

大通りの両側は、武家屋敷の土塀がつらなっている。

そのとき、やはり蓑を着けた人影が土塀の陰より通りへ現れ出て、降りしきる雪のなかを身をかがめて駕籠の前へ走ってくるのが見えた。

人影は、黒鞘の両刀を帯びた侍だった。破れ編笠をかぶって、貧しげな身なりだった。伏せた顔面が笠の下に隠れ、歳のころはわからなかった。頬《ほほ》が削げ、口の周りと骨張った顎《あご》に、白髪まじりの無精髭《ぶしょうひげ》が見えていた。

侍は、折り封の書状を手にしていた。その書状を掲げ、走りながら昂ぶった甲高い声を雪のなかに響かせた。

「御側役・宝蔵万右衛門さまにお訴え申しあげます。お訴え申しあげます」

侍は繰りかえし叫んで、先頭の供侍の二間ほど手前まできて跪《ひざまず》き、雪道に片手をついて一方で書状をかざした。書状には、訴、の字が記されていた。

「宝蔵万右衛門さまに、何とぞ、何とぞ……」

寒気と昂ぶりでか、侍の叫び声は乱れて、聞き分けられなかった。宝蔵万右衛門の名を張りあげているのだけはわかった。駕籠が止まり、

「無礼者。退け退け」

と、供侍のひとりが進み出て、侍を怒鳴《どな》りつけた。

「御側役さまのお駕籠だ。無礼なふる舞いさ、許さねんだず」

もうひとりがすぐに並びかけ、侍を睨みおろした。

侍は供侍へ震える手で書状をかざしている。編笠の下の侍の顔が引きつり、歪んでいた。明らかに老侍だった。

供侍のひとりは、老侍をどこかで見た顔だと思ったが、思い出せなかった。

「お訴え」

言いかけた老侍の掲げた書状を、「退け」と、ひとりが叩《たた》き払った。

叩き払われた書状が、雪のなかへ飛んだ。

一瞬、そちらへ気をとられた。

その途端、老侍は片膝づきに身を起こし、着けていた蓑を肩から払い落とした。刀の柄に手をかけ、鋭く抜き放った。銀色の白刃が、抜き放ち様、書状を叩き払った供侍を胴抜きに斬り裂いた。

供侍が叫んで、前のめりに突っこんでいった。

供侍の傍らをくぐり抜けた老侍は、即座にもうひとりへ向き、柄袋にくるむ柄に手をかけたところへ、袈裟懸に斬りつけた。

「つつぅ」

と、供侍は身をよじってうめき、柄袋をにぎったまま動きが止まった。それから、仰のけにくずれ落ちると、噴き出た血が雪の上に広がり、たちまち染みこんでいった。

瞬時もおかず、老侍は駕籠へ身を転じた。

駕籠のそばの供侍も、柄袋を解くのが間に合わなかった。鞘ごと腰から抜きとって、突っこんできた老侍と、駕籠の傍らで衝突した。老侍は肩に鞘の痛打を受けながら白刃を供侍の肩へ放ち、供侍は悲鳴をあげた。

後ろの二人が、柄袋を素早く解き、ひとりが万右衛門を駕籠から出して逃がしにかかり、ひとりは老侍へ立ち向かってきた。

老侍はすかさず、供侍の肩を咬《か》んだ白刃を引き抜いた。供侍の肩から血飛沫《ちしぶき》が飛散し、老侍の顔に降りかかった。

「誰やあっ」

供侍が喚いて斬りかかるのを、老侍は懸命に打ち払った。

「川波俊平《しゅんぺい》でがんす。倅・川波剛助の敵討ちでがんす」

と、喚きたてた。

しかし、肩を斬られた供侍は倒れつつも、俊平を背後から羽交い絞めにした。

俊平は、羽交い絞めをふり解くことができなかった。そのため、供侍のかえしの一刀を防げなかった。

編笠が割れ、頭蓋に痛恨の一撃を見舞われた。

俊平の悲痛な絶叫が、大通りに走った。

俊平は頭を垂らし、羽交い絞めの供侍とともに倒れていった。

けれども、供侍の脾腹《ひばら》を最期の力をふり絞って薙ぎ払ったため、供侍は身体をくねらせて雪道へ横転した。

蓑が千ぎれ、脾腹を大きく裂かれた苦痛にのた打ち、喚きたてた。

その一方では、万右衛門を逃がそうとした供侍が、斬り合いの反対側から網代の戸を引き、万右衛門を抱え出していた。

「旦那さま、こちらへ」

抱えられて足袋《たび》のまま駕籠から出た万右衛門に、北最上の雪が吹きつけた。

だがそのとき、襷がけの着物を裾短《すそみじか》に着けた年増と、前髪をまだ落とさぬ若《わか》衆髷《しゅまげ》の小柄な少年が、年増は腰に帯びた黒鞘一本の大刀をわきへかまえ、少年はこれも腰の黒鞘の小太刀を抜き、上段にとって万右衛門へ迫ってきた。

万右衛門と供侍は、駕籠を隔てた斬り合いに気をとられ、年増と少年に気づくのが遅れた。二人がすぐ後ろに迫り、先に年増が叫んだ。

「川波剛助、妻・宮《みや》。わが夫・川波剛助の仇、宝蔵万右衛門、覚悟」

「川波秀一《しゅういち》。父の仇・宝蔵万右衛門、覚悟だ」

と、少年がまだ声変りのせぬ甲高い声で続けて名乗った。

言うや否《いな》や、宮が斬りつけた一刀が、刀を抜きかけた万右衛門の肩衣《かたぎぬ》を裂き、肩先から胸を浅くかすめた。

万右衛門は、逃げるように雪道へ転がった。

供侍は刀を抜いていたが、一瞬の差で後手をとった。万右衛門を駕籠から抱え出すため、雪道に刀を突きたてていた。賊は駕籠の反対側で斬り合っている川波俊平ひとりと思いこんでいた。

慌てて刀をつかみ、万右衛門を追う宮の背中に荒々しく浴びせた。

宮は顔をしかめ、鳥のような声をあげて駕籠にとりすがった。そして、

「秀一、万右衛門を討て。万右衛門を討て」

と、金切声を繰りかえした。

供侍の傍らを小柄な秀一が、小太刀を上段にかまえて走り抜けた。

供侍は慌てた。宮に止めを刺さず、誘われるように秀一を追った。だが、止め

を刺さなかったことが間違いだった。

駕籠にすがった宮が、供侍の腰へ必死に打ちかかった。供侍は迂闊《うかつ》だったと気づいたが、蓑の上から腰を斬られて転倒し、動けなくなった。

「旦那さま、お逃げなされ」

と、叫んだ。

万右衛門は供侍へ見かえり、起きあがりかけたところを、思いがけず、傍らから脇腹に小太刀を突き入れられた。小柄な秀一が、すばしこく潜りこんでいた。

「おのれ」

万右衛門は怒声を発して秀一を睨みおろし、ようやく刀を抜いてふりあげた。

秀一は、突き入れた小太刀の柄をにぎり締めた恰好《かっこう》で、青黒い不気味な形相の万右衛門を見あげ、呆然とした。小太刀を突き入れたものの、次にどうしたらいいのかわからなかった。万右衛門のふりあげた刀に斬られると思った。

目をつむるしかなかった。

と、万右衛門が秀一へ打ち落とした一刀を、鋼の咬み合う音も高らかに跳ね飛ばした。死人のように青ざめた顔に血飛沫を浴び、息も絶え絶えの宮が、よろけながらも間に合ったのだった。そして、

「宝蔵万右衛門、覚悟」

と、引きつった声を響かせ、鮮やかな袈裟懸を見舞った。

万右衛門は牛の鳴声のようになって、四肢を差し広げ仰のけに倒れ、それとともに宮もくずれた。

秀一は、万右衛門の脇腹に突き入れた小太刀の柄をはじかれたように離し、尻《しり》餅《もち》をついた。宝蔵家の屋敷のほうから、数人の人影が雪の大通りを走ってくるのが見えた。男たちの不穏な声が聞こえた。

すると、懸命に這《は》ってきた母親の宮が、喘ぎつつも秀一の肩を抱いた。宮が近づいてくる人影に叫んだ。

「敵討ちだべ、これは敵討ちだべ。武士の情を……」

と、何度も何度も繰りかえした。


同じ日の日暮れ近く、江戸大伝馬町の大通りに、瓦葺屋根に漆喰《しっくい》の白壁、土蔵造り総二階の大店をかまえる仲買問屋・大村は、一日の店仕舞いの刻限がきて、小僧らが店の広い間口の板戸をたて廻していた。

北最上は今ごろ大雪だが、江戸は西の空が夕焼けに燃えていた。

その大村の広い前土間に、南町奉行所臨時廻り方同心・宍戸梅吉と御用聞の文六が、文六の下っ引のお糸、捨松、捨松の弟分の富平と十七歳の良一郎を従え、雪駄《せった》を鳴らして入ってきた。

「お客さま、本日はもう店仕舞い、あっ」

店の間で若い手代や小僧らに片づけを指図していた年かさの手代が、町方の黒羽織に白衣の定服に気づいて、口を噤《つぐ》んだ。

店の者は手を止め、みな色黒あばた面の宍戸と、白髪の髷を結った大柄な体軀《たいく》の文六や、明らかに男装とわかるお糸らへ、訝しそうな目を向けていた。

宍戸は前土間を進み、店の間の落縁《おちえん》まできて、年かさの手代にくぐもった声を素っ気なく投げつけた。

「御用だ。番頭の次郎吉はいるかい」

「あ、はい。番頭の次郎吉さんは、た、たぶん、奥に……」

年かさの手代は戸惑いつつ言い、周りの小僧や手代らを見廻した。すると、

「おまえさん、こちらは南町の臨時廻り方・宍戸梅吉の旦那だ。御用だと言っているだろう。たぶんじゃなく、間違《ちげ》えなく、次郎吉がいることはわかっているんだ。おまえさんだってわかっているんだろう。さっさと呼んでくるんだ。それと

も、なんぞぐずぐずするわけでも、あるのかい」

文六が宍戸の後ろから、低い声を響かせたから、手代はたちまち怯《ひる》んだ。

「はいはい。ただ今」

と、慌てて奥へ走っていった。

ほどもなく、お仕着せの長着に黒の半纏《はんてん》を羽織った次郎吉が、小走りに店の間に入ってきた。後ろに、頭取の宇兵衛が続き、呼びにいった手代がその後ろに従っていた。主人の小左衛門の姿はなかった。

次郎吉は店の間のあがり端《はな》に手をつき、額がその手に触れるほど頭を垂れて、宍戸に言った。

「次郎吉でございます。お役目ご苦労さまでございます。御用をおうかがいいたします」

頭取の宇兵衛と手代が、次郎吉の後ろに畏《かしこ》まっていた。

「おめえが次郎吉かい。よしわかった。ちょいと番所にきてもらう。おめえの話は番所で訊く。文六、縄をかけろ」

宍戸が朱房の十手《じって》を抜いて、文六に言った。

店の者の間で、どよめきが起こった。

文六に続いて、お糸、捨松が店の間にあがり、次郎吉の両腕をとっていきなり紺の縄をかけ始めた。

「あっ、何を、何をなさいます。どういうことでございますか」

次郎吉が声を甲走らせた。手足をこわばらせ、お糸と捨松に抗った。

「大人しくしろ」

文六が太い片腕で次郎吉の襟首を上から押さえつけ、声を凄ませた。

「どういうことかは、番所へいけばわかる。番所へいって話を訊き、疑いが晴れればすぐに解き放つ。ただし、番所は町内の自身番じゃねえ。楓川《もみじがわ》の三四の番屋だ。次郎吉、ちょいとむずかしいことになるかもしれねえぜ」

文六の低い声が言った。怯えた次郎吉は、唇を激しく震わせた。

店の者はみな黙って、凍りついて見守っていた。土間の通路から、下男や下女らも顔を出していた。

「文六親分、大村の頭取を務めます宇兵衛でございます。次郎吉は、一体なんの科《とが》でお縄になるのでございましょうか。せめて、それをお教えいただけませんでしょうか。こ、これでは、次郎吉が可哀想《かわいそう》でございます」

頭取の宇兵衛が、文六にすがるように言った。

「宇兵衛さん、先だっては」

文六は宇兵衛を見おろして、かえした。

「これは上からのお達しで、仕方がねえんだ。さるお大名家がからんで、町方がここで言えることはねえんだ。と聞けば、次郎吉は案外もう大方、察しがついているんじゃねえか。今ここに、大村小左衛門さんの姿は見えねえが、もしかしたら小左衛門さんにも話を訊くことになるかもしれねえんで、ここしばらくは商いの旅に出ねえようにと、伝えておいてもらえるかい。宇兵衛さん、あんたに頼みますから、お願いしますぜ」

宇兵衛は、腰を抜かしそうな顔つきで文六を見あげ、「ひええ」と、こたえたばかりだった。文六は、奥の納戸部屋の戸の陰で人影が隠れるのを見つけたが、それ以上は言わなかった。宍戸に向きなおり、

「旦那、よろしゅうございますか」

と言った。

「よかろう。引ったてろ」

宍戸が十手をふった。

大伝馬町の大通りには、すでに、近所の店から出てきた見物人の人垣ができて

いた。人垣がざわめく間を、十手で肩を敲《たた》きながら悠々といく宍戸を先頭に、文六たちは次郎吉を引ったてていった。

天道《てんとう》はすでに隠れ、西の空の夕焼けが今にも消えかかっていた。

# 終章　無用の用

師走《しわす》になって間もないある日、金木脩が、京橋北の柳町で開業している柳井宗秀の診療所から下谷の石神伊家上屋敷の長屋に戻ることになった。

金木脩は、先月の半ばには人並みに歩けるようになっていたが、宗秀が慎重の上にも慎重になったこともあって、藩邸に戻ることが師走になった。

それに、家中の混乱が収拾するまでは、今しばらくご厄介《やっかい》になれと、父親の了之助の考えもあったためだった。

脩自身、蘭医《らんい》の診療とはどういうものなのかと、殆《ほとん》ど死にかけていたところを救われた医術に関心が向き、宗秀の手助けを務めたりもした。

了之助と史乃と寛助は、数日前、馬喰《ばくろ》町の宿から下谷の上屋敷に入っていた。

昼すぎ、了之助と史乃、若侍の寛助が脩を迎えにきた。

連子格子《れんじごうし》の窓のある部屋で、了之助と史乃と脩、そして宗秀と市兵衛が向かい合っていた。窓の外の小路をいき交う人の、なんとはない師走の賑《にぎ》わいが聞こえている。

寛助は寄付き《よりつ》に控え、お登喜婆さんは勝手で茶の支度《したく》をしていた。

市兵衛は宗秀より、脩が上屋敷に戻ることになったと知らせを受け、おそらくもう、脩とも、了之助や史乃、また北最上から江戸までの旅の間に気安い間柄になった若い寛助とも最後になるだろうと思い、別れを言いにきたのだった。

何よりも、小弥太と織江へ伝えてほしい気持ちがあった。ただし、自分たちの家に戻ったように金木家で暮らしている小弥太と織江に、市兵衛が伝えたいもどかしさはあっても、伝える言葉はなかった。

ともかく、脩が上屋敷に戻り、人々との別れのときがきたのである。

了之助は、神室の森の領有の裁定を求めて御公儀に訴えて以来、ひと月余の間に、北最上藩石神伊家に起こったためまぐるしい展開を、小春日和《こはるびより》の庭で枯れ葉の掃《は》き掃除《そうじ》をするかのようなさり気なさで、訥々《とつとつ》として語ったのだった。

「……なかでも、宝蔵万右衛門が、あんなふうに命を落とすとは、誰もが思いも寄らぬことでした。川波剛助が中原恒之を城中で襲い、なんの詮議《せんぎ》もされず万右衛門に打たれ、川波の突如の乱心で始末されました。ですが、事実は、恒之襲撃を川波に命じたのは万右衛門でした。川波に蟄居《ちっきょ》を命じて処罰を延ばし、その間に中原一門を石神伊家より一掃《いっそう》し宝蔵一門が実権を手中にした暁《あかつき》には、必ず重き役にとりたててやる、などと密約を交わしていたのです。それが、川波は討たれたうえに、川波家は改易《かいえき》。川波の老父・俊平、妻の宮と十二歳の倅《せがれ》・秀一が残されました。三人は組屋敷を追われ、たちまち塗炭《とたん》の苦しみを味わわされた。川波は万右衛門の忠実な番犬と揶揄《やゆ》されるほど、命じられるままに危険な仕事もやっておりました。散々こき使われ、利用された挙句《あげく》に、まさに斬り捨てられたのです。残された老父と妻と倅の三人が、まさに、決死の覚悟で供侍五人が警護する万右衛門の駕籠《かご》へ斬りかかった。国元よりの知らせによれば、それも、雪のなかの凄《すさ》まじい戦いだったようです」

了之助は市兵衛へ向き、

「湯原のような……」

と、穏やかな口調で言い足した。

すると、史乃が市兵衛へ、ふと、顔を向け、市兵衛と目を合わせると、かすかに頬《ほほ》を赤らめた。

「父上、川波家の者たちは、どうなりましたか」

脩が訊いた。

「老父の俊平は、その場で斬り死にした。宮は深手を負ったが、一命はとりとめた。秀一も無事だ。供侍は二人が落命し、三人が負傷だ。宮と秀一は、縁者の家に預けられお沙汰《さた》を待つ身だ。ただ、事の始まりは川波の愚かさゆえながら、敵討ちに間違いはなく、二人に処罰はくだされぬだろうと、知らせにはあった。川波家の再興がゆるされることもありうると。番犬と揶揄されるほどの、川波の愚かさは、計り知れぬ重荷を老父や妻や子に負わせたが、その顚末《てんまつ》には哀れさがともなう。やりきれぬ。そう感じられてならない」

宝蔵万右衛門の急死によって、万右衛門が指図して断行した石神伊家の改革は、頓挫《とんざ》した。その改革が主君・隆道の上意の後ろ盾があったことは、家中ではもう誰も口にしなくなっていた。

執政の五中老が復活し、改革が頓挫した後始末のお沙汰が発せられた。

改革が突如断行されてひと月と少々の間に、中原一門のことごとくの役目を罷《ひ》免《めん》し主だった者に命じた蟄居は、すべてとり消しになり、役目は前のとおりに回復した。

続いて、宝蔵家が独占していた主君・隆道の御側衆が一新され、また、宝蔵一門につらなり、石神伊家の重役に就いていた者らが、免職および改易などの厳しい沙汰を受けた。

理由は、宝蔵家御用達の城下商人の米問屋・錦葉之助、両替商・三友屋太右衛門、質屋・山路屋仁一郎らと結託し、商人らへ役目を利用して様々な酌量《しやくりよう》を与え、見かえりに多額の献上物を得ていた咎《とが》めであった。

城下の商人らは、断絶にこそならなかったが、莫大《ばくだい》な御用金が命じられ、のみならず、商いから退き隠居をするようにとのお達しを受けていた。

宝蔵一門の本家は、大手門前の大通りの屋敷が召しあげられ、城北の十日町へ屋敷替えになった。すべての役目を追われ、家禄は二百石足らずとなった。

それらの沙汰が次々と発せられていたさ中、竜左衛門が宝蔵家の屋敷で切腹した。金木了之助らが江戸へ向かう途中、羽州街道湯原で襲った謀《はかりごと》や中原恒之斬殺の陰謀を、万右衛門の指図を受け廻《めぐ》らした、という理由であった。

だが、これは宝蔵家への咎めをなるべくそらすため、竜左衛門に罪をかぶせ、詰腹を切らせたという風聞が流れた。

今ひとり、江戸屋敷の御用人筆頭の尾野木彦之助が、早々に斬首になった。これは、金木脩襲撃を謀《はか》り、指図した罪を問われた。

尾野木彦之助は、上屋敷の処刑場で斬首となり、主君・隆道の上意によって、領国の尾野木家は改易が命じられたのだった。大伝馬町の大村屋は、石神伊家藩邸への出入りが禁じられた。

先月末、尾野木彦之助が処刑になったのち、了之助と史乃らは下谷の上屋敷に入った。そして、脩を呼び戻すことに決めた。

「中原一門は、何も間違ったことはしていない。われら一門は、ただ、北最上の山々や野とともに生きてきただけです。このたびのことで、それが明らかになった。そうですね、父上」

若い脩が、初々《ういうい》しく言った。

「まあ、そうだな。そう思って、よいのだろうな。それから、隆道さまが参勤を終えられ、来年の春、国元に戻られたのち、家督を跡継ぎの貞貴《さだたか》さまにお譲りになるという話が、出ておるらしい」

「え、そうなのですか」

「ふむ。確かではないがな。しかし、考えてみれば、このたびの事柄で、隆道さまにも負わねばならぬ責めがあると思う。むしろ、隆道さまこそが……」

了之助はそこで言葉をはばかるように止め、やおら、市兵衛へ向いた。

「唐木さん、改めて、あなたに大変世話になりました。本途《ほんと》に、言葉につくせぬ恩を受けました。なぜ、唐木さんが北最上に訪ねて見えたのか、ひとつひとつたどっていき、わかったのです。唐木さんは、脩の命を救ってくださっただけではない。中原一門が、唐木市兵衛ひとりによって救われたのです。それが、日がたつにつれ胸にひしひしと沁《し》みて、身震いを覚えるほどです」

了之助はひと息吐いた。

「唐木さんほどの方が、なぜ、今のような生き方をなさっておられるのか、わたしは、どうしても解《げ》せぬのです。唐木さんは、人の上に立ち、世のためにもっと大きな仕事ができる方だ。唐木さんは、ご自分でそう思われませんか」

そう言われて、市兵衛は少し困った。

「市兵衛、何か言ったらどうだ」

隣の宗秀が、愉快そうな笑い顔になって市兵衛を促した。

市兵衛は了之助に微笑みかけた。

「そうですね」

と、市兵衛はしばし考えた。

「わたしは、無用の者です。しかしながら、夥《おびただ》しい無用によって用は支えられていると、わたしには思えてならないのです。剣術にも、学問にも、商いにも、米作りにも、酒造りにも、雨や風や雪や、渇きや飢えや、喜びや苦難や、わが叫びやため息にすら、わたしにはわけがあります。そして、用があります。その用を語るにはわたしの言葉では足りず、道理には収まりきらず、ただ、わたしはそれらに真っすぐ向かうのみなのです。ゆえに、無用の者である自分を、悔《く》やんだことはありません」

市兵衛は了之助に笑いかけた。

すると、了之助は首をかしげ、束《つか》の間《ま》、宙に目を遊ばせた。

「そうですか。わたしも言葉にはなりませんが、唐木さんを不思議な方だと、感じることはできます。本途に、あなたは不思議な方だ」

そう言って、穏やかな眼差《まなざ》しを市兵衛に戻した。

脩が頷《うなず》いた。

史乃は何も言わなかった。ただ、凝《じ》っと市兵衛を見つめていた。

その宵《よい》、市兵衛と宗秀は、鎌倉《かまくら》町の鎌倉河岸《がし》の京料理の料理屋《薄墨《うすずみ》》の暖簾《のれん》をくぐった。京料理の料理人であり、薄墨の亭主である静観《せいかん》が、市兵衛と宗秀を、わざわざ板場から出てきて出迎えた。

「市兵衛さん、宗秀先生、ようおこしやす。殿さまも返《かえり》さまも、お待ちでやす」

静観はにこやかに言った。

店土間の奥に、引違いの襖《ふすま》をたてた四畳半があり、「失礼いたします」と静観が声をかけて、襖を引いた。

「殿さま、市兵衛さんと宗秀先生がお見えにならはりました」

「ふむ。待っていた」

公儀十人目付筆頭格の片岡信正が、市兵衛と宗秀が部屋にあがる前に言った。

「宗秀先生、お待ち申しておりました」

弥陀《みだ》ノ介《のすけ》も太い声で言った。

「さあ、どうぞ、おあがりやす」

静観が促した。

「兄上、今夜も馳走《ちそう》になります」

市兵衛は信正に言い、部屋にあがった。

「片岡さま、ご無沙汰いたしておりました。今宵《こよい》はお招きいただき、ありがとうございます」

宗秀は手をついて、信正に辞儀《じぎ》をした。それから、

「返さん、お内儀《ないぎ》と赤ん坊はお変わりございませんか」

と、弥陀ノ介にも辞儀をした。

「はい。わが妻、わが娘、ともに健《すこ》やかにすごしております。わが妻の気性が激しくて」

あははは……

石の塊《かたまり》のようなごつい顎《あご》と、顔半分が裂けて波打つ大きな口をゆるませ、白い歯を見せて、弥陀ノ介が言った。ひしゃげた大きな獅子《しし》鼻のすぐ上の、窪《くぼ》んだ眼窩《がんか》の底の大きな目も、妙な愛嬌《あいきょう》のある笑みを光らせている。

「宗秀先生には、日ごろより、わが弟・市兵衛が何くれと世話になっており、そのお礼を兼ねて、一献《いっこん》酌《く》み交わしたいと常々思っておりました。今宵は、先生と市兵衛、そしてわが配下であり相棒である弥陀ノ介の四人で、よき酒、よき料理を楽しみたいと思っております」

「はい。喜んで、馳走になります」

宗秀が言い、

「馳走になります」

と、市兵衛が続いた。

宵の帳《とばり》がおりたばかりの鎌倉河岸に、師走の夜風が吹いていた。風は冷たい北風で、河岸通りをゆく人々を足早にさせた。風は御濠《おほり》の水面を細かく波打たせ、河岸場の歩みの板に横づけした茶船を、ごん、ごん、と船縁《ふなべり》を鳴らしてゆらした。

江戸からはるか北の彼方、北最上城下は今日も雪だった。

江戸の町も、今宵は雪になるかもしれなかった。

# 一〇〇字書評

切り取り線

銀　花

| 購買動機（新聞、雑誌名を記入するか、あるいは○をつけてください） | |
|---|---|
| □（　　　　　　　　　　）の広告を見て | |
| □（　　　　　　　　　　）の書評を見て | |
| □ 知人のすすめで | □ タイトルに惹かれて |
| □ カバーが良かったから | □ 内容が面白そうだから |
| □ 好きな作家だから | □ 好きな分野の本だから |

・最近、最も感銘を受けた作品名をお書き下さい

・あなたのお好きな作家名をお書き下さい

・その他、ご要望がありましたらお書き下さい

| | | | | | |
|---|---|---|---|---|---|
| 住所 | 〒 | | | | |
| 氏名 | | 職業 | | 年齢 | |
| Eメール | ※携帯には配信できません | 新刊情報等のメール配信を 希望する・しない | | | |

この本の感想を、編集部までお寄せいただけたらありがたく存じます。今後の企画の参考にさせていただきます。Eメールでも結構です。

いただいた「一〇〇字書評」は、新聞・雑誌等に紹介させていただくことがあります。その場合はお礼として特製図書カードを差し上げます。

前ページの原稿用紙に書評をお書きの上、切り取り、左記までお送り下さい。宛先の住所は不要です。

なお、ご記入いただいたお名前、ご住所等は、書評紹介の事前了解、謝礼のお届けのためだけに利用し、そのほかの目的のために利用することはありません。

〒一〇一－八七〇一
祥伝社文庫編集長　清水寿明
電話　〇三（三二六五）二〇八〇

祥伝社ホームページの「ブックレビュー」からも、書き込めます。

www.shodensha.co.jp/bookreview

祥伝社文庫

銀《ぎん》花《か》　風《かぜ》の市《いち》兵《べ》衛《え》　弐《に》

平成30年　8月20日　初版第1刷発行
令和　6年10月10日　　　第5刷発行

著　者　辻堂《つじどう》魁《かい》
発行者　辻　浩明
発行所　祥伝社《しょうでんしゃ》
東京都千代田区神田神保町3-3
〒101-8701
電話　03（3265）2081（販売）
電話　03（3265）2080（編集）
電話　03（3265）3622（製作）
www.shodensha.co.jp
印刷所　堀内印刷
製本所　ナショナル製本
カバーフォーマットデザイン　中原達治

 ISBN978-4-396-34449-8 C0193

# 祥伝社文庫の好評既刊

辻堂 魁

## 風の市兵衛

さすらいの渡り用人、唐木市兵衛《からきいちべえ》。心中事件に隠されていた奸計《かんけい》とは？ 〝風の剣〟を振るう市兵衛に瞠目！

辻堂 魁

## 雷神 風の市兵衛②

豪商と名門大名の陰謀で、窮地に陥った内藤新宿の老舗。そこに〝算盤《そろばん》侍〟の唐木市兵衛が現われた。

辻堂 魁

## 帰り船 風の市兵衛③

舞台は日本橋小網《こあみ》町の醤油問屋「広国《ひろくに》屋」。市兵衛は、店の番頭の背後にいる、古河《こが》藩の存在を摑むが——。

辻堂 魁

## 月夜行《つきよこう》 風の市兵衛④

狙われた姫君を護《まも》れ！ 潜伏先の等々《とど》力《ろき》・満願寺《まんがんじ》に殺到する刺客たち。市兵衛は、風の剣を振るい敵を蹴散らす！

辻堂 魁

## 天空の鷹《たか》 風の市兵衛⑤

息子の死に疑念を抱く老侍。彼の遺品からある悪行が明らかになる。老父とともに、市兵衛が戦いを挑んだのは⁉

辻堂 魁

## 風立ちぬ㊤ 風の市兵衛⑥

〝家庭教師〟になった市兵衛に迫る二つの影とは？ 〈風の剣〉を目指した過去も明かされる、興奮の上下巻！